清　賀　濤　撰

祝伊湄
馮永軍　點校

賀濤文集

華東師範大學出版社

圖書在版編目(CIP)數據

賀濤文集/(清)賀濤著. —上海：華東師範大學出版社，2011.5
(清代别集叢刊)
ISBN 978-7-5617-8630-7

Ⅰ.①賀… Ⅱ.①賀… Ⅲ.①中國文學：古典文學-作品綜合集-清代 Ⅳ.①I214.92

中國版本圖書館CIP數據核字(2011)第091092號

清代别集叢刊
賀濤文集

著　　者　(清)賀濤
點 校 者　祝伊湄 馮永軍
特約編輯　黄曙輝
項目編輯　方學毅
裝幀設計　勞　韌

出版發行　華東師範大學出版社
社　　址　上海市中山北路3663號　郵編 200062
網　　址　www.ecnupress.com.cn
電　　話　021-60821666　行政傳真　021-62572105
客服電話　021-62865537
門市(郵購)電話　021-62869887
地　　址　上海市中山北路3663號華東師範大學校内先鋒路口
網　　店　http://ecnup.taobao.com/

印 刷 者　杭州富陽永昌印刷有限公司
開　　本　850×1168　32開
印　　張　9.25
字　　數　220千字
版　　次　2011年6月第1版
印　　次　2011年6月第1次
書　　號　ISBN 978-7-5617-8630-7/I·772
定　　價　32.00元

出 版 人　朱傑人

整理弁言

《賀濤文集》四卷，吾鄉賀先生所著也。先生名濤，字松坡，河北武强人。清光緒十二年進士，授刑部主事。後歷主冀州信都書院、保定蓮池書院數十年，造就人才甚衆。生平詳見《清史稿・文苑傳》及徐世昌所撰墓表、趙衡所撰行狀。

曼殊一朝，吾鄉罕有以文名世者。同治十年，桐城吴公摯甫爲州于深，以所得於桐城、湘鄉者教授後進，深州及所隸武强、饒陽、安平三縣子弟争受業焉。其中武强賀松坡尤爲吴公所重，見許奇士。後武昌張公濂卿北來都講保定蓮池書院，松坡亦師事之。吴、張二公固世所謂曾湘鄉四大弟子者，然則松坡可謂湘鄉再傳也。同時南通范肯堂亦從吴、張二先生游，以詩文名揚公卿間，松坡與之齊名，有「北賀南范」之譽。

松坡先生爲文，語不妄發，多有爲之言，雖尋常應酬文字，亦多能觸類生感，慨世傷生，如《丁箴若先生壽序》謂「夫喜事邀名之徒，强欲有所興作，不成則藉口於律例太繁，不得展其志；既成，而利不勝害，亦遂緣飾以爲功者，豈可同日語哉」？所言匪徒爲清季官吏之針砭，亦今日爲政者之藥石也。他如《送陳蓉曙序》謂「蓋自海國通好互市以來，數十年閒執屢變矣，吾以謂士大夫未嘗躬蹈其艱，所言雖發於忠憤，未必皆中機要；而任事之臣容有畏難即安者，抑亦不可無正論以攻之也」；《書所鈔晉書天文志後》謂「事物之變迭出不窮，無定理，無常執，乃固執其耳目所習者權衡之，以是我而非人，謂之不誣可乎？不可也。雖然，有形之屬，可確指而類推也，而説之者之有誤，明揭之而猶或莫之信，而欲以無定之理，無常之執，遽易一説，以奪其所習，嗚呼，此豈旦夕之所能哉？徐以俟之而已」；又如《巍堂先生八十三壽序》則以巍堂善居積以饒給，而惜國家綜覈榷算之才難得，不得不使曹官遊學西國，求其所謂計學者；《冀州直隸州知州保山吴公五十壽序》則以拳民之變，士君子釁兆而不思防，禍已作而無以善其後，不得盡歸過於無知之民。諸文通達時務，洞悉癥結，發爲有用之言，非泛泛論事者比。其尤難能者，則爲遠見卓識，超邁時流，如《送徐尚書序》極論吾國之海權，謂爲「今日所不暇謀，而爲異日之急務者」，期他年「與羣强争雄於海上」；《上徐尚書書》言鋪設鐵路當以西北諸省爲先，蓋變法以來，「西北一隅猶樸拙自安、不思變易者，則交通未便，無以拓民耳目而啟其智識也」，而柄政者「以商業之贏縮，定築路之緩急，於是邊徼辟左、政治、地理所視爲最急者，乃不得不退居從緩之列」。嗚呼！先生所論，尋章摘句之儒能道其一字哉？水竹村人謂先生「所著文考論時政之源流得失，務引西國新學新理以濬發吾民之智識，憂深思遠，讀其書知其謨議閎通，迴非拘墟泥古者之爲也」，誠哉斯言！先生自謂「吾平生無過人之才，唯不敢學於無用」，細繹其文，可知先生所就果能不負所期。先生所師法瓣香如吴摯甫、曾滌生者，固皆以天下爲己任之人，然則其所謂「不敢學於無用」者，殆亦湘鄉之再傳也。惜乎其雖未嘗一日忘天下憂，視時政之得失、人才之良楛，若己身之利病，而終不能得位施政以大有爲於天下也。至於其文之雄深雅健，足以爲湘鄉派之殿軍，吴摯甫後一人而已，則實爲天下之公論，非一人之私言，水竹村人至許其爲明清古文八大家之一，良有以也。

余讀先生文有年矣，每歎其所造如此而今世罕有知者。先生憂世甚於憂家，憂學術之壞甚於憂世，但未知孰爲後世之子雲。客歲偶與友人黄君曙輝道及先生文，黄君稱賞者再，慨然以刊佈爲己任；嶺南陳洣齋先生允爲署耑，皆可謂松坡先生異代之知己也。遂以民國三年徐菊人所刊者爲底本，施以標點。學識所限，必多謬誤，尚祈高明君子有以教我。

辛卯春日鄉後學馮永軍識於海上蒹葭館

目録

卷二

卷三

卷四

附録

賀先生文集敘

《賀先生文集》四卷，武强賀松坡刑部濤所作也。自桐城姚姬傳氏推本其鄉先生方氏、劉氏之微言緒論，以古文辭之學號召天下，湘鄉曾文正公廓而大之。曾公之後，武昌張廉卿、桐城吴摯甫兩先生最爲天下老師，繼二先生而起者則刑部君也。蓋桐城諸老氣清體潔，義法謹嚴，篤守先正之遺緒，遵而勿失，於異學争鳴之時，釐然獨得其正，此其長也。曾公私淑桐城之義法，而恢之以漢賦之氣體，閎肆雄放，光燄熊熊，遂非桐城宗派所能限。張先生擩古至深，吴先生復參以當時之世變、匡濟之偉略，堂奥崇隆，視前人超絶矣。兩先生門下，賢儁士相通流，如通州張謇季直、范當世肯堂，滄州張以南化臣、桐城馬其昶通伯、姚永概叔節、南宫李剛己剛己、冀州趙衡湘颿，皆其著者也。邢部受知吴先生獨早，先生矜寵異甚，復爲通之於張先生，以故兼受兩家學，於吴先生門尤爲耆宿，趙、李之徒皆其後輩。而君犨精典籍，若斸生命，沈潛專到，突過時流，其文章導源盛漢，氾濫周秦諸子，唐以後不屑也。其規橅藩域，一仿曾張吴三公，宏偉幾與相埒，而矜練生栁，意境自成，不蹈襲前輩蹊徑，獨樹一宗，不爲三先生所掩，蓋繼吴先生後卓然爲一大家，非餘人所能及也。自方姚以來訖於君，其淵源本末可得而言者具如此，而有清一代文章沿革之大概亦略備於是矣。君中年後病目，未幾遂盲，既盲二十年，誦講不輟，所爲文益多且精，集中後二卷之文，大抵病目後之所爲也。此尤前古所鮮聞者，蓋其冥探默索之功勤矣。往君教人，喜論張吳兩先生之文，以爲相去痡近，則感發倍切，而窺見源流，攀緣亦較易。以君之言求君之學，則君文之行世，可不重與？世昌辱與君同年，相交最篤以久，君既逝世，文集未出，恐久且藟落，乃以貲屬君子葆真與君門人吴闓生校定稿本而刊行之，并識其緣起如此。中華民國三年二月天津徐世昌敘。

賀先生文集序

絶大河而北，太行左轉，極東薄海，乃自古燕趙之地。至元明建都朔方，南面以控制天下，近代因之。四方冠蓋輻湊，並會而至，風俗所撕，山川旁魄，蘊積而發其豪者，爲近時之武功，而精焉不可磨之英華，乃特發之爲文，而先生實當其地。自昌黎韓子刱爲古之述往開後，統一斯文之體，後之作者舉不能外，所爲傳衍曲折終歸之先生。昔荀卿子揭先王立人之道，標禮以傳示後學，歷魏晉六朝訖于唐，幾且千年，斯文之體蓋屢變。韓子承其後，既刱爲古文之體，起八代之衰，而其自述爲文之要曰「扶樹道教，有所明白」。自韓子至先生又八代，且千有餘年矣，涵濡醖釀於郊甸之中，歷千餘年之久，而山川始焕然復發其光華。有清二百五六十年，天下之文章在桐城，吴先生承其鄉先生方姚諸先生之傳，益從曾文正公拓而大之，基宇崇隆，盡籠有今古中外美富，落其實而取其材，譬之於時，[illegible]斂成熟之候也。客遊來北，悉以付之先生。吴先生既没，先生最爲海内老師，其爲文帖如調矯龍生虎爲牛馬，辨如屈長江大河在堂坳，倏如立身九天之上，俛視下界，穰穰聚蟁。其道一本荀子，語若異，意則同；其體一放韓子，見相萬，神唯一。門人冀州趙衡謹序。

卷一

誥封資政大夫署鳳陽府知府泗州直隸州知州裘公墓志銘

公諱寶善，字華南，河間裘氏。曾王父庚；王父棠，妣氏劉；父士燿，妣氏孔；本生父士熉，妣氏郝，封贈皆如公官。王父以公子官累贈中憲大夫，妣皆恭人；父資政大夫，妣夫人。公生而英特有膽略，所當爲不避勞怨。道光壬辰舉於鄉，官安徽。是時吏治弛廢，盜賊充斥，皖俗尤雕悍不易治。巨蠹大猾，任俠作姦，不扇而動，其大羣乃至千百爲輩。有司避法，匿不以聞。公曰：「豪猾不治，亂萌也，余其敢避？」初任貴池縣知縣，山民扇亂，單騎往撫，操兵羣譁，叱之退。明日復往，接以温語，衆乃大歡。振其脅從，而寘法其魁。姚紹孔者，懷遠巨匪也，横行潁、鳳、壽、亳閒，欲有爲，召號數萬人立致。公由貴池調懷遠，卒往掩捕，立禽以歸。合肥姦民屢扞文罔，官不敢誰何。大吏調公往治，不旬日盡得其渠率，人驚爲神。公所至，必先徵集吏役，選任其豪，購民之勇悍者爲耳目。或訐招賊黨，誘厲之惟我使。所任用捕不力，重懲之；獲，賞亦不貲。所捕即豪横必親往以身先，即危不少避。以故所欲捕無不獲，姦宄聳畏，相戒不敢犯。薦卓異，以直隸州升用，署壽州。未幾，補泗州。咸豐三年，粤賊自湖北趨安徽，安慶不守；移行省於廬州，又不守；團練大臣吕文節公、巡撫江忠烈公相踵殉難，遠近震駴。賊迹所至，望風瓦解。公既任吏民以捕盜，盡識其才鄙怯勇，指授方略，誓與死守，城賴以完。調署鳳陽府，泗復告警，巡撫福濟公素重公，以爲非公莫任是也，復檄還泗。公至，設施如初，賊知有備，乃遁去。而州之亂民潛與賊通，賊既去，乘機竊發，所在羣起。公窮勦力捕，卒壹廓清。公既以捕盜著稱，聲播遐邇，及兵事起，疆吏争欲致公。民久苦盜賊，公既有以措之安，無不喁企慕，望公之來，恐其復去。其在泗州也，廣西巡撫周文忠公馳疏調公赴粤，至則文忠已去，而大學士賽尚阿公督師，故聞公名，欲留公，而安徽巡撫以皖中事棘，復檄公歸。及在鳳陽，泗州民争諸大府，鳳陽人亦往争之，久不相下。及回守泗，事乃解。福公嘗謂同官曰：「時事日壞，裘君軍旅才，可重寄也。」及再守泗州，且特疏薦公。而公以太夫人春秋高，力請終養，乃解官歸。以子官封資政大夫。娶周氏，繼娶王氏，先卒，皆贈夫人。子德容，早逝；德俊，由刑部郎中官御史，敢言，以道員留江蘇補用，賞二品頂戴。孫祖誥，候選知府；祖詒，廩生；祖諴，舉人；祖謌，副榜；祖詔。家居二十年，同治十二年九月二十二日卒，春秋七十有六。公子觀察君爲濤姑壻，將以光緒九年十月二十日合葬公兩夫人之壙。濤爲之銘，銘曰：

寇亂始作，光豐之閒。洞庭而東，鼙鼓戈鋋。初乃烏合，遂至燎原。孰尸其咎，吏不督奸。獝獝裘公，力殆大憝。作宰江淮，羣兇狂猘。牙鋸爪鉤，攫拏搏噬。不一爬梳，民乃瘡疥。公奮而起，往磔其梟。絶其蘖芽，禽獮薙薅。禍亂之積，匪一夕朝。大慝既去，患乃潛消。今久太平，閭閻按堵。禍所伏積，或不聞覩。譬物有孽，鳥夭蟲蠱。一朝橫發，疊其可禦。公則往矣，誰可與語。

上吳先生書

前侍坐時，言及先叔父學行，許作碑誌以光寵之，感激無似。濤嘗以謂人苟不至自甘泯滅、與衆人伍、而有志學可稱，則無論遇之豐嗇、業之成否，無不營營若有求，皇皇若有失，時乎以憂，時乎以喜，若此者何哉？亟欲見知於人，恐其死而已耳。叔孫豹所稱三不朽，力能自傳者也。下此則不能自傳，而必有藉於人以傳。太史公曰：「閭巷之人欲砥行立名者，非附青雲之士，惡能施於後世？」濤妄以謂此自明著述之意耳。孔子以前仁聖賢人，待孔子而彰；其後者將待我而顯，故曰：「孔子卒後五百歲，小子何敢讓焉。」今觀其書，抱一經以爲儒，任氣以爲俠，親卑汙以爲賤業，苟有所執以成其名，無不掇而登之，豈獨廣異聞哉？彼既翹然負異於衆，類皆有過人之才、獨至之學，惡得聽其昧没、使與庸鄙委瑣之徒同食息死生於天地而不爲之區别也？東漢以後，碑誌之文興，作者代有，退之、永叔、介甫尤喜爲之，所與遊處悉著於篇，而於負奇抱異、蹇塞於時者言之尤痛。夫志欲有爲於時，不得而困頓以死，既死而名又將泯焉，誠足悲矣。然不遇，命也；死而不能傳，亦命也。命之所厄，人無如何。而仁人君子乃取幽抑之魂、悲懣懟恨而無可告語者爲之激揚而發舒之，此固死者所稱快於九原而奇特之士讀之而流涕者也。曾子固謂誌銘近史。濤謂遷史後史皆修於異代，搜輯爲難，當時國史又拘於品位，不能濫載銘誌，則戚故朋好皆得稱述，故義與史近，而發幽章微之功則過之。國朝史館體例尤嚴，非賜謚不立傳，非官一品及死事又不得賜謚。乾隆之末，創立儒林一門，碩學經師燦列簡册，例稍寬矣，而瑰材偉抱不以著述見者終不得幸厠其閒。先叔父有志斯世，困不得施，居恒抑鬱賫志以没，而述造闕如，恐遂堙滅。先生學行文章，海内宗仰，叔父於先生爲部民，又以文字見知，相從最久，裒録善行，使人知勸守土之責，敘次生平，示其子孫，故舊之誼，先生皆不忍辭。至於樂道人善，以司馬、韓、歐之心爲心，則又有不待請而樂爲者。謹撰事狀，登諸記室，以備采擇。先生於濤家後進口噓手植，掖之以進，叔父固後進奉以爲歸者也，既没猶蒙褒寵，將不獨長逝者銜感無窮，凡推尊叔父而爲先生所甄録者，其孰不且感且奮，冀附青雲之士而藉以顯邪？抑又有進者，叔父以賑災故，衆聲大和，磨石紀德，今得附大賢之書，乃輿情所企望，不獨貺我賀氏也。其孤之感激涕零，蓋又不足言矣。

送裘叔和入都序

魁閎俶儻非常之材無異行偉節以發其氣，則往往旁溢而橫決。燕趙之際，其俗懁齪而耆利，仰摭俛掇，孜孜耽耽，寸布銖金，悴魂怵心，舉賈人、婦女、臧獲之業，攝而身兼，凡人生所有事，苟損吾有，痛絶之，蓄深藏牢，終其身以至其子孫不忍發，能此者咸美所爲謂之儉勤，謂之老成。其聰明才俊之士，屏棄經史百氏，一不稽諷。夷而角牙，頓而鍔鋩，筋膠準鉤，輮縮鍥雕，從事應科目文字，以求合公卿、翰林司當世文柄號稱宗匠者所謂程度，能者謂之才，爲而數焉謂之學，挾所學責報有司謂之志士。裘君叔和固所謂魁閎俶儻非常之才者也，志雄氣盛，抑而遏之，苶然奔命，曹好之所在，若有物焉障其閒，終古不能合併，茫無所向，乃頽然自放於聲色酒食，酣嬉劇歡，恣意所欲爲。而向之儉勤、老成、有才志學之士相與排擯而非笑之。其戚者則强聒以己所謂長，既激於不能返，乃益決情潰欲，若縱不繫之舟於巨壑，旋轉飄蕩而不知所止也。嗚呼！吾所以惜叔和而益之以悲也。叔和之父仕京朝二十年，所交多鉅人長德，其勳光文曜足以矜表後輩。叔和誠棄其故而從之游，將如離湫隘而居閈閬，去傳舍而返其鄉也。其處而安之，雖有力而强，莫能易一物而奪其所好，又何聲色酒食之足汩其志哉？雖然，叔和既生齟於時，今又取詫聞而駴睹者挾以歸，是稅載騕之車馬而奏樂鶢之鐘鼓也。里之排擯而非笑之者不乃兹甚邪？其然，吾不復能爲叔和解矣。

答高摶九太守書 代

讀惠書，知勳績懋著，志操堅定，破庸陋之見，行吾心之安，甚盛甚盛。閱邸鈔，知調治首郡，益加欣躍。某嘗以謂，今之在勢者中人多耳，蟄邪悖酷，百無一二，而政俗習尚乃至積廢敗壞莫可枝拄者，何哉？崇攀而熱附，類引而黨招，殫貲財，降意指，孜孜遑遑，以奔而上官好，而僚友較俗産，揣肥瘠，衡出納，巨取而瑣求，以厚而奉、而殖、而私。民環而跂，事叢以待，責萬萬無可辭者，乃簡舊牘，躡前迹，聽顛倒措處於胥役，而更無餘力及之。因循偷怠，相師成風，凡在位者皆然，而道府尤甚。臨以督撫、藩臬三四級之上官，承以牧令，丞倅數十輩之屬吏，孑然孤懸於上下之閒，有大事不能徑達於天子，上官壅隔遏閉，則卷舌縮手而失所向，親民之事責之屬吏，唯司督察，而黜升旌罰，枋不我操，又鄉者所取給焉。故一聽其誣蒙欺蔽，熟視而不敢誰何，塊居介處，轉文書，傳語言而已。吾不解天既不厭生此輩，不相所宜處，而必躋之顯崇。又惜國家以艱絀之財，重要之寄，乃檨此喑耗罷茶不治事之官，而小民出租稅，赴徵約，急上事而不自惜，及有所苦，而仰籲於上，乃無人摩拊而亭決之，則又其可悲者與。今執事步高矚遠，於衆無措手之處，獨能左提右挈，卷舒在心，志量豈不偉哉？朝廷方鋭意興治，懷抱奇異者越格以升，中外大臣亦能矯厲薄俗，以勤廉爲天下倡。執事生平志學適與時會，胸中所有可傾倒而出，此真儒生得意之事。翹首南望，稱快者再，復何可言。既蒙垂詢，不敢輒已，厲之以猛，處之以平，變之以驟，貞之以恒，不矯枉而過中，亦無積久而生怠，所効忠於左右者如是而已。某庸鈍自守，無補於時，方慙悚之不暇，今乃舉新政以告，知不見擯於君子矣。用敢抒其夙憤，且達欣慕之意，因勉竭譾陋，爲芻蕘之獻，伏惟采納。

重修故城馬公祠記 代

生不出里閈，無鞠育人之權，而頓顛於我乎起，傲悍於我乎折，蹈德游藝，我掖我匡，邇昵遐跂，父仰師戴，没，人不忍其死，則相與尸祝之不敢忘。若其游仕四方，聲烈橫被而廟食於鄉者，有司以故事行，鄉之人或未嘗濡沫偈陰，蹈習轍迹，則敦鍘簋俎之側，祼薦鞠賸之頃，精神意氣莫强而屬。馬公仕明爲左都御史，伉厲忤奄宦，後坐事死於獄。迹厥始卒，固無衣被於其鄉矣。人乃遠晞慕思，作屋而垣，以棲其神。古之魁材畯桀，其守之身而措之世，與夫文章述造，騰播於人人之口，而厭乎其心，歷百世而名益白者相接也，而俎豆之報，乃獨在剖誠觸戮、死而不得其所之人。剛直鬱堙之氣，滀忿於人之心，彌久而彌不能釋，故人之致崇之，雖曠時異代，猶若親薰其德而濯其風也。不然公之不撓於奄宦，因事坐死，自成其節耳，於鄉人何與？而鄉人乃獨嘉其志，悲其不終，祠而厠之忠義之列者何哉？舊祠在縣城之南，齧於河，康熙某年移而北，重修於乾隆某年，近又百年矣。桷橈階陁，垣圮樹秃，余過而傷之，與教諭范君某議加修葺，出私錢爲縣人倡，適浙江張君某爲縣於此，善是舉也，亦以貲助。既訖功，刻石記之。章公偉節與始建祠者之意，俾後進知所崇尚，踵今之爲，無隕神依，以事以格，脗乎其相翕，涥乎其交發，其陰召默毆，繇是而偕逝於道，將猶歛爑以眂墨坼，而爲拾發矢者釋其獲也。公諱中錫。

楊剛介公家傳

公諱昌泗，字廉泉，湖南乾州人。由武生自效於乾州營，補把總，婁禽叛猺。上其功，稍遷至參將，賞戴花翎、驍勇巴圖魯名號。歷官湖南、廣東、貴州，疆吏才公，爲争薦於朝。擢直隸大沽協副將，甘肅西寧鎮總兵，旋調廣東高州鎮。咸豐二年粤賊渡洞庭而東，奪沿江郡縣，直趨金陵，踞爲僞都，益縱羣酋北犯。時公以事褫職在籍，詔起公赴山東防河，而湖廣總督張公亮基雅知公，欲倚公威重以固楚疆，馳疏留公，剿游匪於黄州，薙刈之幾盡，搤田家鎮之賊，擠之江。賊由漢口趨武昌，閉其道，賊不得逞，卻退。磯窩者，直武漢下游，賊控以爲險，與漢陽爲聲援。蹋其巢，蹷之江濱，殲焉。轉而西，挫東竄之賊於塘角及鮎魚套。荆州將軍官文公以監利兵薄，檄公南循江而東，蹂螺山，翦蒲圻，北撲嘉魚，遂薄漢陽，軍鋭甚。是時曾文正公督率諸軍自螺山下三路進兵，以圖武漢。賊分扼要險，悉精悍以守，枕江脅湖，營壘星列，檣旄雲布。公由蝦蟇磯突入土城，火其壁，大軍水陸並進，拔栅燬舟，與相應和。戰方殷，公率敢死士由南門梯繩入，復漢陽。武昌亦經大軍同時克復。公之威名遂大震，乘勝東討，大戰蘄水，逆衆潰奔。南掃蘄州，益進而東，廣濟、黄梅相繼收復。公始以功復職，既又被劾，再奪官，再復之，至是授陝西延綏鎮總兵。武漢既復，賊失勢，剗削爬搔，稍復諸郡縣，蕩清有日矣。無幾何總督、楊公霈失利於廣濟，羣凶益復西上，武昌、漢陽再陷，大江南北糜沸魚爛，公痛世變之靡屆，而當事者非其人，憂傷憤恨，思有以矯厲之。而巡撫胡文忠公方徵調諸路軍屯駐上游，以固荆襄，而謀進取。公則大喜，益自振拔，親睦諸將，訓儆士卒，日夜冀大功之成。時游匪四出，分擾旁郡縣。公往來突馳，所當者靡。事稍定，復從大軍圍漢陽，奪門先入。大軍攻武昌者戰益亟，遂再復兩城，時咸豐六年三月也。捷聞，加提督銜。湖北既定，乃之任陝西。八年，詔赴河南剿辦捻匪。行抵開封，疾亟，遂卒於軍。天子震悼，贈卹如例，予謚剛介。曾祖正舉，祖能通，父光重，皆贈如公官。曾祖妣氏某，祖妣氏黄，妣氏姚，皆贈夫人。娶田氏，封夫人。子勝棠，武生，衡州協把總；勝業，乾州協把總，皆歿於軍；勝傑。孫秀觀，二品蔭生，候補同知；秀賓，工部主事。論曰：楚軍初興，躓顛者數矣。自湖北定，而破九江，拔安慶，節次進攻，無反顧憂，遂克金陵，王誅以成，其機至順，形勢便也。公之戰烈偉矣，余既備書之，於再復漢陽尤詳，具事之本末，著大功所由成，區區戰勝閒，豈知言者哉？

湯母方太孺人六十壽序 代

女子之德，《風》詩咏歌之，《春秋傳》及百氏之爲書者亦閒及焉，然頗病其略，無以迹其始終。劉子政作《列女傳》，綴輯遺聞，都爲一書，詳以備矣。後世史家乃或仿其例以登於史，而士之名能文章者益復搜討善行，旁及閨門，於是女子之賢者乃與夫碩公魁儒閎俊之士同傳於世。元明以來有所謂壽序者，人子欲壽其親，則徵文於戚故朋好，以爲親榮。桐城方氏、姚氏及曾文正公皆譏其非古，而輒復效其體，豈非發潛闡幽、所裨於法勸者大乎？鄧川湯君符階以知縣官湖北，與某交最久，數稱舉其母方太孺人之賢，曰：「吾外王父及王父皆以縣令官淛，吾母從而侍焉。後隨吾父爲縣於鍾祥、孝感，今炳堃又迎養於官，執儉躬劬，斥疏靡華，自侍外王父以迄今日數十年如一日也。」又曰：「吾父之在官也，吾母始固未從。回逆之亂，率家人閒道走蜀以之楚，遌賊者再，遘厲者再，三年而後達於官所，吾母未嘗驚而戚焉。」後某主講蓮池書院，符階復以書抵某曰：「吾母之懿行既嘗述諸子矣。甲申之歲，吾母壽登六十，將以某月日舉觴於室，子其爲侑觴之辭以慰吾親。」吾觀諸家所稱女子之行，其道有四：女道也，婦道也，妻道也，母道也。太孺人既盡道以事其父與舅，又舉所聞於父與舅者以相夫，終且以相夫者教子，其於四者可謂兼之矣。至若席榮不居，蹈艱若夷，歷之久而不更於始，自修道之君子以爲難，而太孺人顧能之，非所謂始乎故、長乎性者乎？晚周諸子之書言養生盡年之術備矣，而大恉不外全其天，太孺人以道終始，視有若亡，遲而不慴，與古所謂養生者合，由是而降釐錫祜，雖馴而至乎期頤，以致無疆之庥，亦所蹈之道則然耳。爲善獲報之説且不敢稱頌於前，况世俗祝嘏之辭哉！然太孺人之壽，固無俟某之祝，而某所幾冀於符階者，則不敢不竭其愚。符階以儒生爲循吏；弟建侯、書田並以文學、吏治知名於時，湯氏日以光顯矣，願益以太孺人之教持其終，仰而追先人勞烈，異日政成洽洽，舉士民頌神明者奉以爲太孺人壽，俾太孺人顧而樂之，益以頤養天年，符階兄弟之慰其親則有在矣，尤某所私禱而期者也。

叔父鐵君先生事略

先生諱錫珊，姓賀氏，先世自山西洪洞遷直隸之武强縣。曾祖諱仁聲，舉人；祖諱雲舉，進士，江蘇鎮洋縣知縣，妣氏李；考諱式周，副榜，四川瀘州州判，前妣氏常，妣氏楊。先生生有異稟，舉作不輕同於人，喜讀書，通其大指，曰：「學以經世也，吾取其有益於世者而已。」於世儒所謂義理、考據、詞章之學一不屑意。大師博材質以所業，輒窮於對。至論古今世運興壞之由、賢不肖之別，抉幽覶微，剽剝剖攻，雜以恢詭偏宕之詞，雲幻波激，莫測所來，雖善辨者莫能窮也。所爲文閎辨奇肆，不中有司度程，以諸生應鄉試，連不得志，乃益厭薄舉業，并力於所謂經世之學。自歷朝史記，司馬氏以下編年之書，杜、馬所志典章，以及國朝鉅蹟盛典，皆廣涉博綜，而洞其要。尤喜近世輿地之説及泰西所繪海國諸圖，指次其山川、關隘、都會與夫輪帆出没經行之處，若歷庭闥而數階級，不待參度。性剛直，不諧於俗，既不得志，愈抑鬱不能平，並世人少當意者。嘗顯刺人過於稠人廣坐之中，其人羞頳汗喘，猶痛繩之不已。於公卿貴人詆之尤甚，以爲若輩幪養富貴，而令時執敗壞至此，咎將安歸？已乃夸所負於衆，衆駭怪莫敢置對，則又發怒罵之曰：「君輩庸下，非解此者。」吾父嘗戒之，以爲非處世之道。先生語人曰：「吾兄之言是也。然吾性實然，吾制之而不能克也。」與深澤王小泉先生以志學相高，其韞深蓄富，思以推致於天下也同；世既我遺，不貶節以自鬻於世亦同。小泉先生習程朱之説，動作必依於儒；先生則傲岸自喜，不甚以廉謹自矜飾，由是齟齬。先生氣盛，必欲窮之以辭，既而悔之，曰：「其歸一也，特所由之徑異耳，嘵嘵何爲？」桐城吴摯甫先生爲州於深，奇先生文，引爲上客，與商榷古今，恨相知之晚。先生亦曰：「吴公知我，吾不孤矣。」先生既抱異材偉略，無所藉以澤斯世，苟可爲於鄉里者無不爲，以謂吾期於濟人而已，遠近大小一也。同治初土匪滋事，先生略仿戚氏練兵之法，編鄉落以守，境賴以安。光緒三年，歲大饑，官給錢買穀以振。先生自販糴於數百里外，自冬徂夏，往返者數矣，舟車飲食，費取諸私，不縻官一錢。廣立章約，纖曲悉當，鄰境咸取以爲法。經營奔走，無間寒暑，晝夜憊心疲力，至輟餐寢，長老嘆嗟曰：「自吾所聞見，百年來未嘗有也。」未幾大疫，人多死，先生慨然復思有以拯之，而先生亦竟染疫以卒，時光緒四年六月十二日也，春秋四十有二。以是年十二月某日葬，會葬者千餘人，争輓柩車，道路闐塞，至不得行。吴、王兩先生聞先生之卒皆慟，未嘗不爲天下惜也。配深澤王氏，福建延建邵道贈光禄卿諱肇謙女，先卒。子澎，廪生。繼配棗强王氏，河南泌陽縣知縣諱堪女。子湘，幼。女二。孫男女各一。兄子濤謹狀。

交河李君墓表

大司徒以六行教民，鄉大夫受教灋而頒之，自州長以至閭胥，各以受於鄉大夫者教所治。而當時之民之以孝弟稱者反不若衰世之可紀，何哉？司徒之灋，民既月受而日習之，其薰濡而浸漬，以是爲日用之質，非若創見之行詫異而歎奇之也。周道衰，司徒之灋廢，孔子取其説以著於經。其時卿大夫及門弟子之以孝聞者則亟稱之，以暴其異於衆，於是生自具而不待索賴於外者，遂爲至高難能之行，而不敢幾之人人。漢以孝弟制科，其法既美矣，而儒者或飾所聞以應之，故太史公爲《萬石君傳》，美其仍世孝謹，以爲齊魯諸儒莫能及。夫萬石君父子貴寵，文學勳烈録録無可紀，史家乃取其家庭蕞瑣之事津津道之，豈非以教壞倫斁，飭庸行於質闇之中、不自炫以獵名者少與？交河李君諱元術，字衡之，父卒時弟妹皆幼，兄亦遺一子以没。家故貧，母撫之，而憂如此寡且弱者，何所賴而芘以生也？君以爲大戚，日思所以慰母者，絀身及妻子所奉，致豐其母；又推母意加禮於嫂與弟妹以及兄之子。其事自芸植蓄飼以至縫績飪爨，其物自布麻米芻以至囊篋盆盎，君與妻雜職之，而督其弟與兄子於塾，壹不使有所聞以奪其志。由是家遂饒，弟妹昏嫁皆適母願。兄子有聲庠序間，母則大慰曰：「吾死不恨矣。」曾祖某；祖某；父某；娶某氏；子汝棠；孫懋嘉；懋简，附生；懋勤。卒於同治六年二月二十八日，春秋七十有四，以某年月日葬於某。嗚乎！君之才蓋可有爲於時，以親故棄而弗求，勤勤懇懇，獨盡心力於聽睹不及之地，以故人莫之稱。匪獨不見稱於人，雖其親亦若安而忘焉。夫事親而使其親安而忘也，則所以事親者可知矣；而人之論孝者乃棄而莫之及，則人所謂孝亦可知矣。人惟不知所謂孝，是以真能孝者少，而其能者亦澌泯而無稱也，故予於李君之懿行不備述，獨取其孝，而推論之，蓋欲使闇淡之行無以譁衆而取榮者得顯於世而傳於後也。

大名書院增膏火記

自田不井授而士貧，上之人猶欲取室家多累之身聚之庠序，與之從容論學，自非聰明敦厚之士之性乎此者，則髟克我從，故《禮》言學制詳矣，而游於學者未聞仰食於官，其養士之需漢以後乃有之，亦勢之不得不然者與？然自京師以至郡縣皆有學，其隸名於學者數且十百於官吏，欲於吏禄之外别籌所以養之，恐竭天下之力猶不能給所須而徧酬之也。宋世士大夫植養學徒，創爲書院，其後增置愈多，贍學之田豐於郡縣學，所以濟學校之窮，法至善也。今學使取充郡縣學者積至數百人，廩於學官不及十一，其餘無以給也。籍於學既不足自存，材俊進取之士乃相與講肄於書院以卒其業，於是書院遂爲造士之所，而爲國取才者乃不屑意於斯，而思有以長育之矣。大名書院，府所建也，治於府者皆與試焉。同治某年觀察祝公親校諸生於院，別儲資以餉之，於是執業其中并州縣所課月試於書院者三，優裕夷愉，志不遷奪。光緒十年錢塘許公復分奉畀之，以贍與試於道者。諸生既感且奮，屬濤爲刻石之文，用志不忘。濤爲公屬吏，與聞公爲政之大者，樂爲諸生道之。諸有地數百里，爲郡三，爲州若縣二十有六，其樂苦利病在所興革者無不問。自府以下，仰而承流者百餘人，其人之賢不肖無不察。公之來以秋，其去以冬，視事數月耳，墮舉弛張，人獲所懷，其敏而有功如此。公顧不自喜，方且召閭里之秀，佔畢之儒，謀衣食弦誦之資，較文藝之短長，以教以養，懇懇乎其未有倦焉，豈非以士君子標式其鄉，士習端則民俗一，民俗一則德教易以施，而爲政之要無踰此者乎？諸生能仰體公意，取所聞教於公者，飭而躬訓而徒友，滌革澆陋，進之純美，以廣公之化，是則諸生之所以答公，而公所責效於諸生者也。

書柳子宋清傳後

子長得罪，知交莫救，《游俠傳》慨乎言之。子厚傳宋清，意與子長同。子長之意隱矣，子厚又從而甚焉。於清之得遠利數數言之，其意蓋曰：「有援我者，吾之報之也豈後於德清者之報清？」此傳之意也。不然，清之遇人，足以傳矣，數言其得遠利，則賈人之尤巧者也，何足道哉？古之君子，其進也難，其退也易。雖獲譴以去，而充然有以自得也。吾讀子厚與許、蕭諸書，蓋不能無惑焉。夫子長之詞激，子幼之詞敖，其於君子自得之趣，已邈乎其不相及矣。然彼二子者讁非其罪，特假偏鷙激宕之辭，笑訕怒詈，而攄其憤耳。子厚既自反之不縮，而又倖人之憐而收之也，故其志幽抑，其音哀促，其氣亦遂萎然不能舉其辭，抑猶在二子之後與？雖然，子厚以命世之才，鋭於見功，致蹈大戾，其冀得復用，蓋欲直前過而竟吾才之所能耳。夫以斥逐廢滯、無人省録之身，抱壹鬱紆軫、無聊之志，而施政於遐辟瘴癘之地，其所錯置已足表暴於當世，使得復枋用，其效功天下，豈可量邪？又烏得與奔勢竊榮、苟徼貴富者等觀而類視之邪？然卒絀於讒毁，不得少伸，雖生平故舊所嘗致書而希其扳接如蕭俛、許孟容、李建諸人者，亦終不肯爲言，此退之所謂材不爲世用，道不行於時也。嗚呼！豪逸之士之不容於世也久矣，庸讕痿寙之徒，席恒蹈順、幸免於戾者，方且日伺吾之隙，而以其所操尺墨繩之，一不自檢攝，而身敗名裂，終不復振者不可勝數也。子厚之斥也，惜之者退之而已；李陵之敗，惜之者子長而已。吾著而論之，使操用人之柄者，苟遇英特非常之士，當懲其躁妄而委曲以全之，無沮遏其志而敗壞其才，而士之自持其身者，尤當致謹於出處進退之際。世無退之、子長，則子厚乃竄斥之罪人，而李陵乃一降虜耳，雖有文學勳烈，誰復稱道之哉？孟堅爲《李陵傳》，既侈陳戰狀，以表其功，於其致敗及所以降而不反者，言之絶痛，而陵之本志，復於《蘇武傳》言之，可謂得子長之意矣。陳湯奇材偉功，以過犯屢嬰大譴，間以疾毁，卒致廢死。孟堅既直書其功罪，而備載劉向、谷永、耿育訟湯之疏，以致其痛惜之意。嗚呼！此班氏所以爲良史與？

讀墨子

春秋時，管子、晏子、老子之屬皆有書。《傳》曰：「臧文仲既没，其言立。」而《藝文志》不載其書，則有書而不傳者亦多矣。孔子於此數子，蓋嘗論其爲人，而其書則未嘗辯也。既定六經以明道矣，羣言之是非，猶待辯而後明邪？孔子之後，楊、墨竝稱，然楊子書不傳，諸子之道之者亦鮮，其不足駭世愚衆也明矣。墨子既以書自見於世，而傳其學者亦獨多，其見於《墨子》書者有禽滑釐、公孟子、耕柱、巫馬子、管黔傲、高石子、公尚過之屬；《莊子》書有苦獲、已齒、鄧陵子之屬；《孟子》有夷之；《吕氏春秋》有田鳩、孟勝、腹䵍、高何、縣子石，又有孟勝之弟子徐弱，禽滑釐之弟子索盧參、許犯，許犯之弟子田繫；《韓子》有相里、相夫。其朋徒不可謂不盛，然當其時顯功天下，爲人所嘆奇，而收名後世者，縱横、名法之流。若墨子者，自太史公不能指爲何時人，則其擯棄於時也久矣。莊子謂「其道太觳，反天下之心，天下不堪」，司馬談以爲「儉而難遵」，戾乎人以爲道，取信於人也難，特其徒相與誦習之耳。而孟子乃謂亂天下者楊墨也，攻剖之不遺餘力。然自孟子之後，百家多稱舉墨氏，而尊其術以配儒者，其徒之述其師學以爲書，如《我子》、《隨巢子》、《胡非子》之屬，漢人且具録之而躋之六家之内。是孟子未辯之前，墨子固不能以其術愚天下，而既辯之後，亦未能遏其流而息其燄也。吾嘗以謂百家之説惟名、法利於用而效速，世主每甘心焉，雖禍其國而不悔。老子言清淨，人便其簡也，而習之者多，君子所必辯焉。其他之以道術鳴者，雖淺深不同，皆非人情所樂，或怪迂譎變，不可考究，未聞有取其術而施之國家者，聽其自爲衰王，勿與知焉可也，何必取無所損益於世之説，攘臂其閒，齗齗焉與之角哉？孟子與莊子同時，莊子傳老子之學者也，其時齊之稷下先生、田駢、接子、環淵、慎到之倫，亦莫不本老子之意以立言。漢時去古未遠，先王禮教追討而復之非難也，而當時賢君哲士，或絀儒術，崇黄老，以清淨治民，而禮教遂終不可復。魏晉人乃至竊其迹以亂天下，其禍吾道也烈於墨矣。孟子既貶抑楊、墨以衛吾道，而當時繳繞慘礉之徒以及處士之恣其議者，無不斥而揮之，而於老子、莊子則未嘗辯之者，何哉？

送張京卿使外國序

與中國反晝夜、異寒暑、縣隔大海之外而能長其衆、國其土者，環海皆有之，而西北諸國最大且彊。國家招懷撫内，無閒海内外，東嚮而慕，挾其術業器物踔海而至者踵相接，其使臣置邸闕下，海疆萬餘里皆得築廛次以居，商賈於是通好求市者數十國。國家輒遣使報之，更往互來，日衍月增，尨雜紛緻，驟不可刮櫛，義羈力創，相時進退，不能以常執拘。而近世士大夫好持高議，扳援古昔，指抉是非，將相大臣爲國任事者與士大夫之議判如水火之不相謀。光緒十一年六月巡大順廣道張公奉命以三品卿使米利堅、祕魯、日斯巴尼亞三國，將行，謂其屬大名縣教諭賀濤曰：「今茲之行，期濟於事而已。清議吾畏之，然不敢瞻徇以誤國。於子云何？其贈我以言。」濤既以文辭辱公之知，日思有以效於公，既承命，退而思曰：至哉言乎！天下之變，莫究所終，今所聞見，生民所未有也。海西諸彊大國，以舟輿之力，洞達遐阻，凡土著而島居者，無小大皆通之。執鈞而利啗者有矣，慴以威而責其貢者有矣。或好始而釁終，或昵此而仇彼。振患釋紛，而陰遂我所圖；助人攻戰，而實藉資要利。衆所争在彼，而禍集於我；我謀已久，而人或我先。情僞錯出，事埶儵變，舉手厝足，動有牽觸。善爲國者，綜衆國以參其埶，遠睎高矚，擢摘幽隱，而窮極其變幻，批郤抵瑕，握乎其機，然後剛柔疾徐，隨所施而無不當。今之議者，乃欲顓己守故，執舊聞以揆量天下，惡足禦無窮之變哉？公嘗以太常寺卿總理各國事務，於馭夷之道，已洞徹其機，又能不瞻徇俗議，顧惜一時之名，兢兢焉期於國事有濟。公往矣，遠人之安，海氛之靖，當於公之行卜之。公以文章博麗稱天下，使事畢，當記其山川、物産、謠俗、政制與所以御變之道以歸。濤受其書而讀之，潛討當世之務，拓其志識，因以益治其文辭，稱頌公之功德，則濤所效於公者有在矣。

賀母齊太孺人九十三壽序 代

曾文正公論君子之澤有三，曰詩書，曰禮讓，曰稼穡。近世士大夫家能兼者鮮矣。武强賀氏庶其近之。吾家與賀氏世通姻好，其人皆恂恂有規矩。某慕而好之，而與緒臣交最篤。緒臣與余年輩均，爲人温厚坦夷，才高而能斂，志大而不夸。某特敬異之，以爲能守其祖父之業而光大其門者也。緒臣之祖茘生先生治家嚴肅，其配齊太孺人以温婉劑之。自門以内，熙熙然，秩秩然。先生既没，子孫承太孺人之訓，仰紹先志，以耕以誦，久且弗怠，殆所謂君子之澤者與？太孺人有子五人，今獨其季存，年已幾六十。女及諸婦亦皆六十、七十。孫、曾男女二十餘人，其長者亦四十餘矣。晨夕視餐寢，各率其子女以入，更進環侍，室不能容，則退而立於庭階皆滿。而太孺人精神强固，耳目口體無老人之苦。其視子婦、孫、曾之侍前，猶嬰穉之在左右也，所以拊顧而訓戒之者猶昔。人皆嘆爲門庭之祥，雖其家亦未嘗不以此夸於人也。光緒十一年太孺人九十三歲，而緒臣舉順天鄉試，族黨戚好之賀緒臣者，因以爲太孺人壽，將以某月日稱觴於堂。緒臣以書來，致其季父之命，以祝壽之文屬某。某竊觀當世士大夫家，奔命於仕宦之場，徼圖利禄，取爲親榮，然不數十年而見其先後之異者多矣。賀氏飭身以訓典，取食於田畝，其出而仕者，歷久而不愆於舊，蓋自高、曾以來百餘年未嘗改也。緒臣家較諸賀爲最貧，而太孺人躬執勤劬，貶損衣食，男婦長幼各執所業，其勉承先人之澤者亦獨勤且苦。然則太孺人之膺受多祉，享期頤之壽，得賢子孫之報者於是乎在，而君子之澤之可大可久，不益有徵而可信哉！某以薄宦，羈於數千里外，緒臣之巾屨笑語不際於耳目久矣，於其舉於鄉而知其業之加進，於太孺人之壽而知其家之和樂吉祥有逾曩昔，爲述其世德以爲之祝，以見今日之慶之有自來也。

沈越生傳

沈君越生諱頌元，浙之仁和人，舉博學鴻詞。山東按察使諱廷芳世稱椒園先生者，君高祖也。曾祖世偉，翰林院庶吉士。祖景朓。父敦治，舉人，廣西昭平縣知縣。兄弟四人，君次居弟三。伯以典史官陜西，仲從昭平君於粤。君幼育母家，稍長，衣食四方，所至必奉母以行，義不忍一日離其親。昭平君卒於官，以寇亂未得返葬。君痛父骨之未歸也，輒欲躬往求之，以母老病止。母没，遂悲啼就道。時仲死已久，君不知父骨所在，至桂林，舍於城外逆旅，日出訪之。濘而躓於途，傷股，途人舁還逆旅。君故病咯血，以母喪，哀毁益尪羸，獨身走數千里，水陸頓撼，衝抵寒熱，憂病並侵，已積憊不可支，而新創益復痛，委頓牀席，廢眠食者累日。昏瞀中忽自省曰：所爲來求父骨也，即死奈何，而煢煢羈旅，又無一日之好以託。自衡至桂，所儗輿人者未歸，泣命之求，數日不得，計無所出，疾益亟，瀕於死矣。浙人之游於粤者憫君所爲，移之館，給其所須，而代訪其父葬處。得之桂林郭外，并得仲妻柩於昭平家側，竟扶兩柩以歸。至家而後，能杖而行。仲既没，季亦客游以死，伯病羸，終歲卧牀蓐。君率家人事之，久而彌謹，未幾亦卒。而仲與季又皆無子，君憂痛之終身。君初以鹽大使候補天津，棄去客游燕趙閒，病死於灤，年四十九，所主厚斂之，而送其喪歸。幼聘張氏女，以寇亂未知存亡，别娶於范，而張氏來問昏期，以别娶辭，張女誓不他適，復迎以歸。無子，以伯子某兼祧。君喜讀性理書，於姚江王氏體之尤深，旁及百氏雜家，靡不究討。嘗慨然有用世之志，苦無資地以自見於世，往往發爲詩歌，以鳴其鬱。既乃屏棄少壯所學，獨耆老子之説，窮探力索，若有味乎其中者。夫老子、莊子之屬，當濁亂之世，憤己才之不見用，而嫉世人拲梏於事物而不知反也，乃故爲是浩茫不可控摶之詞以自適，所謂有託而逃者也。君讀儒者之書，既習其説而服行之矣，而猶有耆於彼者，毋亦憤憾於斯世，遁而之沌悶之域，離物而立於獨邪？抑世不我知，得爲者倫紀而已。既畢心力於父母、兄弟生死之際，遂冥心於彼所謂清淨者，優柔儼渙，以終其天年邪？然卒奔走於衣食，至於窮困以死，天之於賢人君子，既摧挫其心志，使不獲少伸，及其窮無復之，别擇一涂，以自放其意，亦閉遏之使不得遂，嗚呼！自古而有之矣。其所以然者，蓋非人所能知也。

開州重修披雲樓記 代

衛居冀、豫、兖三州之中，抱河控濟，以形勢雄四方。歷周、秦、漢迄北宋，恒扼此以制敵，故其民好氣任俠，自古著稱。自河徙而南，形勢既改，風習亦殊，其地爲今大名府屬之開州。土故沃饒，民敦愿，力作不怠，俗以富康。然其地曠衍，形錯於山東、河南諸郡縣，賓客商賈四遠而至，事厖人雜，盜賊因以出入，而訟獄滋益多。官斯土者，苟非廉敏通達之材，往往不能舉其事。桐城孫君蓉軒，治開三年，拊摩抉剔，不威以嚴，盜息獄簡，耆穉詠歌。其居之後舊有樓，名披雲，廢不修久矣，君理而新之，以其暇日與賓客宴游於此，蓋將與斯民同其樂焉。某閒從君游，而登所謂披雲樓者，據軨遠矚，求大河之故瀆，考歷代戰争之迹，而觀閭井民物之衆廣而綏阜也。因俯仰上下，思風俗之所以異於古，而籌爲政之所宜，嘗低徊嘆息而不能去。嗚呼！山川形勢之變，猶能奪人之故習而潛移之，况於仁政之所被，有以漸靡其耳目，灑練其心志，而顯然予以可遵而守者哉！觀君治民與民所以從君，而知爲政之易也。州人士既安君之政，而喜與君游也，請爲記，遂書之以答其請。至於樓之廢興，與修之之始末，君自有記，兹不復詳云。

李起韓先生七十八壽序

同治七、八年，從兄允吉先生率其子及猶子讀書郡城之南，濤與戚舊族黨往從游者十餘人，從兄之姊夫李起韓先生以别業舍之，而其子與焉。先生性和易，無少長戚疏，一接以温語，惟恐不竭其歡。主其家踰年，蓋無隔三日而不見。日且昏，諸生輟業以息，或卧或步，或聚而語，聞履聲自外來，則先生啟扉入矣。至則與吾兄説往事以爲笑樂，或較諸生文藝，諸生敬而愛之。凡師吾兄者，無不質所業於先生。先生之子壽坡，長我且八歲，先生則弟畜我，我乃師事之，而友其子。時桐城吴公知深州，方招致文學之士，聚之書院而作養之。嚴其課而厚其餼，其經營厝置，悉屬先生，州人康蔗田、李箸元兩先生佐之，而獻高先生阜民爲之主講。諸先生皆耆年碩德，繫一方之望，校試之日，環坐於堂，觀者嘆嗟稱慕。故其時吾郡人才勃興，號爲一時之盛。其後濤假館四方，既而游京師，不至書院者十餘年。而吳公以憂去，康先生宦於五千里外，李、高皆宦游以没，吾兄初客京師，既而歸，今亦卒七、八年矣。獨先生簡静沖夷，屏利卻榮，棄其所官之國子監助教，里居不出，游神於漠，頤性以和。而吾姊閑婉而淑嫕，無煩言，無遽容，與先生性行如宫羽之諧，門内不聞高語疾步，家人熙熙，童僕訢訢，固宜其席祜蹈祥，月衍歲綿而未有艾也。光緒十二年濤以大名教諭應禮部試，遇壽坡於京師，詢其父母起居，且問書院之廢興。壽坡具道其父七十八歲，母七十七歲，綏愉康固，神明弗衰，書院則先生以老辭其事，踵其後者一躡先生故迹勿失，今猶昔也，歎慰者久之。於是吾鄉之試禮部來京師者，以某月日爲先生初度，議合姻故朋好，以壽先生，而竝及吾姊，屬濤爲祝嘏之文，將歸而獻之。濤惟先生之盛德善氣，既蒸爲門内之祥，而吾鄉後起之秀，肩比鱗萃，多取科甲以去，亦皆濯先生之風而諰其陰也。夫以一人之善，施之一家，而推之一鄉、一郡，使薰其德者皆相砥以幾於成，其意量豈可限哉？鄉人之相與壽之也固宜。濤以職事相羈，未獲躬與斯盛，異日得閒，當挾所業就正先生，因拜吾姊於室，祝其彊飲彊食，而頌以難老，遂徵召同人，至曩昔所假之别業，撫今感昔，行觴賦詩，歌詠先生之德以爲樂，請先以斯文質之。

送勞厚庵先生序

濤少不聰敏，不通曉世事，而嗜尚與人殊，衆注聽而眈視，不以際耳目反讎之；衆棄如脱，莫之知違，又趨而鶩之。齒齇蹠盭，動叢憎疾，長益習爲於世無用之文，志愈高而道愈狹，兀行孑處，四顧而無所歸。聞京師多博才通學，乃考取國子監學正，居京師，冀薰濡於師友以自廣大。而所謂博才通學，又聞其多在公卿貴人，位卑力埶不足以扳接，久之無所遇，乃改就州縣學官，蓋將遁聲潛景，甘寂寞終身以竟其學，而無幾於人之我知也。及來大名，而桐鄉勞厚庵先生以同知筦河務，適在郡。先生與吾舅交好，數見其筆札，而竊好其文辭，積思二十年而獲見於此，與語輒譴之，質以所業，而不吾斥也。自是每有述造，輒就榷是非，先生亦降其齒德與交。未二年而通永道檄先生至通，欲挽而留之不得也。夫以睘睘無比佽之行，治舉世莫爲之學，退處辟左之地，遇平生服膺積二十年而不獲一見，既見而遂好我之人，而忽然舍我而他適，則其皇皇懇懇，冀其堅我之志、宏我之見以慰後此獨學無朋之苦也何如哉？先生邃於禮，於國朝徐氏、秦氏所纂禮書治之尤勤，以謂役驅萬物，裁劑事變，釋此而莫由。其於文章，則如木水之有本原，如商販之居次敘而築堂室者聾其基也，每相見，必以相語，殷殷然若有厚望於濤。授盲者以兵，蒙瞽者以甲，使之疾趨亟鬭，而督之奏功，其不能勝亦明矣。雖然，濤之志此有年矣。自今以往，擇其可入者治之，釆博蓄富，無漫羨而不貫，肌折縷治，無鉤鈲以碎道，其曶昧不明、壅閼不通、欲施其力而莫由者，則仍以啟盲走瞽之權屬之先生，先生勿以弃我而去而舍而不顧，則幸矣。

廣西布政使范公家傳

公諱梁，字昴生，又字楣孫，姓范氏，錢塘人。曾祖文緯，優生，高宗南巡，召試二等；妣沈。祖封，舉人；妣邵。父爲金，附生；妣徐。三世皆以公貴，封贈如公官。公家貧好學，自爲諸生，名已噪白。舉道光乙未鄉試，庚子成進士，以知縣官直隸，補威縣。俗嗜博，公禁之嚴，出則進鄉民而問之。婦嫗環告曰：鄉者夜績得布縷，若夫若子持入市，則徒手歸家，望哺不能得，今無是矣。鄰多盜，篡劫恣行，公躬巡徼，出輒以夜，嘗一夕冒風雪馳七八十里，姧宄怖懾，戒不擾所治。尤善聽斷，抉覆發隱，姦黠披露。有服鹽汁死者，尸腐，以捶死告。公入室得盎具，以物探其喉，而親嘗之，鹹；使其家人嘗之，不肯；觀者大譁，乃强詆之，獄遂定。調雄縣，升大興縣，擢北路同知。丁父憂，京尹言於朝，留筦順天糧臺，軍食不缺。上其功，以知府記名。服除，留直隸候補。公既以廉察著聲，至則令鞫獄訟，侏張隱曲、繳繞而不可端倪者壹屬之，決大獄數十。有誤殺者，勘牘當，以故公與郡守詣總督，守視總督，爰書將言其狀。總督怒抵書於地曰：「是於法當死，可骫法出之邪？」守色沮，不敢置對。公曰：「是某所讞也。」違覆者久之，卒白其寃。時總督譚公持法嚴，僚佐憚之，公名由此益著，大吏皆倚重公。攝順德、保定，授永平，復調保定。臺司有大政令，必諮而後行。公益自矯厲，當官直行，不屈所守。總督劉公屯兵於郊，帳下卒掠民物，民愬之公。公夜詣軍門以請。劉公猶豫未及答，公曰：「某實親見，微民言，固將白之。」劉公乃誅掠民者，而反其物。命巡通永道，而捻匪擾河南、山東，迫畿甸。又命以大順廣道防河。時僧忠親王戰没曹州，援師未集。公以千百新集之師當賊衝，悉力固拒，以待大軍。適有謀代公者，謂公書生不知兵。語聞，朝廷知公堪軍旅，命勿易。公内不自安，遂乞解兵柄。賊既渡河内犯，諸軍旁午而至，土寇四出攻剽，兵與寇不可辨識，民數驚。公編民於兵，選驍厲鋭，約明令堅，不急與角，静鎮密防，處以無事。寇不敢犯，而兵之過竟者亦咸守約束無擾。遷山東鹽運使，升山西按察使，未至，改直隸。直隸獄訟倍他省，委積叢雜，紛不可理，按察使受其成而已，公壹親鉤治之，在職九年不少懈。公性精勤，在官不言勞，事無洪瑣、劇易，必躬閲而目營之，不自人手，官益高，則自厲愈甚，故所至官治無遺闕，而於治獄尤兢兢，論者以爲近世刑官皆不能及。再署布政使，升廣西布政使。叛將李揚才擾越南，提督馮公出關征之，時庫無倂餘，而關外險遠，饋餉且不繼。先是軍屢興，用不足則減士卒之餉。公曰：「是苟道也。財用固吾責耳。」蚤夜綜畫，條區彙覈，汰冗縮盈，出入無罅漏，軍儲以充，卒餉之如制。士卒踴躍效命，大憝克殲。光緒七年，有旨内召，遂乞疾歸。九年十一月卒於家，年七十有六。公廉於財，而賙人之急如恐不及。治威縣也，賦入歲數萬錢，徵而銀齎，銀貴則以私錢益之。邑人數請增其徵之數，不許，負累數萬，未嘗加民一錢。吏有既歸而負官帑者，將究之。公適主其事，曰：「廉吏也。」走告其鄉人之官直隸者，不應，則括己貲輸之官，既免，卒不使其人知之也。生平不問家産有亡，禄糈所入，以班族婣。既歸，貧猶昔。僦屋以居，所衣猶作縣時物。配倪氏，封夫人，先卒。子崇威，兩淮候補運判。孫開先，三品廕生。女三，長適直隸候補知縣章沅；次適北河候補同知勞乃寬；次適江蘇海州學正張敦敏。論曰：公爲守令久，人輒稱舉其事，以方古循吏。吾觀公爲司道時，閎達剛毅，有大臣體，其視古所稱循吏，意量遠矣。公在大名時，泰西人嘗一謁見，稱道治威之政不置，時去威且三十年矣，而論者乃謂遠人不可德致，抑獨何哉？

孔繡山先生文集序

志我同也，術我類而才我鈞也，竝世而生者，不過以十數焉。而此生之不過以十數者，又隔以百千萬里而不相值。相值矣，而所蹈之異其轍迹也，所居之崇庳敻絶也，年之先後於吾也，又幾幾有不能合併之勢焉。然吾觀學人之求友也，苟竝我生之有其人，雖其勢不可以遽合，無不學媒而文贄之。時政之與諏，術業之與稽，生與相問報，死銘飾其終，苟異於衆，而能以道藝鳴，蓋無不於吾文見之，靡乎其相劘，曜乎其竝昭，穆羽和而形景附也。故讀一人之文，可以知天下之才焉；以天下之才還質之，可以知其人，因以益信其文焉。曲阜孔繡山先生，官京師最久，其所從游，若阮文達、梅伯言、朱伯韓、魏默深、曾文正、何子貞、張石洲、何願船、苗仙麓，皆魁儒碩學，海内所宗仰。先生頡頏其閒而師友之，宜其學之無不通，而詩文之體無不備也。諸公所撰述，吾既博窺而麤得其恉矣，讀先生之文與詩，若揖讓於諸公前而與唱酬焉，執素所得於諸公者，旁覈㮚參，以揣稱先生之所爲，殆如蓄蚤之不齵於緶，五聲作而還爲宮也。則吾鄉者之説，不且於是而益徵其信哉？

戴母吴太宜人八十壽序

軍興以來，沿江數千里湯沸癰裂，室廬灰燼，民物鑠耗，薦紳盛族蕩析而無所歸，既歸而隻身赤立，了無藉賴，遂因以不振者，不可勝數也。吾同年友天長戴君選樓之母吴太宜人，於喪亂奔徙之餘，獨能維匡營護，變不愆素，久不怠初，卒完其家如舊時。而子孫日益光顯，稱爲賢母，豈非天下之至難者乎？戴君以知縣官直隸，待闕大名，與濤言太宜人事甚詳。亂作時，贈君已没，而贈君之母尚在，年已八十，兄嫂皆老病，子七人，兄子三人，多未及壯，扶老挈幼，奔避於風煙谿谷之中，僅而獲免。而姑及兄嫂又相繼以逝，家故饒，始散於贈君之任恤，再毁於兵火，又耗於家之多故，至是百物盪盡，盎無匊米，篋無遺縷，蓋幾無所賴而庇以生矣。太宜人肩鉅執煩，拾零緝匱，苟有事，一以自任，而督諸子孫及兄公所遺三子使就學。久之，家稍裕，諸子先後領鄉薦，貢成均，或服官以養。長孫以明經舉，諸孫亦以次補博士弟子員。太宜人康强愉綏，有加曩昔，人咸歎爲門庭之祥，而太宜人之窘乏迫蹙，單憂焦思，已歷三十年矣。光緒十三年某月某日爲太宜人八十壽辰，將稱慶於家，君亦開筵客邸，召賓僚以賀，而以侑爵之辭諉濤。濤禮辭不獲，乃言曰：世之以文稱述人者，輒好稱引奇異，而庸德弗章，況閨門之中，其地至隱，其事至微，爲聽睹所不及乎？范蔚宗之傳列女，率皆矯厲卓絶之行，明辨警敏之才，其循循修職，自桓、李而外無他述焉，豈史家之識有不逮與？亦庸行之傳於世者少也？若太宜人之蹈艱茹苦，再興其家，其難蓋倍蓰於范氏所録，而其所處乃不過家人骨肉之閒，紝纍瑣委之事，何嘗有畸行偉節以聳人聽聞哉？吾懼世之略而弗察，推大其事而侈陳之，使知臨事飭身，不必務爲其難，其至難者固在此而不在彼也。君嘗攝兩縣，卓卓著聲烈，名譽四馳，此世俗所謂顯揚也。君顧歉然不足，憂危怵厲，一如太宜人之居患難，可謂以親之心爲心矣。故余既述太宜人之艱苦，見家慶所自來，因益勉君，使力持其終，俾子孫席其業者引於勿替。若夫禱龐祺，頌繁祉，浮夸虚誕，固太宜人所厭聞，亦豈君所以慰親之意哉？

王榕泉先生墓表

先生諱肇晉，字捷之，號榕泉，深澤王氏。先生之子，濤姑壻也，濤師之，就而問學其家。先生以濤爲可教，數進而語之，由是得窺先生之學。先生研究性道，以程朱氏爲宗，未嘗自著書，而手寫先儒之書積若干卷，至老病不輟。蓋朱子取《禮》之《大學》、《中庸》及孟子所爲書以配《論語》，爲之章句、集注，用詔來學士之有志於道者，胥於是取則焉。自功令以經義取士，世之淺者，暖姝自足，習爲庸鄙苦窳之文，徼倖於一售；多聞之士病其陋也，又雜摭旁稱，以炫其博，甚或與朱子相訾謷，而蒐討隱辟而詰難之。利之趨而忘其義，華之掇而遺其實，其無與於道一也。先生慨焉，搜輯儒先之説爲《四書經正録》，以求合朱子明道教人本旨。洛、閩教學，誠敬爲基，既尊其説而佩習之，因録以爲《服膺集》。旁涉諸家，一以朱子爲衡，意少殊，則詳究而慎擇，於是取薛敬軒、胡敬齋、張楊園、陸桴亭語爲《四録前編》，吕新吾、孫夏峯、李二曲、湯潛庵語爲《四録後編》。《前編》者，篤守朱子者也；《後編》者，少異朱子而慎擇者也。國朝諸儒，傳程朱之學而得其宗者，陸稼書之説最精以粹，於是又别取其書爲《陸子全書摘鈔》。嗚呼！可謂勤矣。先生不樂仕進，由舉人選教諭，棄弗就，以孝以友，以從政門内以竟其學。與其兄琴航先生以志學相敦勉。琴航先生官延建邵道時，粵賊陷邵武，將以身殉，作書告訣家人，以不得事親爲恨。先生復書，勉以治軍殺賊，毋以家事爲念。濤嘗讀其書，未嘗不流涕也。先生雖里居不出，而視當世之務如其家，一政善，未嘗不喜；即不善，深矉歎憾以憂。嘗與論事，曰「宜爾不爾，後恐爾」，歷驗如所言。苟利於人，倡爲之，或上書當道。官就諮，不引嫌自匿。曾文正公督畿輔，再以書徵，爲陳吏治，中今日利病，文正器之。曾祖焜，舉人，浙江布政使司庫大使。祖錫培，舉人，山東東平州知州；妣氏劉。父鍾和，附貢；妣氏何，氏杜。本生父鵬，稟貢，候選通判；妣氏楊。配劉氏，先先生二十一年卒。子用誥，拔貢舉人，候選主事。

女嫁棗強舉人步其端。孫孝箴、孝銘，皆附生；孝來。孫女二。曾孫丕祖，曾孫女一。先生之卒以光緒十一年八月十八日，春秋七十。某年月日葬於某。學不講久矣，自名爲學者，奉一先生之言，辟固陋迂，而不周於用，甚者或取徑於此以盜名，於是講學遂爲世詬厲，而華嚚譾薄之士得所藉口，以自放其不可極之欲。其稍有知識者，亦若有所辟而不敢道焉。學術之日卑，斯世不復得蒙儒者之澤，豈不以此也與？先生通材偉抱，推其所有，未嘗不足表曝於斯世，而退而斂之，獨默焉以所學自程，可謂不惑流俗而篤於信道者矣。先生世爲望族，自其先固多儒者，有著述行於世。先生纘家學，禮之子孫，吾師繼之，益博以邃。而孝銘年甫冠，尤雅亮有遠志，君子之澤之久且益昌其道，固如是也。吾師以先生事狀授濤，命爲刻石之文，因揭其爲學大指，使有志於學、畏流俗之譏而輒止者，可以自決所從，豈特慰吾師之孝思而勉其孫曾也哉？

書大名國太守事

南樂姦民楊荷豪橫鄉里，酒博無賴之徒，無近遠皆能役驅之，觸文罔者數矣。與里中富人王欽相仇，謀劫質欽。欽挈其家逃，荷率衆至欽家，抵蹴器物，而捆載其資糧以去，時荷之衆已四五百人矣。衆既聚，不能散，遂蓄逆謀，製旗幟、火器、戈鋋之屬甚備。是時海疆不靖，鎮大名總兵統所部遠出防海，而兵備使者没，繼者未來，衆兇懼。知大名府滿洲國鈞公率數百人以往，至則屏騎從，出教條曉其衆，踈以順逆禍福，而召其鄉鄰，説荷使到官，三日竟致荷於獄，卒以無事，時光緒十年六月也。公之出，僚佐士民送之南門，退相告語，多爲公危。及歸而迎之，則又驩忭蹈舞交賀。公去無遽色，歸無矜容，坦坦如平時，於是皆歎公之知略足以御變，而其量尤不可及云。自守土之吏不能詰盜，而姦宄潛構，往往蹈瑕横發而不可遏禦，若廣西之髮逆，躪轢東南；皖豫之捻匪，出没於燕、齊、秦、晉，其始則亦衺民，溷迹市閭，誑丐頑魯，誘結姦猾耳，郡縣督吏役捕之足矣。故當其未發，吏役捕之而有餘；及其勢之既成，窮天下之力，歷十數年之久，僅乃克之。論者謂擇良將帥不若擇良守令，不信然與？時濤甫至大名，親覩其事，懼其事之久而湮也，於其將去也追記之。

李亞之先生墓表

先生諱希聖，亞之其字也，束鹿李氏。家故饒，先生修其業而益息之，躬督耕作，而僦傭行賈徧四方，積二十年，家遂不訾。性儉約，節縮於身，以及其家，而斥奇羨以周匱貧無所惜。歲大饑，廣濬溝渠，治園亭場圃，取其庸得全活者數百千家。嘗欲置義塾，課族人子弟，而捐田以贍之，規畫粗具矣，而先生遽卒，春秋四十有七。以孫貴，贈奉政大夫。嘗獨以謂：富室者一方所仰賴者也，名田數萬畝，財幣流衍，匄其貲以轉販者，絡屬於道，手銚銍而刈穫其畝者，比屋而環居，操欘柯度規，縣鎔金運䡍，諸食藝術之人，廩其家者相踵也，而溝防築構之所宜興置，水旱癘疫之灾之所宜振救，歲時昏喪之所宜問遺，凡事之待財而集者，又皆有以塞衆人之求。《周官》以保息六養萬民，其一曰安富，解之者曰「平其繇役，不專取」，豈非以富者人所附，有無通易，聽其自爲，而我無與焉，茲所以爲養歟？自富人私其蓄，靳而不施，乃迫抑而彊取之，此非獨在上者之過也。若先生之所爲，非臨民之官所急欲安之以助我爲政，而爲斯世所甚賴者哉？祖某。父某。配某氏。子全有、全仁、全智、全福。孫汝舟，廩生；汝梅，舉人；汝楫，附生，候選郎中；汝春，廩生；汝桐；汝濱；汝弼；汝橋；汝成。先生之卒以道光某年月，其葬以某年月，撮其行義而表之，則光緒十三年八月也。

李君恕堂墓表

李君諱全仁，父希聖，贈奉政大夫，濤既表其墓而次其世系矣。君年十六喪父，兄弟舉家事屬之君，君惕惕孜孜，恐隕先人所詒，承兄弟羞，業益昌，自守益約，推施益衆。邑故多富人，君家尤爲衆望所歸，雖他富人亦争效君所爲，皆自以爲莫及。君年三十二而卒，實惟咸豐四年，距今三十餘年矣，鄉人猶稱説之不置。奉政君既勤一世以治生，悔不學，嘗誡諸子曰：「家幸饒，不憂衣食，惟讀書知道理能世吾業而大吾宗，酣豢於富，厚而能久，非所聞也。」君幼稟父訓，讀書無惰志，既主家，不復以所學干有司，而爲之益勤。賓禮文士，如恐不及。子姓以其故多向文學，君卒後數十年中，以文學見録於有司者，閒歲而有，迄於今不絶。吾從兄子言先生主講束鹿書院，李氏子弟多及門，其人皆通雅，而抑浮祛慲，如其先志，吾兄亟稱之。介吾兄以書走大名，屬濤表奉政君之墓，已又次君之事狀以請，曰：「匪獨吾家，繄鄉人之志。」因述其仍世懿行揭諸阡，豈唯身受者之不忘，將以詔於無窮。君配王氏，奉政碑所謂附生候選郎中汝楫君之子也。孫某某。

題大橋遺照

通州范君肯堂，不忍死其妻，圖其母家所居曰大橋遺照。大橋者，所居之里有橋，而其妻取以爲名者也。圖成，繫以詩，以視武强賀濤，曰：「子其爲我識之。」濤不知死生之説。古之達者如莊周之倫，以死爲寢休，而無概於心。佛之徒則謂人死且復生，相與禮於其所謂佛，而致死者於佛所謂極樂土而生之。夫不死其死，與死而之生，皆致絶於其死，而推而遠之，不足以抑人之情而塞其悲。方士能致鬼與人相見，其説蓋誕怪不可信，然古有復魂之禮，宋玉、景差祖其意，衍爲《招魂》、《大招》，皆懇懇乎以故居爲念，而庶幾乎魂之歸來。范君既圖大橋所居，又冶銅爲鑪，薰以衆芳，而勒銘其上，以招大橋之魂。然則斯圖之作，其楚騷之遺乎？

周孺人傳

候補巡檢山陰戴君元選矩卿喪其配周孺人，哀溢於禮，諸友謀所以解之者。君曰：「使亡妻性行得見於松坡之文，吾無恨矣。」濤重拂其意，乃爲之傳曰：孺人某縣人，父某，母沈。同産八人，而女兄弟三人。父早卒，伯兄客燕趙，佐府縣幕，所至奉母以行，舉家從之。戴君故宦游，既娶，遂依周氏。周氏家約男女長幼，各職所業，莫自逸暇。孺人既居母家，與兄弟妻雜作，不稍自異。家人亦安之，無彼此言。孺人兄客大名，濤始獲與戴君交，因徧交周氏兄弟，數宴其家，十餘人食立具，茗饌精善，尊簋絜脩，皆孺人所手治也。孺人二十六而嫁，嫁踰年而喪姑，竊自傷悼，曰：「人生事親重耳。既未及侍吾姑，當益致謹吾母。」又七年年，三十四，而母卒。母卒數月，孺人亦以疾卒。孺人體故羸，其疾也以憂母疾，母亡而疾益劇，其没也，則又以母匶之將歸也。孺人於女兄弟爲季，既亡其兩女兄，母益憐之。孺人亦能仰體母志，動輒適指，三十餘年未嘗一日離。既没，竟附母匶南旋，葬先姑墓側。臨終，戴君撫視之，曰：「子年尚壯，幸可差。」孺人泣，曰：「不起矣。我年五十餘矣，何壯也？」語訖而卒。孺人蓋嘗禱母疾，願促己年以壽母也。無子，一女殤。

古者女子在室，事父母之節與男子同，而共衣服，觀祭祀，凡婦人所宜有事，皆及女時而知，故《葛覃》使治絺綌，《斯干》與議酒食，而《采蘋》美大夫妻，説者乃以爲能，循爲女時法度。近世士大夫家不復責女以職業，嫁而歸，則益惰以驕，盛族巨室，其習尤甚。以吾所聞，孺人之行，殆無愧於禮教，而爲世俗之所難矣。然自孺人視之，既嫁，而未嘗一至夫家，又無子女，輒以爲無補戴氏，雖克盡女職，且卒以事母，以賢孝稱母家，其憾且無窮矣。而戴君之所悲者，不更有在乎？

祭王次陶文

材則自晦，豈爲仕謀。不戚於窮，匪財之求。胡不家食，卒死於游。有友仕滇，曰子我助。君奮袂起，戚君者懼。尼毋使行，君曰無恐。曩游吴越，西北秦隴。東徐兖青，勝無不控。屏舟與車，炎歊凍凇。攀危蹋巇，手皸足尰。形則窘囚，而適寐寤。滇辟西南，引黔控交。山川重襲，紆譎鬱橈。自中原往，吁哉其遼。道豫越荆，驅山走濤。我足未騁，我心則忉。既至二載，馳書抵我。文詩百篇，記所經過。瑰思偉辭，鉅不遺瑣。物萬億貌，窮其醜婧。嗅彼世味，唾猶堀堁。云歲在亥，我將北首。度我抵里，月直子丑。不謂及期，君歸以匱。往二十載，偕薦於鄉。初與君識，鏤腑結腸。志蕩辭軼，陵籍傲康。我厠其閒，天駟跛牂。不闊而媾，千詩百觴。自君行遠，我卧如僵。君歸有期，冀以日夜。道出沅湘，胡稅不駕。南衡北江，千里之野。古有騷客，楚屈漢賈。呼索作述，更悲互嗰。將反故居，抑留不舍。望君不見，遥祭奠斝。

書商君傳後

前乎秦，治祖唐虞。漢迄今，祖秦。唐虞之後，涉夏、殷、周三代，暴君令辟更作，蠹壞革興，相乘除於千數百年之久，而不能不蹈循其軌迹。周季世變，唐虞之法窮，商君知唐虞之法不足攝天下也，而易唐虞以秦。春秋迄漢，患害紛沓，四百年無寧歲。秦法興，始皇并天下，漢承其故，而天下遂安。涉魏晉以來十餘代，暴君令辟更作，蠹壞革興，相乘除於千數百年之久，而不能不蹈循其軌迹。秦之視唐虞則有閒矣，然襲其法而安，偭之輒敗，範天下後世，使莫能越踰，固無異乎唐虞也。然而唐虞之法，羣聖人編諸簡册，尊之爲經。儒者抱其遺文，踵前禮後，見秦所措建，戾我所聞，遂相與排擯之，以爲不足道，於是唐虞之法屏棄於世，而誦習之不衰，其爲世所遵守，亙百千年而享其利者，則以其秦也而叢詬厲。夫天下之變，莫知所屆，雖聖者不能預防，事起法從，甚者必盡易其故。侵奪之禍，古而有之，至周之季而其禍亟，此不得不變者也。四夷之禍，古而有之，至今日而其禍亟，亦不得不變者也。秦變之以取詬，則古今之見蔽之。今變起而圖所以御之，稍試新法，未嘗舉故法而更之也，而議者已蠭起，則中外之見蔽之也。無古今，無中外，相時所宜，而取決於己，忍天下萬世之詬而不辟者，然後可與論治。

武强蔡君墓表

武强蔡君寶桂以行義稱於鄉，既没，鄉人謀不朽君，以事狀請於縣與學，縣與學撰次君行義，歸諸鄉人，俾碣於墓。族人曰：「鄉人且爾，吾其可後？」於是彙君事狀及縣與學所撰次，俾君子勳持以視濤。濤曰：古者於喪禮至詳，其儀品器式，今固不可得而見，經衰杖帶之制，雖未嘗大戾於古，而各狃所習，里異而家不同。其沿自古而統天下無異同者，獨喪期爲然。然止以應律令耳，其飲食居處，與凡喪所宜禁而不得爲者，猶自恣也。蔡君居親喪，毀幾滅性，服除而未復，以至於老，如親始喪然。嗚乎！蔡君所爲，亦自順其性耳。而人之見之者，乃皆感歎而稱美，知古禮雖不行於今，而禮之藴蓄於人心者，固未嘗亡也。苟人心之不亡，雖久衰莫振之俗，不難愧厲而匡挽之。而禮之節飭於外者，又何難以漸復哉？世謂古禮不可復，皆苟於自恕者也。余既嘉蔡君之能喪其親，而歎人之苟於自恕，因發斯議，以表于蔡氏之阡。其世系、卒葬與所施惠於鄉者，具見前碑，不更列云。

答宗端甫書

辱書以文事相質，以謂多讀書、曉世務則理富，理富則文有質幹，而義法自從，不必斤斤以學文爲事。子之言誠當矣，雖名能文者，不能外子所言矣。雖然，以濤所聞，文之能事，猶有未盡乎此者。齞脣蹙齃，曲脊跛足，枝於指而癭於項，固不良於用，不美於觀矣。官體肢骸，不失其形，所以辨臭味聲色而任提挈戴負者，舉肖所職，以呈其材，則凡名爲人者皆然也，然而閎隘、伉耎、魁猥、舒急、都鄙之相去而相反，倍蓰十百，乃至不可計數。泄於面顔，不能自閉遏，卒然遇之，而能辨者，則精神意象之爲也。執子之説以爲文，誠具其形，且可適於用矣，而文之是非高下，猶未定也。古之論文者，以氣爲主，桐城姚氏創爲因聲求氣之説。曾文正論爲文，以聲調爲本。吾師張、吴兩先生，亦主其説以教人。而張先生與吴先生論文書，乃益發明之。聲者，文之精神，而氣載之以出者也。氣載聲以出，聲亦道氣以行。聲不中其窾，則無以理吾氣。氣不理，則吾之意與義不適，而情之侈斂，詞之張縮，皆違所宜，而不能犁然有當於人之心。質幹義法，可力索而具也，聲不能強搜而得也。冶金以爲鐘，斲桐以爲琴，截竹以爲管，依古譜而奏之，伶人、樂工蓋可學而能矣。至於感陰陽，動萬物，而辨治理之盛衰，則伶倫、夔、曠之外，蓋無幾人，以其神解妙會，無法之可傳，不能據成迹以求之也。後之學者，將取合乎古，必取古人之文，長吟反覆，而會其節奏，其徐有得也，含而咀之，毋操毋忘，薰炙浸灌，而漸而進焉，以契乎其微，而幾於自然。然後吾之氣與古人之氣相翕合，而吾之文乃隨其意之所嚮，措焉而皆得其安。此之不能羅列纂排，章摹而句仿之，其精神意象豈有合哉？子且謂多讀書，曉世務，不求文而文自工，何其言之易乎？三代之後，文莫盛西漢，而韓退之所稱道者，司馬遷、相如、劉向、楊雄而已。賈生之洞澈今古，鼂錯之綜覈事物，董仲舒、匡衡、劉歆之通明經術，其才學蓋不下數子，其文亦且非後世所敢望，而退之獨未嘗道焉，亦卒不能與數子竝，其離合、深淺、出入之故，當有別之於微者，而顧可易視之乎？子嘗有志於斯世，欲樹功名以自見。以子之學，行子之志，其庶幾矣。若舍其所志，降心而學文，則請無易視茲事，而忽鄙人之所言。

書韓退之答劉秀才論史書後

張籍勸退之爲書排釋老，劉秀才勸之作史，退之皆推而卻之，其心期殆他有所屬，答書云云，特詭遁其詞，非其實也。答孟簡書云「使其道由愈而粗傳，雖滅死萬萬無恨」，何恤身之有？抗疏觸天子之怒，譴死不顧，而畏嘵嘵之口乎？上李巽書所謂「舊文一卷，扶樹道教」，當指《原道》諸篇。時永貞元年，退之年三十八，不待五十、六十，而所以排釋老者固已有成書矣。《順宗實録》於當時權倖小人罪狀，直書無所憚，何云畏禍乎？且其初志固非無意於史也，「求國家之逸事，攷賢人哲士之終始，作唐之一經」，嘗與崔立之言之矣，今何自謝不能？書中所論列，柳子厚駁之甚悉，而答書不傳。然觀子厚致段太尉逸事書，乃自引咎，知又設他辭以脱之矣。古之作者，皆自闢區宇，嶢然而特立不相師放，而後乎我者，胥於是取則焉。使退之爲史，則司馬子長而已。爲書距異端，則孟子而已。二子者，固退之所亟稱而宗奉之者也，然遽蹈循途軌，而爲其所爲，猶不甘也。漢魏以來名能文者，彙所雜著爲一編，名曰文集，循俗應世之文耳。退之獨約羣經子史之義法而爲之，其標類也不易其故，而辭體則由我造焉，而古文之名以稱。故六經之外，爲編年之史者，本左氏；爲志傳之史者，本司馬子長；指事揭義，傍問設辭，意盡語止，不標體格，本孔孟門人所記述；不隸於事，不離於人，不殽於數，度探根搆，空以論道，本老子；辭賦本屈原；而古文則本退之。退之之文出，凡從事於此者，舉不能外所爲而別啟涂徑，而其文遂與左、馬、孟、屈諸家竝峙於天地。此退之所以敖倪古今，獨抱偉志而不肯告人者也。古之治術業者，淵源漸被，率資力於師友。至於心所獨期，意量之殊邈，曠古今而獨立之概，雖師友不必與吾事焉。以張籍、柳子厚相知之深，相期勉之厚，猶詭辭以應之，不肯使知吾意，況下此者乎？後之學者，稍有得於古，而志識曾未堅定，輒亟暴而夸示之，其終於無所成就也，又何怪也與。

送范肯堂序

濤始學文於桐城吴先生，及武昌張先生北來，復命往受法。時吴先生爲冀州，而張先生弟子通州范君肯堂以聘來，濤亦自大名教諭調守冀學，因主其書院講席，始與范君交。蓋通之爲州，江海所匯，形勝冠東南，君生長其閒，恣山水之好，又遠客四方，以博其趣，故其文恢譎怪瑋，不可測量。濤既腐於才，獨姝姝焉抱師所傳，而足迹所極，并四達而不踰千里，輒用自憾，而壯君之所爲，君亦以是相勖。七月初吉，君將南旋，次其道所由，自津沽浮海，南至滬，又竝海而北，絶江而抵通。既拜其親，應試於金陵，迎婦於江右，聞張先生且南歸，則又溯江而上謁師於武昌。不半載，走江海萬里，凡吴楚勝地，古人所窮探極賞，更百千年而號爲名蹟者，一縱所欲游，以盛昌其文。濤即不能勉從君言，則惟冀君之速歸，讀其文，訊所經涉，以驗聽覩，而恢拓志量，斯不啻從君游焉。君與南中故舊，選奇逐勝，徜徉而酣嬉，思北方友人有滯迹辟左，形拘景縶，如君詩所謂「甕坐而釜游」者，亦未必不笑且憐之，而亟圖北來以慰其意也。

讀柳子厚集

子厚得名早，應世文少時獨多於退之，貶後自云文異前編獻文諸貴人，而行亦益修，乃終無所遇以復其故。退之數以文謁公卿，而氣傲、而言峻與者。少後名益白、位稍顯矣，猶時觸讒忌以顛蹶，其不遇與子厚同，而其憧憧皇皇，思致己所有於人，而希亟就功，遏而思伸，久且愈篤，二人之志，亦未嘗不同也。子厚爲《伊尹就桀贊》，論者謂飾詞解訴，吾以爲其素志乃爾，雖退之亦然。古之賢人志士，心乎斯世，不忍矜飾以廉謹而自拳其無用之軀者，蓋無不然也。後世儒者以是爲韓、柳罪，不已過乎？孔子弟子仕私門，仕亂邦，未必悉與義準，而孔子莫之禁焉。衰漢多隱士，辟不就者，乃至數十百人，豈衰漢人才盛於孔門，而郭、李所漸被賢於仲尼邪？是不得以迹論也。歐陽公云「人當議事時若知義者，及到貶所，則怨嗟不堪，雖韓公不免」，吾意不然。《潮州謝表》情迫而辭切，真所謂惓惓不忘君者，故天子見之，以爲愛我，與夫圖寵冒進，既黜則戚戚以憤憾，蹈隙而希復用者，則有辨矣。子厚與故人書，詞旨亦略同，惟賦騷及諸雜説，詞多激，望益深，尤取世譏。吾嘗反復其文而深思之，怨矣，有悔心焉。讀其書者，固當哀其志而嘉與之，況《國風》、《小雅》、屈子之作，其怨嫉皆不減子厚所爲。惜才之不見用，而不能恝吾君民，憂思憤懟，形諸文章，才志忠懇之士之所同也，又烏取夫中無所有，退託淡泊而以矯爲高者哉？吴先生論韓、柳多怨詞，因推其意，書於集後，以質世之讀韓柳集者。

送張先生序

《經》詞質，《詩》獨爛然而華，楚人既侈其體以爲賦，而賈誼、司馬相如、枚乘、楊雄、班固、張衡之倫，用以薦功諷時，抒懷愫，狀物變，益瑰放詭怪而不可窮，承效者多沿用爲體，其弊也厖蕪而纖僞。唐韓愈氏急起而持之，汰繁抑浮，一歸於樸，羣天下學者，惟韓之從。自漢迄唐，曠數百年，而文章始復於古。習傳之既久，或孤抱韓氏之義法，而不敢他有所涉，其弊也意固而言俚。國朝姚姬傳氏纂録古文，益以楚辭、漢賦，其説既美矣。曾文正公取其説，而益恢之，以自治其文，而宋後數百年沿用之體，於是始變。漢文偉麗矣，而所謂質者固在也，末流汩焉耳。韓文簡樸矣，而漢文氣體固在也，末流靡焉耳。韓氏振漢氏之末流，反之古。曾公振韓氏之末流，反之漢。先生師曾公，嘗取姚氏所纂録，而獨説其辭賦，以示學者。濤既蒙不棄，以爲可與於茲事，而數進以閎肆之竟。夫閎肆之竟，舍先生所説，固莫由達也，而孰思之，而莫窺其涯，於先生之歸也，敬以問之。

送吴先生序

意有所寄而爲文，而意之所寄，恒視其人所遭之時與所處之竟。以盛德當末世，而《易》以興。《詩》之刺譏，大氐因所遭際，託諷詠以達其所懷。《春秋》繼《詩》而作，其意蓋與《詩》同。故孟子尚友古人，必論其世，以知其人，而不泥乎《詩》、《書》之迹。於《詩》曰「不以文害辭，不以辭害志」；於《書》曰「盡信《書》不如無《書》」，不信者，不信其辭也。諸子之書，荀卿以爲持之有故。而太史公於古之作者，必推其作之之由，其采之以爲史，則曰「好學深思，心知其意」。曾文正公云「太史公稱《莊子》多寓言，吾觀子長所爲《史記》，寓言亦居十之六七」。古人讀書及其所自爲書，其恉趣類如此。韓退之非三代兩漢之書不敢觀，其取法三代兩漢也，亦曰師其意不師其辭，故後之作者，惟退之爲近古。近世之學者不然，爲理學之説者，曰某書體具而未極其至，某書務末而遺本，某書不合仲尼，起作者而面詰之，不能自解免也，然而作者之意，彼固未之知也。爲考據之說者，曰某文非古之訓，某名古無此稱，以事徵多抵捂，以時考失先後，起作者而面詰之，不能自解免也，然而作者之意，彼固未之知也。爲辭章之說者，曰事覈而辭簡，三代之文也；體大而氣充，西漢之文也；意繁而語偶，東漢以後之文也。時代之論，古而有之，沿襲以爲說耳。作者之意，彼固未之知也。夫不能心知其意，義拘詞泥，而馳逐於膚末，自詡知言，無異乎言理日益精，考古日益詳，文之義法益嚴以密，而名能文者，且閱十百年而不一遇也。濤嘗聞桐城吳先生之言矣，曰「古人著書，未有無所爲而漫言道理者」。由先生之言思之，自《易》以下，皆有爲而作者也。自韓以上，皆讀其書而知其所爲者也。先生以此意求之古人之書，其幽懷微指，曠數千載無人知者，至是若出以相示，而書之正僞、淺深、離合，亦遂就我衡鑑，莫得遯其形。向所謂三家學者，既因先生之說奪其依據，執不得不逡巡辟易，而不復能執舊所操術，參與乎作者之列。其搜討廓清之力如此，用其搜討廓清之力以自治其文，而其文乃與退之前二千餘歲之作者相揖讓，而孤行於退之後，至今千餘歲之中，而邈無儔焉。先生官冀州，命濤主其書院講席，朝夕請業，方聞其所可得聞，而先生去官，將都講蓮池書院，皇然如失所依歸，乃聚諸徒友，撮録先生所平議於諸書者，且竭吾才而鑽仰焉。先生儻矜其用心之勤，異時趨謁，坐之諸生之末，口授其傳指，或者得聞其不可得聞者乎？此固濤所不能驟幾，而又不能不汲汲而求者也。

題畢苐亭先生小像

深澤畢苐亭先生，耆年碩德，游宦京師，鄉人之在都者，皆樂從之游。濤從祖叔父與先生鄉試同年，吾家後進，尤宗仰之。稽德考業，諏事所宜，惟先生言是從。先生喜讀性理書，自檢甚嚴，久宦如寒素。嘗繪小像，題其後有「自識爲我」之言。其乞贈言小引有曰「二三契友，皆知其爲予」。嗚呼！馳騖仕宦之場，失其爲我而不自識者，皆是也。匪獨不自識，易其性行以歸，雖家人、戚黨且將不識之矣。觀先生之言，益知先生所學。濤初學爲吏，倀倀無所從，先生其有以詔我乎？爲之贊曰：述先生之德，吾莫測其學所得也。頌先生之壽，非先生所以不朽也。爈爈其身，嘻嘻其神。京師所貴，奔騁而遨放，而厠其閒者，有儒者一人。以所自贊贊之，庶可得其真矣。浮詖迂誕之説，匪陋則枝，惡足爲先生陳哉？

定州王文泉先生行狀

曾祖又曾，誥封朝議大夫，晉贈通奉大夫。

祖萬年，乾隆戊子舉人，誥封中憲大夫，晉贈通奉大夫。

父寶華，嘉慶丁卯舉人，誥封奉政大夫，晉贈通奉大夫。

先生諱灝，字文泉，姓王氏。先世自山西洪洞遷直隸定州之奇連村，十傳至先生之高祖，徙居州西門外。先生長身魁貌，性坦直，善與人交，所過逢，雖卑幼若不同道，益自下，飲食笑呼，連日夜不猒。既，猶追述之以爲樂。人有過，顯斥之，使不自容；即有求，輒逾所望。喜讀書，務爲經世之學，期有濟斯世，視人事如己，苟利鄉里，無不爲。事以財集，倡爲之，或獨任。州有大功役，必仰以成。振乏困，不待請。歲歉，出米平市價，而量畝授種，以爲常。光緒初，歲比旱，赤地數千里，飢民走死徧野，益思所以全活之。遠者給米，而二十里内，設施粥之所三。自十月至正月，就食者日五千人，而留其老弱婦女之無歸者數百人。至五月竟事，未嘗死一人。使人持錢，四出要孔道，資飢民走四方者，獲資免道路死二千三百餘人。又出粟四千石，建倉儲之，歸之官。鄉人感德，遠近信賴。自粵賊竄畿甸，其後土匪竊發，連年不定，繼以捻匪，畿内不靖者幾二十年。州縣治團練，率不能成軍，賊至輒潰。先生既爲一方所信仗，悉就法約，又出家財助之，人益奮厲，樂爲用，以戰以守，竟賴以完。粵賊之竄入臨洺關，由正定趨東北，遏賊於藁城之濠莊鎮，賊遂東。土匪犯州竟，與戰輒敗之。最後賊至高門鎮，而官軍躡其後，往說其將，而夜帥數十人，卒往掩捕，獘數百人，衆潰，土匪遂平。捻匪北渡，晝夜城守，而時出擊之，衣食難民，而令其壯者登陴，賊游騎數至，卒以有備，不敢犯。總督訥爾經額公、劉公長佑皆奇公所爲，予以軍械，而犒勞其士卒。先生既以貲雄一方，嗇於自奉，於人世華靡無所耆，獨喜收積書籍，所無必求之，不校直，以異書至，酬之輒過當。聞有善本，使人齎重金，不遠千里，必得然後已。濤嘗游京師書肆，所指求，輒曰：「昨新得，已送定州王先生所。」如是者數矣。自宋、元、明初精刊，武英殿諸刻，國朝諸巨儒所校古書，兵燹後絶難得者皆有之。而人世通行之書，殆無不備，羣經注疏以及箋解考證，凡涉於經者，六百五十七種，而小學、音韻之類，又百三十五種。歷朝史記與譜、録、志、傳，凡隸於史者以及各行省通志、府州縣志，五百十四種。諸子、術數、方伎之書，七百十三種。漢魏以來詩文集，六百二十七種。纂諸家詩文爲一書，百四十八種。叢書百十種。其子目七千六十四類，書三十三種。善本重收，又二百七種。寫本百二十種。以帙數都六千五百三十四。以四庫例著録，而編校姓名、刊刻年月皆注之。其爲四庫所未收，而通儒博學不嘗見者，蓋若干種。善本以錦爲帙，其尤者襲以篋笥，置祕室，餘則叢插架上，堂室皆滿。又以餘力，搜輯金石拓本千餘種。嘗以謂大河前横，太行右峙，度漳衞而東，薄海其地，平舒壯闊，荀卿、董仲舒後，作者代興。汴宋以來，爲帝者都，人文乃益盛，而不幸而其書不顯於世者，乃至不可勝數，此命世君子以斯文自任而生長其地者所宜悼懼者也，於是有《畿輔叢書》之刻。廣延英俊，賫金幣，走書四方，罔散失，拾闕殘，巨細畢收，日積月增，遂以大備。於周得一種，於漢得四種，於魏得六種，於晉、於齊、於隋得一種，於唐得十六種，於宋得十五種，於遼得一種，於金得五種，於元得八種，於明得七十八種，於國朝得三百四十六種。甄録芟補，匯爲一編。其零篇碎牘不能成書者，更爲《畿輔文徵》，坿其後。與校勘者，皆一時博通之士，而書之棄取與纂修體例、雕刊規式，則先生自任之。始設局於保定，既移於家，日從事編校，孜孜無倦容，雖疾病不輟，歷十年，將蕆事矣，而先生遽卒。然雕印成書，爲先生所目覩已過半矣。先生既耆學，喜賓接文士，自開局校書，學益勤，名公鉅卿，博材碩學，争欲與交。交道亦日廣，而所學益宏博無涯涘。合肥李相國以「畿南文獻」榜其門，而畿南學者亦遂仰如山斗云。先生之卒，以光緒十四年八月六日，年六十有六。由舉人議敘同知，賞四品頂戴。配許氏，同郡舉人魁烈女，先卒。繼配何氏，正定廩貢生秉鈞女。子延綸，優貢，亦耆學，刊書之役，將纘先生之志而成之也。女適行唐中書科中書李鹿鳴。孫思範，娶吾叔父諱錫珊公次女。先生見濤文，以爲奇，招與校書，濤亦欲一謁先生，縱觀其所藏書以爲快，而卒不克，此濤之私憾也。先生平生志事，武昌張先生既表其墓矣，茲復爲之狀，仍冀立言君子撰次其事，以廣其傳。

卷二

婺源潘竹銘墓表

予以教諭官大名，獲交婺源潘君兆槐蔭卿，時縣令丞倅待闕大名者五六十人，蔭卿最少，在衆若不能言，與語敏給唯謹，予既洒然異之。桐鄉勞厚庵先生通雅而有文，山陰戴君矩卿善書，往往遇蔭卿兩人所，而輒與其弟竹銘偕。竹銘年甫冠，雅亮如其兄，益慕而好之。閒偕戴君抵其室，居甚陋，而几案羅列書籍皆滿。竹銘輒能隨所問舉其略，予益驚，不知其好學如此也。自是數過從，而勞、戴尤獎揚之。竹銘諱廷槐，兄弟五人，伯早没，蔭卿爲仲，次彦槐，次即竹銘，其季殤。父卒官廣平典史，貧無以歸。舅某爲蔭卿入貲爲河工縣丞，舉家之大名。竹銘幼聰穎，母教之讀，已通諸經，始就外傅。用監生應順天鄉試，以迴避未與，既歸，而學益勤。蔭卿以微官，竭力以奉其母而畜家，又資其弟，使求師友，置書籍，從事科名文學。竹銘亦能矯習杜嗜，委命於學，仰慰母兄，然後知潘氏兄弟，匪直於學勤也，其性行殆有過人者，愈益敬之。光緒十五年，厚庵先生自通州以書抵予京師，曰：「竹銘與矩卿相繼死矣。蔭卿不忍死其弟，以狀來，乞子文表其墓。」竹銘體故羸，予去大名時已病，而劬學如故，未嘗不嘉其志之勤，而憂其體之勞且憊也。噫！其竟以是死邪？蔭卿所爲狀，稱潘氏自有明以來，世爲望族，後稍微，竹銘感喟激發，欲自振拔，紹光前休。喜讀性理書，手寫孫夏峯先生《理學宗傳》、《書經近指》、《四書近指》、《讀書大指》，以自敦敕，於《禮經》治之尤勤嘗，欲有所論述，續其邑先正江氏、汪氏之所為。嗚呼！誠如所言，則予向所視遇之者猶淺，而竹銘之少年夭逝，不克竟其志，不尤足惜哉？至於往時朋從，别不踰年，而亡其兩人，有足動人死生合離之感者，抑又不足言矣。其没以十四年五月五日，年二十有三。曾祖大聚，妣張氏。祖階平，舉人，妣張氏、朱氏。父諱濟，母葉氏。父卒，權葬廣平某所，十一月十日蔭卿扶弟柩葬之父墓之側。竹銘以貧病未娶，蔭卿以其子駿聲後之。

書史記游俠傳後

古無游俠，春秋以來，閭里之姦，竊古任恤之義以爲名，一人激於意氣，以名劫衆人而驅役之。封建之世，無黔首之亂，然鱄諸、聶政之流，以匹夫劫殺君相；盜跖聚黨數千人，横行天下莫之禁。秦以後，則揭竿之禍無代無之，其倡之者必皆游俠之徒。子産所謂「小人之性釁於勇，畜於禍，以足其性而求名，非國之利者也」，然其舍身急人，走死不顧，其憤烈有足壯者，故人喜爲道之。莊周既論列盗跖，又稱其爲盗之術。太史公傳游俠、刺客，津津道其事，詳焉而不厭。班氏既譏之，而輒復效之，非皆豔其事而不肯絶其名乎？夫古之爲是者，既筆之書而美其名矣，而天地之閒，遂若有一途焉，縱容亂人，以足其性，而成其名。吾觀姦雄扇變，其言語舉作，輒有類莊周、太史之所稱，豈非習聞其説，迭相慕效，而有若授之者與？韓非子言蠹國有五，而首舉文學、游俠，其他論述，亦往往以文學與游俠並稱，以謂文學無功於國，而得顯名，與俠者同也。嗚呼！韓非之時，文學無功而已，後乃日益甚焉。東漢以來，名爲文學者益衆，相矜以輕誕之行，相角以慧黠之辨，相夸以浮游、華靡、蕩恣之辭，棄擲節禮，弛縱自便。游俠之行，猶時爲國法所禁，文學所爲，則安享其名，君相不得過問，或嘆奇而禮尊之，廢人事，壞習俗，賊人才，莫此爲甚，而史家乃掇其事而登之史，侈陳之以爲美，無惑乎里巷之秀、斗筲僞薄之才争趨效之，歷千百年而莫之革也。司馬公編歷朝史事，乃壹删汰之，其識可謂卓然矣。《春秋》於齊豹書盗，左氏以爲「求名不得，所以懲肆，若艱難其身，以險危大人，而有名章徹，攻難之士，將奔走之」。左氏之意與司馬公同，然左氏知《春秋》之欲絶其名，而其所自爲，又數稱焉，殆如班氏之譏《史記》，而復效之也。吾觀文人記述，類喜稱斯二者，故書此辨之。或曰著之篇章，所以示戒，何必滅其迹哉？曰既述其事，而張而美之矣，已乃斤斤焉繫以戒辭，則又楊子雲所謂「勸百諷一」，馳騁鄭衞之聲，曲終而奏雅者也？

書天津金氏三烈婦詩後

歐陽公所爲史，以《死節傳》表全節之士，其死人之事，而初無節之可稱，則別爲《死事傳》，未嘗以節予之。至於邂逅捐軀，乃儕之衆人，不特書也。死，人所重。死矣，復苛繩之其説以爲求備，故難。難，故可貴，何其慎與？女子殉夫，死亦不同，或激於一痛，或計無復之，一瞑不顧，志則可憫，猶非所難。今觀三烈婦所爲，其一人割股療夫者再，卒以身殉；一夫旅死，歸夫骨葬之而後死；一夫死姑在，姑死乃死，抱死其夫之心，畢吾所有事，卒從容就其志。史家操以責將相、大臣、薦紳之儒而以爲難者，一女子顧能之，茲所謂可貴者與？嗚呼！一門之内，六七年中，死節之女三，可謂不幸，然非性有過人，所稟承於家者，浹乎禮訓，亦惡能所遭各異，而所以處之者裁以義，皆可以無憾，而不稍異哉？抑又不可謂非金氏之榮也。

藏園記

蓄德與才而不仕，仕不遂而退，其堙塞鬱軫，往往見諸文辭，匪獨自傷不遇，亦所際於耳目者時觸所憤疾，而激而爲之也。若是者，雖使闢園池、營竹石、屏人事弗接，而其志不怡。歐陽公嘗曰：「晉無文章，惟陶淵明《歸去來辭》一篇而已」。彼豈獨愛其文哉？殆以其與世遷移，足乎己，而於世無尤，而能適所適耳。蘇子瞻之豪放，黄魯直之崛强，其文辭皆雄駿自喜，而皆好讀陶詩，子瞻且依其詩而徧和之，豈非摧抑斥竄，折其盛氣，而有得於君子自得之樂哉？吾師深澤王小泉先生，有當世之志，以事親不出，於舍後架屋數楹，雜植花木，命曰藏園，著書其中。門軒楹壁皆有題識，語曠而趣遠，樂其在我者，而無忿憎於人，泊乎其寡累，蕩乎其有容。以濤之不敏，讀而反復之，猶將廓褊衷，抑矜氣，遺蜕穢垢，而往從游也。先生嘗與吾父書曰「吾欲學陶淵明而不能」，嗚呼！其近之矣。

山西絳州直隸州知州陳君墓志銘

光緒初，歲比大旱，自青、齊夾河而西，踰太行北竟，并、代民流離死道路者相枕藉。疆吏告饑於朝，天子矜悼災區，飭疆吏督所屬綏輯，起在籍侍郎、今致仕大學士閻公敬銘振撫山西,而湘鄉曾公國荃為巡撫。山西災甚諸省,而籌備荒政乃諸省所不及,其屬吏廉勤將事，承上惠實，播之下者，絳州直隸州知州陳君世綸爲之最。絳自元年歲歉，繼以大饑，君在絳三年，施助拊咻，未嘗少懈。既以焦勞致疾，猶扶疾力行，竟於四年四月四日卒官。閻公、曾公上其事，加贈道銜，廕一子入監讀書，期滿以州判用。絳人厚賻其喪，私立祠祀之。君字焕之，直隸青縣人。曾祖璁，廪生，妣黄氏。祖會極，監生，妣吕氏。父允洵，廪生，妣南氏。本生父國治，舉人，内閣中書，廣西平樂府同知，娶司氏，生世紱，再娶司氏，實生君。祖、父皆封贈如君官。又以其官貤贈其本生父母。君明敏有識略，勇於爲義，以拔貢爲縣山西。始至，大府令鞫訟，連決大獄，由是得名。代理崞縣，補潞城，署萬泉，調榮河、夏、陽曲，薦卓異，升直隸州知州，署忻州，又署絳州，遂爲真用。舉者以知府用，歷六縣兩州，皆有能名。潞城民苦兵繇，有徵調，貧富皆病。君爲立章約，汰煩杜濫，訾給毋乏，而民不擾。其在夏，捻匪自陝西東渡河，君斂官民所蓄刀、矛、火器、旗幟之屬以千百數，不足，益購造之。凡守禦所需無不具，誓與死守。賊距城數十里，擾及四鄰，夏獨居中無恙。賊既去，周城爲塹，親引繩丈，雜民操作，刻日而就。及在絳，姦民聚衆劫掠，民饑，脅附者多，竟内大擾。君不何問，突往掩捕，禽其渠，寘之法，衆遂解。君之初至晉也，以咸豐元年，及君之卒，通歷幾三十年矣，濡化者衆，稱説至今。潞城、夏皆刊石銘德，而絳人感之尤深，以爲莅絳不久，未盡布所蓄，而吾絳人渥其澤者，猶未至也。娶王氏，封恭人，生慶均，後其兄世紱。君卒以從弟子慶恩爲嗣，承所廕州判。女二，適東光候補府經歷孫桂叢，鹽山附生張騤。山西山嶺叢襲，其中阸隘，所産不足給一方，歲稍歉，民已不堪，以曾公之區畫，如君等者力而行之，而猶不免死亡，然則官斯土者，得不究心保息之術，豫圖補救，而早爲之所哉？君卒三年，王恭人亦卒，將以十六年某月某日合葬城南四里新塋。慶均子曾廕爲君事狀，介其外舅宗華甫徵銘，銘曰：

宰今郡縣，莫可施營。困不宿倂，民非踐更。有大災難，縮手以驚。君曰吁哉，豈不在我。骴則肉之，口嘘手摩。起彼僵仆，爲我致果。鄰蹂於盜，我則安卧。既安既飽，晉人歸仁。既歸我仁，以仁易身。異世考績，視此銘文。

書三國志蜀志後

蜀無史可徵，其《志》略。諸葛公海内所仰，咨説者衆，故述之特詳。自二牧、二主、妃子、諸葛外，僅十篇，亦往往託於諸葛以傳，其人之臧否高下，既多取其言以爲斷，而生平識趣、功用與夫言論、書教，本傳不及載者，則雜載之諸傳。諸傳闕不具矣，以諸葛事經緯其中，隨所指稱，輒能得其大者，合觀之，爲諸葛一傳可也。陳氏於三國時，所服膺惟諸葛一人，至僢之咎繇、周公，故言之不厭如此。因事制義法，破除舊常，此其閎恉孤詣，固宜肩隨馬、班，而非蔚宗以下所能追步也。諸葛文章，比迹周漢，學術則高出兩漢諸儒之上。漢儒汨没於五行、休咎，沿數百年而不知反，諸葛獨屏而不言，羣臣化之，自勸進外，雖周羣、杜瓊、譙周，不敢以災祥之説進，其特識與不赦同。記注無官，行事多遺，於爲政有未周。陳氏説既允矣，而并譏其不書災異，殆習於漢儒舊説，而諸葛之學猶有未能窺見者與？

太子少保刑部尚書嵩公五十壽序

皇帝御極之十有六年六月二十八日，二旬聖壽，氾布大澤，罔弗霑浹，人懷慕思。越三十八日，八月初吉，爲太子少保、刑部尚書嵩公五十誕辰。明良德協，慶休與同，卿士大夫既恭祝聖壽於朝，將退而稱賀公之邸第，公固辭不許。丙戌會試所取士仕京朝者且百人，同辭進曰：古者政清化成，上下歡洽，君臣燕歌，其宣惠頌德之詞，必曰穀禄壽豈，彼豈飾情溢美，以虚詞相市哉？蓋必保躬頤神，蹈藉嘉祉，然後可以肩重寄，康庶事，歲綿月衍，而貞治道於無窮也。今天子親裁大政，公卿奔走效職，緊耆臣宿德是賴。公勳光德曜，百官矜式，而康彊敦裕，受大而克荷，履煩而不勞，足以表振寮宷，懋揚職業，副朝廷倚畀之意，此海内所仰望而國家之慶，非一人一家所得而私，公其可辭？公無以拒之，遂進而稱曰：滿洲故家，其始多以武功翊運，獨公之先世，自世祖時以進士補諫官，直上書房，纂修祕籍，編述經史，卓爲名儒。其後承蔭趾美，世取科甲，竝以文學政績輝炳中外，歷百餘年至公之祖而益大，建節揚荆，聲烈横被，而文勤公仰紹前軌，乃益殫忠畢思，文武隨用，爲朝野所倚仗者三十年，何其盛也！自古王者之興，其心膂股肱、佐命之臣多出其鄉里，非他方所敢望。子孫仍世禄位，久或驕怠，陵夷稍微。我朝肇基東土，英彦附起，肩比武接，故巨室盛族，滿洲獨多，隆於往古。而聖朝寬仁，善保勳舊，勳舊之世，亦多懔國憲，服先訓，持其業於弗衰。公家累世忠孝，造福四方，復能益以詩書之澤，其席祜蹈豐，彌久遠而彌光大也，誰曰不宜？公初以詞臣事穆宗，已負公輔之望，今上即位，益倚重公，自翰林躋卿貳，所莅職辦，參與庶務，漏補弛張，十餘年遂長秋官。天既眷顧我皇，迓祥厥躬，公家亦代有積善之驗。而聖主鋭意興治，以毗贊之責責之公，與公夙夜憂惕，思竭誠以報國，兩相待於無形之中，尤天所潛佑默相，欲厚以畀之，延國家無疆之祚者也，斯豈世俗禱頌浮詞所能罄其義哉？濤等居列門下，陪侍杖几，親薰而炙之，與聞公謀國之大者，因仰見朝廷寵任公之意，用敢舉致慶所由，爲侑觴之詞，公儻以爲知言，不以虚譽妄諛斥之，而爲之進一觴乎。

讀韓子

《易》不可爲典要，以變動不居也。微獨《易》，凡書皆然。其時、其人、其事各有取爾也。孔子答門人各異，觀其以父兄退由而不知進，及觀其進求，則又見人之退者而疑之，其可乎？孟子論湯武放伐，以爲誅獨夫，抑齊王之侈心耳。使問者爲人臣，必曰有湯武之志則可，無湯武之志則篡也。語以語齊王者，豈非助之亂乎？論放太甲，歸本伊尹之志，使人君問之，則必如師曠之對晉悼公矣。兩説相輔，理乃具，知其一焉，惡有無蔽之言乎？三《傳》述《春秋》，時事各異，而諸子雜紀古人言行尤不合，或有激而寓之古人，或據古人素行以爲宜爾，而撰具其事與言，其託迹以示義也，殆如《易》之取象，隨地與時而變，豈有常形之可泥乎哉？荀子曰「持之有故，言之成理」，孟子曰「以意逆志」，是爲得之。據是而求，庶乎其無抵滯。而韓非乃取古人之事，一一難之作《難篇》，誠多事矣。然吾觀非所爲書，其徵引古人，亦輒遷就其事，以佐吾説，則其所謂難者，固將假之以抒所蓄，意不在難古人也。柳子厚好《國語》，爲文輒效之，而作《非國語》六十餘篇，其意蓋與韓非同。蘇氏之文長於辨論，往往閒古人所爲而代之謀，殆亦抵觸於事，而謬託古人，以見意與？不然，以事後之知，爲人籌萬全之策，蘇氏固若是之矯誣哉？

裘翼庵傳

裘君諱祖詒，翼庵其字也。世爲河閒人，曾祖某，祖某，父某，本生祖寶善，舉人，安徽泗州直隸州知州，署鳳陽府知府，有善政，濤嘗志其墓。本生父德俊，拔貢，自刑部郎中遷御史，名敢直言，出佐戎政，以道員候補江蘇告歸。母賀氏，濤從祖姑也。君幼能屬文，七八歲時隨鳳陽公在官，宴賓僚必命君侍，客以詩倡，必命和，往往驚其坐人。既長，好爲制舉之文，究理狀物，探之渺茫，每有構造，屏聞見隱几，或面壁，輒竟日夜。喜論説，論古人文及所自爲，意所快則欣然誦之，且誦且議，中窾合節，聽者雖所不解輒悟，雖不即悟，無不意爲之動，而神爲之移也。與其兄訓臣皆以文稱。初就鄉舉，各攜文百餘篇至都，以視戚舊，皆驚嘆，然竟不第。其後叔弟叔和舉己卯鄉試，季弟健亭亦中是科副榜，與同學而偕進取者，兄我師我，亦或先後得意以去，而君卒不遇。兄弟皆豪侈，美衣服，喜聲色狗馬，多少年之戲。君獨布衣敝冠，進鄉里後生，與言文事以爲樂。其在京師，貴游少年，日招其兄弟以酒食伎優相徵逐，君獨不與，閒一往，旋厭而去。君家累世爲官，習於仕宦，觀察公家居二十年，年已七十，出佐山東巡撫治河。訓臣以軍功官雲南知府，健亭以貲爲縣山東，其庶弟某，年甫冠，佐貳州縣，叔和亦日營營，亟思得一官以出。君獨泊然無宦志，闢田數畝，穿井架屋，藝蔬果其中，閒仍從事於所謂制舉之文，與其徒挾筴橐筆相隨，趨有司試如初。濤交君兄弟閒，君意最篤，事必咨，文必質，見弗忍離，既離而思。光緒十五年，君以秋試至都，鬚髮已蒼白，又適病，頹然如老翁。君長我二歲，别未久而遽如是，意竊怪之。與語，意氣猶昔，索所試文，笑曰：「何足觀。」已而，曰：「於君不可祕。」因誦之。予稱之亟，君徐嘆曰：「不意今日之文，尚能動君聽也。」因相與笑。既出都，又遇於天津，未遑他語，卒曰：「吾文果能動君聽乎？」未及答，君笑曰：「始吾不能恝於得失，既屢見擯，久安之矣。」語良久，與定異日相見之約而别。君在京已病，既至家，病益亟，竟以不起，春秋四十有三。娶饒陽翟氏女。君家自高祖後，未嘗析居，而君之後又兩世，家屬百人，翟氏兼綜内外，無廢事。子某某。論曰：君初好文，年三十乃好醫，嘗曰：「吾好醫甚於文，所得亦深於文。」後又好農圃，躬爲之，賦《農圃詩》以見志。嗚呼！君誠有耆於彼邪？抑志不少遂，無所發其意，而姑有寓於是邪？果爾，則所謂安之者，乃憤極而强抑其情耳。其未老而死也，安知非抑情之甚，久而不克自持，忽而觸焉，遂頹萎而不可支邪？吾嘗以其情詰叔和，叔和不知，蓋獨鬱積於中，雖兄弟不以告也。而其所以死者，人且以爲適然矣，豈不傷哉？豈不傷哉？

讀漢書公孫賀傳

武帝時國家多故，宰相不堪其職，乃別引材俊士與謀，不關宰相。其後置相，遂專取庸懦，充位備員而已。如公孫賀、劉屈氂諸人，皆中下之材，班氏爲立傳，譏庸臣以譏朝廷。自吾觀之，武帝誠過矣。然國家太平既久，卒有大事，有非常職所能任者，豈惟宰相，羣官皆然；豈惟漢，從古迄今一也。參與幾密，出内詔命，國家所設常職有司之者矣。時至執變，則曰彼不足舉吾事，而別設專官以轄之，而屬其事於能者。四夷之交接，軍旅之謀防禦之策，國家所設常職有司之者矣。時至執變，則曰彼不足舉吾事，而別設專官以轄之，而屬其事於能者。夫國家設官之初，曷嘗不求能者而任之而責以事哉？歷時既久，法累而多，人狎而翫，官闕，不問才所宜、事所習也，諸曹更進，以功次遷之，事至不絜，始而究所歸也，比類擬迹以合之。而國家課吏之法，施之平時者亦如所職止，未嘗於所職外他有所求。羣公卿大夫而胥吏之，公卿大夫固且胥吏自爲。國家閒暇，中材以下，委蛇其際可也。一旦有事，諏文咨武，衆駴，羣唯媕嫛，莫可據仗，又安敢不別求能者，寄以專責，而使蹈常狃故之徒貿貿然其閒以牽掣之哉？廷臣固爾，推而至於外吏亦然。司道府縣，所職無不掌也。而有所興改，乃因事設局以領之，而守土之吏不與焉。推而至於將卒亦然。

歲靡巨費，以詰武備，及其有事，而所養不足用也，乃别募新卒以充之。物以積腐，事以時起，其舍常而創新，以赴事物之會，殆刦於勢而有不得不然者矣。雖然，其始也因事以求其人，官之遷於故速，禄之入於故豐，瘁躬厲氣，相期以有成，賢於其故倍蓰也。事之既集，久而狃以爲常，事至，則亦比類擬迹以合之，官闕，則亦以功次遷之，而趨競躁進之徒，冒其利也，又旁緣抵隙而入之，宂濫塞壅，塊然不得掉轉，比於其故，不幾於駢拇、枝指之侈於德哉？嗚呼！患至而改，圖窮而變也，其所變又將以久窮，而天下之患，且愈出而靡有屆焉。吾觀漢之不任宰相，有感於近世之事，籌救時之術而不得也，因推類論之，以質諸有志斯世者。

楚禽堂制義序

取古人言論之，其法舊矣。制義則代古人言，明初法已略具。探情究理，若有準衡，雖高才碩學，罔敢踰越。歸熙甫氏出，體則猶舊，而獨以唐宋以來所謂古文者之氣，行之制義之體，於是始盛。其後作者代興，角奇詫博，自羣經諸子之義藴，歷代存亡、盛衰，文物典制，以及天地陰陽、民物情僞與夫人生遭際、悲傷悦豫、哀感激憤、不平，無不於制義發之，偉麗譎怪，莫可究詰，而制義之體遂恢拓而無以復加。人心之好勝，氣運之久而必洩，日異月新，變而愈奇，理固然也。嘗獨以謂著書爲文之難也，傳注箋解之流，稽考名物，句疏字詁，博且詳矣，而或無當於古人立言之意。其談義理者，窮深剖微，極於至當，而無以易，而以之釋經，於本恉或未必合焉。而況制義之文，代古人而爲言，其淺深、離合、輕重之際，有不可以騁才炫博爲之者乎？有明以來，作者林立，其爲學者所宗仰，奉爲儀式，歷數百年而無異詞，如金、陳、章、黄、熊、韓、二方諸家，其才氣雄視一代矣，而裁以制義之法，固不能無枝義，無溢詞，而謙然無不當於人心也。安溪李文貞公刊膚抑夸，體純而語覈，卓然大雅，未嘗取法歸氏，而獨可與歸氏竝稱，殆如古文家之有桐城乎？故城祕公丕笈《楚禽堂遺稿》有文貞之簡要，其曾孫省存先生亦有文數十篇，用法運機，則一本歸氏，皆所謂文家正軌也。吾嘗怪有制義以來，以之名家者何可勝數，而吾鄉獨無其人。既而得文安陳子翽先生儀《蘭雪齋時文》，先生爲熊氏再傳弟子，其精奥似江西諸家，而奇雋過之。安州陳密山方伯德榮，與其弟德華雲倬、德正醇叔各有遺文數十篇，皆閎深樸茂，醇叔之文尤爲方靈臯所嘆賞，至儗之熙甫。而吾縣故左都御史劉公謙益侯數與李文貞游，其文亦絶似文貞，文貞亟稱之。今又得讀祕公之文，數公之才學，於明季國初諸老伯仲閒耳，而文顧不顯，豈文之傳不傳，固有幸不幸與？抑吾鄉士習敦樸，不逐聲氣，鮮徒友之稱説，而傳禮無其人，迨其久遂澌泯而無聞與？祕公之裔孫某，將刊公文以行世，因爲述制義之流派，見公文之得其正，又喜其將顯於世也，爲稱吾鄉先正能文而不克自見於後者，質諸承學之士，冀益搜討遺佚，以廣斯文之傳焉。祕公字仲負，康熙癸丑進士，官至光禄寺少卿，陝西提學。省存先生諱象震，雍正甲辰進士，官至左副都御史，皆有政績可紀。

書所鈔儀禮後

《春秋》旁事設辭，而文之屬乎辭者即事而異，遂以得事情而盡其變辭，如事是非。如辭歎焉，則不達；侈焉，則辭枝而事晦；偏焉、私焉，則失平。韓退之文本諸經，而於《春秋》則取其謹嚴。太史公謂孔子制義法以次《春秋》，謹嚴其義法也。其稱《儀禮》，以爲考於今無所用之，而獨取其奇辭奥旨，殆亦慕乎其文耳。吾嘗以謂諸經皆綴輯而成，獨《禮》與《春秋》成於一聖人之手，尤學者所宜究心。《春秋》者，聖人治事之書也；《儀禮》者，聖人盡性之書也。春秋時，公卿大夫習於儀矣，孔子處朝廟鄉黨，亦祇如經所言，而《論語》詳志之，若志所獨者。其儀，夫人習而能之，而情隨事變，發乎容色，不待勉强，而中乎其節，則非聖人能盡其性者不能也。非聖人能盡其性者不能行，則亦非聖人能盡其性者不能言也，其書誠無所用之。而讀其書，而神遊其時，猶不覺肅然自斂其邪侈，而愛敬哀樂之心，怦然動於中而不能自已焉，豈非其文之至邪？旌要以題事，節屬以備典，標一以類餘，參通旁達以盡變，貌所形而情著，斷所不然而義顯，稱名舉物，以隸乎事而麗乎辭，相所宜命之，奇而雅，典而不居，則於所謂義法乃益廣而備矣。治古文者，以謹嚴爲之基，以《禮》之詳博拓其規，然後合衆材以具體焉，則庶幾乎大雅之作矣。予鈔經史諸子以從事斯文，而先以《儀禮》，蓋以正所鄉云。

送王梅岑視學山西序

朝廷選禮部所得士聚之館閣，卿相之材，疆圻之寄，將取資焉。故其始進也，未嘗擾以吏事，使之優游文學，養其器以裕其材。而國家歲時取士，則奉天子使往臨之，學政之任，尤專且久。疆吏總一行省政令以治民，使者則督其郡縣學以教士，其執蓋竝重者也。然即學政之所處觀之，郡縣既試，所屬以告，就而核焉，録其尤登之學而已。郡縣所教，不與聞焉。登之學則以屬學官，弟其等而餼之而已，學官所教，不與聞焉。其試於鄉而升之禮部，則朝廷别命人主之，彙其名送之考官而已，考官所舉，不與聞焉。以督學爲名，其入而執業，出而得舉，皆無與於我，而官吏之仰而承流者，賢否從違，其陟罰復不我屬，孑然客游於一行省之中，受成事，奉具文耳，一不得有所展施。吾則以謂，天下事有功令所不列，簿書所不責，衆人孰視無所見，雖見以爲不繫於職司，莫肯厝意，而興革之利乃甚溥。否則受其害者，一命以上，與有責焉，况尸高明之地者乎？至於憲令所具，法罔弗善，不得有爲其官者，習俗使然耳。矯而力行之，固在我矣。此當官之事，而非高識遠志之士之所難也。學政於所使地，閒歲而再週，其地形、土俗、物産已周悉而孰察，而文武官吏，郡數十人，其校試所録且數百人，又日接而諏訪之，審民情僞，以察政治得失，而圖補救於時，不更易於守土之吏乎？吾同年友王君梅岑，學純而行謹，見遠而蓄深，毅然有當世之志。今奉命視學山西，職事所宜脩，固無弛而不舉之患，而周歷之頃，循職之暇，左瞻太行，右臨大河，北攬邊關、恒嶽之壯，誦《唐》《魏》之詩，引奇雋士與游處，曠然高望，深究時事之廢壞，求所以拯濟之，與守土之吏，擇所宜施，歸而獻之天子，尤朝廷所望於使者。而梅岑生平懷負，思得當以報朝廷優禮詞臣之意，亦將於是行也見之矣。

送陳雨民序

雨民故世族，家既落，父母亦老而多疾，自其幼時即力苦奉親，稍長，益奔走四方以取給，事之賤且煩者，弗敢擇也，險阨渴饑，寒暍厲疫，人所不能堪者，弗敢辟也。未嘗就傅讀書，而性獨好之，動輒挾筴，稍休即展觀。人苟勝我，必質所疑。予延之家，使教吾子，益恣志於篇籍，《易》、《書》、《詩》、《爾雅》、《孝經》、《論語》、《春秋左氏傳》、《孟子》、《小戴禮記》皆讀其注疏，因稍及國朝考據家之説。而司馬、歐陽之史，旁及新城王氏、桐城姚氏所纂詩古文辭，亦能舉其大恉。閒爲文，無世俗氣，而於挾以干有司所謂時文者，則固未之見也。光緒十年至予家，積八年，十七年冬辭去。其在吾家而教吾子也，人多笑之。非唯人笑之，雖以予之嘉其志學，知之深，聚處之久，其徒聞其去皆泣，猶以其不知干時之學而不能留也。嗚呼！舍書而不觀，獨業所謂時文，業未及精，幸與於秀才科目之列，以教授鄉里，爲衆所宗仰者，皆是也。樸學如雨民，顧不能取重於人，然則樸學之無所用於世也決矣。

書范肯堂書日本高松保郎上使臣書後

海西之説興，從而效者多富强，中國士大夫未嘗深求其故，輒惡其異己而賓之。通其説者，又或豔彼目前之效，而厭所蹈習，謂不復可與有爲。山東鄭東甫嘗爲文辨之，以爲彼在今爲極盛，而吾道則適際其衰，此寸木高於岑樓之類也。因窮探根源，竟其所歸，以衡決得失，而抑彼以尊我，予既讀而偉之。日本舊服習於中國，激憤於積弱，舍而惟西説之從。肯堂此文，則因其一端之猶近吾道，而惜其誤用，慨然欲誘而正之，所見與東甫略同，其設心尤厚。予固嘗聞西説而喜稱道之矣，讀二子之文，因復自疑焉。

雜説

陰陽能生殺物。物知陰陽，性也。知而向避之，知與才也。草木生以陰陽，其死亦以陰陽。禽獸知於草木而才矣，時其旅舍，其巧者巢木而穴土，陰陽莫之戕。人與草木、禽獸，均之生也，既室其居而衣其體矣，而所假以禦寒暑者，器罔弗具，恣力所至，可以易陰陽以自適其生，其於禽獸，不尤知大而才多乎？然而徵物類之性以考天時，則人不如禽獸，禽獸不如草木，則巢穴、宮室、衣服之類亂之也。無知與才，無以遂其性；有知與才，而縱而不反，變而無窮，遂以蔽其性而忘其初。

有視以文者，曰學西漢而爲者也。讀之體弛節浮，半散而氣不舉，私謂不然，質之名知文者，皆曰誠漢人文，怪之。後見爲是文者，則果學西漢者也。人以能書稱，其書傳與友觀之，友曰取法歐陽信本，余視之，直如削，詘如附，神木而理不從，構若編槀，以友言爲妄，質之名知書者，皆如友言，怪之。後見爲是書者，則果法歐陽者也。夫求古人者，遇以神也，淺者不能見也，貌肖之，抑其次也。無其貌矣，而猶以爲類，不約而所見同，人心之蔽狃於見聞，莫測所由然。然則天下之事，去理彌遠且反之，而羣以爲是，久歷無異辭，雖强有力莫能矯，又何怪也與？

魏母賀太恭人壽序 代

光緒十七年秋，祖詰歸自雲南，省母曹縣季弟健亭任所，而謀所以壽吾母者。母曰：「汝從母春秋七十有三，長我三年，而體健於我，子孫多且賢，始以節孝旌於朝，今以姪官貤封太恭人，既榮既安，吾蓋慕思之而不得見。某月日爲其生日，汝其往省，因以壽之，而次及於我。」祖詰敬諾，既省太恭人，以母命告，内弟潮誦芬，貤封太恭人者，及太恭人嗣子鍾駿遹齋皆諾，而以祝嘏之辭相屬。遹齋曰：「吾父没時，鍾駿尚幼，王母久病，吾母晝夜侍。所欲先意而從，所需未求而給，即有不潔，輒以手承，無旁貸，無暫休，終如其始。而日用所有事，無外内、巨瑣，躬攝之，不以難阻，不以勞怠。及鍾駿之壯，家固再成，而吾母則既老矣。以今日守之之易，思往日當之之難，吾固願述之以示子孫。」誦芬曰：「吾王父没，叔父幼。母没，潮幼。繼母没，諸弟妹皆幼。吾姑時來經紀吾家，其撫諸幼一如撫其孤，此吾姑之有造吾家，吾固願述之，而使吾家之不忘也。」祖詰曰：「兩君所述，雖篤學敦行之君子，勉强從事，莫之能過，可謂極天下之至難。然家室骨肉之際，踐恒席順，賢知不能自表異。號爲卓絶，以特行稱，必所遭有不幸者矣，敷陳懿美，而適以觸其夙痛，既非所以爲娱而推揚，而則效之無間。「兩君之説者，偏於族里姻黨，太恭人初不自言，其摯性謙德，尤非恒情所能測。嘵嘵然稱道於前，又惡能稱其量而少有當於其志哉？吾母從父兄弟五人，姊妹亦五人，太恭人爲長。吾舅嘗曰：「吾姊聰敏温厚，吾兄弟不逮遠甚。」由是皆尊事伯姊，而時有所咨承。諸舅子孫盛多，男婦數十人，亦皆知敬而愛之。長者侍坐，幼者牽衣，惟恐來之不數，而去之或速。而太恭人孫曾男女十餘人，亦皆能遵蹈所教，恂恂怡怡，朝夕侍側。春秋既高，家事則委之子孫，時往來兩家以爲娱，康愉悦豫，不見憂嘆之色者蓋十餘年矣。子孫多，未嘗斯須去左右。於母家則身閲六世，親愛罔間，此其所遭際，豈非人生至願而不能期其必得者哉？夫虚詞禱媚，既有類世俗所爲，而稱述艱苦，又非所以娱老人，即見所處境之至可樂者質言之，於盛德則無以推闡，要爲太恭人所樂聞。誦芬欲報其姑，遹齋欲報其母，舍此蓋莫由矣。而祖誥奔走仕宦，求如遹齋之安養於家而不可得，既爲從母壽，而所以壽吾母者則歉焉而無以爲辭。今又將南去，書此文寄健亭，俾獻吾母，慰吾母思姊之懷，因以視吾兄弟，使知親所樂者固在此而不在彼也。

書常乃亭齋壁

常君性嗜書，購置甚衆。吾家舊以藏書著稱，君所有乃幾倍吾家，國朝諸巨儒所校勘，武英殿所刊印，及其他號稱善本者多有之，而宋、元、明初舊刻，則視吾家爲少。濤與君同嗜，既各以所有自矜，亦頗欲通其有無，而交賞互嘲，甚或相喧争，卒以不能出所愛而罷。然獲有奇異，則必相質賞，終不肯少自祕也。定州王氏，收蓄尤富，積有六七千帙。而吾師桐城先生主蓮池書院講席，其書尤多善本。予自冀如京師，出西道則抵王氏，謁吴先生；出東道則過君家。以不足慕戀之官，數至京，始頗厭苦，既得觀三家書，則又以往來於京爲快。光緒十八年十月，自京至君家，君適他出，而新得書數種置案上，皆吾所未見者。大喜，信宿其齋中而去，而吾行篋所攜書有元刊《稽古録》，爲君購者，留君齋。其某書某書，則君所夙慕，而吾購之欲質之君者，固不能爲君留也。

武昌張先生七十壽序

光緒十八年，武昌先生春秋七十，門人謀所以壽之，而以其辭屬濤。以文壽先生，門人之職，通州范君肯堂蓋豫爲之矣。其意以爲公卿貴人，皆終其身於憂患，先生未嘗求知於人，故能不踐窮通之途，以自適所樂，令學者毋戚戚於先生之遭。先生之南歸也，濤嘗敘文章之説以祖行，以爲漢末文弊，至韓退之始起而振之，因歷推其盛衰之故，先生以爲知言。隱退高天下，文章詔來世，學者所以宗仰先生，濤所爲敘、肯堂之壽言既發明之矣，復取而陳之，不已瀆乎？先生嘗語濤曰：「吾文不逮古人十一，而所書則獨與古會，非唐後諸家所能到，然未嘗輕以其法語人，恐其駭且怪也。」嘗即先生之意推之，西漢人無不善於文，觀子長、孟堅所爲史，詔冊、章疏、辭賦載之甚備，其善者，蓋原於《詩》、《書》，而交游贈酬，官府教條，下逮有司絜令，決讞之詞，亦無不彬彬焉質有其文，豈非去古未遠，而屬書離辭之法有所承受而然哉？法之既失，才學之士抉精炫富，疲一世以從事著述，曾不能與古者微淺之事、簡質之辭相較。惟書亦然，三代器物之銘，秦之刻石，皆古聖哲所爲。漢魏來名能書者，固猶得其神質，而鄉里墓社之所稱述，浮圖、老子之所録記，苟被之金石，雖其義至淺，其語至陋，而古人爲書遺意，往往有幾微之存。蓋書之體雖屢更，而更之之始，固不能盡亡其舊。故法之傳自古者，人猶得据所見而求之。唐以後其法寖失，仿古者至晉而止，不能上溯，又或雜以己見，轉而相歧，其書愈工，其去古愈遠。先生取法北魏，而隸於漢，篆於秦，以上契乎取象造體之恉，而古法遂得。其真文之衰也，退之振以三代、西漢之文，三代、西漢之文自在也，當其時人猶怪之。先生之書，乃悟其法於灰塵侵蝕、漶浸斷缺，不可辨識之碑碣，其難殆倍於退之，人之怪之也，其又奚疑？嘉興沈子培嗜先生書如性命，恐人之不知也，欲著文以明其恉趣，且屬濤爲之。濤不敢任，則以書請於先生，以謂古之論書者多儷詞、韻語，言其形似，後人無由悟入。若舉斯、邕以至歐、褚諸家遞相傳授之法，後人所以失而先生所以得者，以退之論文之法論之，固斯世不可少之文也。先生猶未及爲，故因先生之壽，託祝嘏之辭，私述其説以獻。然其所述，乃舉聞見於先生者言其當然耳，其所以然之故既不可得而聞，固不敢妄窺而臆撰也。先生若嘉其意，而允其向所請者，别爲説以示之，俾學者知仿古之必以法求，因而推之學問之事，道德之塗，則退之之功再見，雖有駭且怪者，將囘首相向，而肯堂所謂不相知，更不必爲先生慮矣。

上張先生書

見會叔世兄，詢知杖履綏愉，不勝拜禱。先生壽辰，門人宜以文祝，肯堂先之，其文甚高，恐無以相勝，遂輟弗爲。及來京師，同門復以相强，且述師命，則又不敢固辭，乃即夙所聞於先生者推衍成章，識陋辭蕪，懼失傳恉，儻嘉其意而不責其誤，顧而一笑，則亦未始非會叔登堂祝嘏之一助也。吾父春秋六十有八，繼母陳太恭人五十有七，再踰年將稱慶京師。以濤之獲居門下，而父母盛德大慶，不見於先生之文，是自外於門牆而不敬其親也，敢不重以請乎？吾父性寬簡，於事攬其大者，不苛小，然必日有所執以爲娱；於財重取輕予，無浮靡，亦不計多寡有無；於人雖甚愛憎，言色不踰其量，告人以過，必盡以事，交不疑人欺我，無嫌忌於人，人有嫌忌，輒弭之，使不自覺，故同居及嘗所往來者初不見德，後乃思之。先生居保定時，吾父以事至府，數相過從，吾父性行，先生固知之，濤所述直十一耳。吾母來歸，濤年十一，弟及兩妹皆幼。今三十年，諸子不知母非生我，亦不知諸子之非所生，雖人之稱吾母者，亦第尊其爲母之道，以謂非世俗所能及，非因其愛如所生，而始從而善之也。始吾父假館四方，母兼綜内外，事有所難處，體有所不適，未嘗使吾父及濤等知之，恐奪其爲學之志。濤等取婦生子，猶親操作，以迄於今，勤劬如故。濤等諫止之，則曰：「吾職宜爾。」於子女，亦皆教以職所宜盡，不得計利害妄有辟就。平生未嘗讀書，所言往往與儒者之説合，所爲則皆如所言。小子不才，於家教不能尊奉一二，所獲微官無以養，抑莫由顯揚，若得先生文，獻之堂上，因以夸戚黨僚友，竊自以爲榮於誥封。先生於濤，既勖以文行，掖之使進，因壽其父母，益誨以事親之道，當爲先生所樂爲。先生書法，海内所寶，若錫之文辭，復重以手書，俾爲傳家重器，則所以寵榮其親而貺我賀氏者，益無窮已。先生何所靳而不卒其所施邪？凡書所須，世兄許代具，隨地所有，用其絶美者。文成後，由世兄請命。

書旌表烈婦李恭人事狀後

光緒十八年某月，刑部郎中、青縣陳君墀蓀卒於官，其妻李恭人以身殉，鄉人官京師者具事狀以聞，旌表如例，因以其事狀徵文。武强賀濤書其後曰：近世士大夫不敦節操，所遭既窮，往往迫而思軼，無過而非焉者，風習使然也，而女子之堅確不奪其志者獨多。陰教不講久矣，女婦所職，循奉者鮮，無過而非焉者，亦風習使然也，而從一而終之義，則獨不教而能。薦紳之族，夫死更適者，百無一二，其烈者至以身殉，獨非風習使然乎？先王之禮，所以飭戒女子而閑抑之者可謂至嚴，而夫死則未嘗責以不去，以爲人情所難也。今之女子，於人情所難、先王所不責者，相習而成風，則禮之在日用而易於從事者，獨不可勉而幾乎？女子猶克以禮自勉，而謂讀書達義之君子，不能堅忍其志，以守所學，吾不信也。恭人之懿德烈行，既具於事狀，不復述，爲發斯義，以見人情狃於所習，善惡隨之轉移，士君子欲自立以治其家者，慎勿苟於自恕也。

書雷壽母傳後

吾弟既爲縣上杭，有書來，必稱縣人雷君瑩谷之賢。雷氏，縣之望族，人所推信，解紛周匱，及有大繇役，倚以集事，時有補吾弟之政。其修縣城，瑩谷實贊之。壽母，瑩谷之曾祖母也。《傳》稱咸豐、同治閒，賊再犯縣境，壽母令子弟募士人禦之，境賴以安。又出家財餉軍，修城築礮臺，皆獨任其事。事之濟於人而以財集者，殆無不爲。嗚呼！軍興以來，佔畢之儒、豪俠之士往往起鄉兵討賊，尤盛者遂克有功，而比年水旱之災，官所振撫多取之富室，其急公義者，或自齎財以救遠方，此皆朝廷所嘉予、百姓所仰賴、守土之吏所當尊禮者也。而壽母以一女子皆倡爲之，子孫承其志，勇於見義，以惠一方，官與民交受其益，宜吾弟稱之亟也。瑩谷之入都，以吾弟書來，與濤交甚歡，其人敦篤可信仗，益信傳之紀實，而吾弟所言之非虛矣。

冀州開渠記

滏水自西南來，至州北境折而東，橫亘衡水界中。縣城俯其南，竝岸而西四五里左轉，至州城東，地汙下，廣五里，狹亦不減三里，北二十餘里隸於縣者名衡水；窪南十餘里，隸於州者名海子，州東北之水潦匯焉。城西十餘里少北有泊名尉遲，潭水之來自西南者委之，不能容則溢而旁趨，與東北之水會。而城南之九龍口，亦受州南之水，挾以東注，衆水所瀦，遂爲巨浸。乾隆閒方敏恪公道使入滏，立閘以爲閉縱。嘉慶、道光閒猶稍疏淪，後棄不脩，閘亦圮壞，水遂奠而不行，而冀東、衡南之地無阡壟畽畛，而爲耒鎛所不加者，蓋十餘萬畝也。桐城吳摯甫先生既知州事，欲開渠通滏，復方敏恪公舊迹，亦未嘗不慮民力之彫敝，官帑之匱竭，而懼功之未易就也。後行部按巡其地，水方盛，縱橫演迤於數十里中，念疲氓久罹重災，怛焉閔傷，不能自已。光緒十年二月，興工經始，於下流遞進而南，抱城右旋，過九龍口北迤，西達尉遲潭六十餘里。十月工畢，明年復深之，又明年廣之，廣七丈餘，底殺三之二，深丈餘，隄高五尺，厚倍之、或三之，置橋八。於舊閘處設閘，高二丈四尺六分，去一以爲廣，費白金十萬兩，司其事者州人張君廷湘、張君增鱸，縣人馬君景麟、劉君玉山，深張君廷楨，武强賀君嘉枏，先生之甥蘇君必壽。諸君皆佔畢之士，性樸而力勤，賦丈受役，縮盈汰冗，人毋刻休，材不寸棄。既訖功，有久治河者見之，歎曰：「此役屬他人者，非三十萬金不能卒事也。」渠善淤，歲請白金二千兩於鹽運使，爲修濬之費，後又置白金萬兩，取息助工，仍屬其事於州人。與斯役者，使賀君定章約以爲經法。水既有歸，田皆沃饒，今七八年所獲，倍蓰所費。而夏秋水盛，舟楫往來，商旅稱便，州境遂富於初。工之初興，人苦煩擾，或妨其私，怨讟並作，至是皆歌頌之。時國用空乏，行省鮮恃餘，大災、要工猶不能贍，冀以辟左之地，故無河害，事非所急，而遽思興作，仰給於官，議者頗疑事之不集。先生躬謁大府，退而上書，執格則更端以進，違覆十反。制軍合肥相國李公故重先生，而先生仁民恤患、迫於誠心者，尤足感人，故終聽先生所爲，人不得而閒之，而其功遂成。吏治積壞久矣，其號稱良，能率如職而止，或擇事有美名、易見功、絶無怨咎者，張皇之動人耳目，而實無裨於民。至於利害所在、元元託命、而爲之甚難且昜得過，不爲亦不虧所職，則漠然不以厝意。官勤而事愈廢，政美而民愈困，豈非俗吏拘文法而循吏多僞飾，爲埶所必至者哉？先生獨行志學，無所趨畏，苟利於民，雖簿書所不責，計課不以此殿最，無速功近效，而不悦於人，甚或忤上官之恉，亦必毅然爲之，以要其成。故所措施於州者，恒有百年之利，若責以吏事，參之時論，則較號稱良能、舉高第而得顯名者或不逮也。濤懼先生所爲或不見諒於時，故推言之以明先生之志，至於新渠之利效已驗白，無煩深論，謹述顛末，使後人毋忘其始，善持其終而已。而州人士心先生之心，造福鄉里，其功勤不可没，亦備列焉。

李氏妹哀辭

吾兄弟四人，妹次弟三，而於女兄弟爲長，明惠而端謹，父與繼母愛而異之，以爲勝其兄遠甚。其王姑及舅尤賢之，特殊於諸女婦，雖諸男猶或不逮也。妹生四年，與羣兒嬉，傷目，百日方能視物，後數年得疾，目傷亦復發，沈錮淹滯，久且益憊，以至於亡，三十年閒無須臾之適。逢令節嘉事，時或隨衆一笑，以慰父母，已復蹙額。夫家老幼數十人，禮繁而事紛，亡其兩姑，所遺子女皆依於嫂。妹以羸軀當之，不少閒缺，疲極則困卧，時有沴疫，殆無不感染，委頓牀席，動累旬月，苟能起，執勤如故。母憐之，凡妹身所須，及其家所須待妹而具者，資給之以分其勞，歸省則使静息一室，代所宜爲，與家人言及，輒欷歔不禁，而與妹言，則必誡以勉循所職，不得以病自委。妹亦善體母意，在母前於事一不聞問，既歸，則操作如常人。後疾益增劇，卧二百餘日始能坐，又二百餘日始能步，未幾復發，遂以不起，享年四十，時光緒十八年二月也。嗚呼！吾母之誡吾妹與妹所自盡以承母者，非復世俗兒女之私，烏知妹生之可悲而母之悲之反甚於世俗之情邪？爲辭述之，達母與妹之志，以塞母悲，且抒吾哀。其辭曰：

在室致愛於父母，歸則得舅姑之歡。既手足於兄弟，其叔妹亦得嫂乃安。德匹夫子，男馴女嫺。遇罔弗若，天命所慳。命既我畀，心無勞慱。胡身不康，百病交作。損所適口，託命於藥。神不宅體，魂悸夢愕。心目所營，志前力卻。暵溼燠寒，時復外鑠。其生蓋四十年，而無一日得生人之樂。天之命之者其厚邪？薄邪？命之既薄，而德則豐。事無洪瑣，一埤我躬。力索猶強，所職必共。其性固爾，亦惟母命之從。母命以正，母心則忡。女不母負，母尤女恫。女生可悲，而死無憾。而母之悲女且無窮矣。嗚呼哀哉，曷其有終。

徐母劉太宜人六十壽序

古不異國而仕，奔走王事，而父母之養無缺。後世不得官於其鄉，辭家遠出，久而弗歸。父母不忍拂子之意，冀其有以榮我也，亦恣所往不問。而塗塞俗異，鮮克相從。生長畿甸，游宦京朝，迎親爲易矣，又或以禄入不豐，志絀於力，其不能受子之養也同。榮親以虚名，而闕其定省，有子而仕壹如無子，韓退之所謂「子不在側，而父母之心樂」者，殆據後世之勢姑爲之辭，而父母所不樂者，固無説以處之也。濤素持此論，歎士君子宦爲吏者所處之難，聞者多慨然。而濤羈身輦轂，弟服政領外，吾父母竟如所論，莫就二子之養。同年友天津徐鞠人編修奉母劉太宜人居京師，濤每至其家，登堂拜謁，退未嘗不發恨而自愧也。鞠人性純泊，不汲汲榮利，喜讀宋賢書，嘗與濤書曰：「久别吾則不恨，相見於稠人廣坐酬答之頃，所欲言不敢發，雖聚猶别，是可恨耳。」閒嘗問所欲言，則皆身心學問之事，曰：「吾母之志也。」因述母氏之賢。蓋徐氏世業儒而甚貧，至鞠人之祖，家乃給饒。太宜人任煩拾瑣，既勞既恪，如未富時。鞠人幼失怙，家中落，太宜人即處而安，憂不形色，如未貧時。就養京師，減所宜增，勤不少閒，如未貴時。鞠人曰：「吾既拙於逢時，又涵育於家教，故能委身仕塗，不愆吾素。」吾觀鞠人志行與所承教於母者，而歎吾向者之説猶未盡人情之變也。寒素之士無資地以自見，假口親老不擇禄之説，自貶以鬻於世。既獲所期，則益忘其本志，酣恣而不反，以放其無等之欲，而遂敗身名者，往往而有。以爲榮人，適辱之，以爲養，未必果爲親所安也。今鞠人既朝夕奉親，無歉於其志，而太宜人秉儉素之德以爲教，又於世無奢求，從容學問，肆力道德之場，循其所至，蓋未可量，則所以顯親者更有在矣，尚何榮利之足云？光緒十八年十二月八日爲太宜人六十壽辰，同年諸子將賀諸其家，而以其辭屬濤。濤受教父母無異鞠人，而不能爲鞠人所爲，吾愧實甚，奚以辭爲？而覥然爲之而弗辟者，吾父母年亦至矣，冀鞠人之還而相壽，而因以教我所不能也。

戴鏡源先生墓表 代

先生姓戴氏，諱廣涵，字鏡源，號悔庵。先世自浙之某縣遷滄州，世有科第，爲州望族。先生性純泊，既領鄉薦，絶意仕進，從政門内，事父與繼母，朝夕在側，不命之退不敢退，應使給需，未嘗失指。年五十餘，猶有嬰兒之慕。親没，五日一哭奠，至於服除，哀如初喪。兄弟六人，以道義相切劘，無違言，無忤色。子弟亦服習其教，雍雍如也。先生雖遺外世事，而鄉里善舉，或有急難，力所及無不爲，一準以義，不以利害遷就，事成不任受德，曰：「吾所當爲耳。」性好學，諸經皆有解説，尤喜宋儒之書，深究而力踐之。某於某年從先生游，時先生已老，而劬學如故。雞鳴而興，夜分而寢，雖疾病不輟，臨終猶著《病中録》以自勉，古所稱爲己之學，先生其庶幾焉。卒於光緒十年正月八日，春秋七十有九。某年月日葬於某。曾祖某，某官，妣氏某。王父某，某官，妣氏某。父霖蒼，某官，妣氏任，繼妣氏劉。娶李氏，繼娶左氏。子序屏、序成。女四，皆適士族。孫某某。漢取士法與古近，行脩者輒得稱舉，故其時勉爲君子者獨多。後世以文藝制科，士行非所重矣，而高明博雅之儒之飭其行者，則取資徒友，以扶匡其德而游揚其聲，或且著書以自見，雖名質行而文采益章。若夫閭巷敦樸之士，既不思見用於世，交游稱譽復非所期，斤斤焉以儒先之説自程督，而質闇以終其身。以視勸於利，動於名，有所爲而爲者，其厲志獨苦，其進德蓋尤難，而人顧莫之稱述，則以非世所重，忽而易之耳。某既述先生性行，而歎其爲之之難，欲使忽而易者因難而知所重，世風庶幾可挽。至於先生之志，則獨行所安而已，曷嘗汲汲於人之知哉？

嚴烈女墓表

烈女姓嚴氏，深州人也。王父懋功，附貢生。父啟鵬，附生，母郭氏。捻匪犯州界，家人奔辟，止於女外祖家。所居阻水，賊至，登舟辟之。既免，而王父以墮水病甚，命家人曰：「賊且復來，吾憊不能行，當獨留家，人且他適，聚死無爲也。」女不可，王父趣之，不聽，遂俱留。越二日，賊果復來，家人幸脱，王父病亦旋瘳，獨女以罵賊死，時同治七年二月五日也，女生十六年矣。其叔父斂之，葬嚴氏墓側。當王父命家人他適也，危急駭恐之際，衆倉卒不能決，女以弱歲女子，既未知以義斷去留，事之利害又非所計，獨以不忍於王父，毅然不肯去，其至性，已過絶人，而以一人之死，王父老病之軀遇危險得無恙，家人亦以不去之故，不失爲仁孝而無遺憾後責，其所全者尤大也。較之邂逅捐軀而以節著者，不愈足稱哉？女初受同郡李氏子某聘，女死踰年，李氏子亦死。越二十年，光緒某年，李氏葬其子，請以女祔，且爲置後。遷葬嫁殤，《禮》之所禁，後世且沿以爲俗，其迫於情事，士大夫家有爲之者矣，君子莫之譏也。女於李氏子，固生前所媒定，又皆死，與《禮》所禁亦有别。而其死也，有功於其家，家人尤不忍殤之，遂以某月日，遷女柩葬於李氏之阡。孔子不殤汪錡，重其死也，於烈女之祔葬，又何閒焉？女兩叔父斂女而葬之者，名化鵬，武進士，官京師，與予善，乞予文以表墓者也。

論左傳

《左氏》於《春秋》，具其事而已，曷嘗爲之例而釋其辭哉？其例而釋之者，劉歆之爲也。吾觀太史公、班孟堅所論述，孔子作《春秋》，左氏蓋身與其事，後乃因孔子所據之史，參之列邦紀載，更爲一書，亦名《春秋》。故太史公引與《虞氏春秋》、《吕氏春秋》竝列，而未嘗與《公羊》、《穀梁》諸家同稱。其曰「左丘失明，厥有國語」，則更儕之古之發憤著書者，知其非説《經》者流也。然其所以爲書之怡，則因《春秋》不以書見者，弟子口授傳怡，退而異言，故爲之具其事以著善惡之迹，俾私見臆説不得參與其閒，故亦謂之《春秋》。《傳》謂可據其事以證《春秋》也，何必撰説《經》之例、破文析義如後世經師之爲哉？况其所紀述或不涉於《經》，其見於《經》者又或闕略不載，互備其事而不相坿，其各爲一書，而非自託於《經》也，益可見矣。《藝文志》於諸家經皆著録，於《春秋》乃惟録《公羊》、《穀梁》二家經，無《左氏》，非其明證與？閒嘗以爲《春秋》文成數萬，其指數千，事實不著，説雖多而不明；事實既著，時執情僞之不同，可以曲通其意，因事而爲之例，必有底滯而不達者矣。且左氏好惡同於孔子，所據之史又同，《春秋》之意固自寓於所敘述之中而論而著之矣，乃復取所論著者從而爲之辭，以自明其作意，此淺學自喜者所爲，而謂左氏爲之乎？

左氏既未嘗爲例以釋《經》，又以免時難，其書晚出，故無經師遞傳之法。其傳之者，張蒼、賈誼而已，非經師也。信口説而背傳記，是末師而非往古，漢儒之通患。《公羊》、《穀梁》既以口説相承，立之學官，習而安之矣，故見《左氏》之無師法，不肯深求其故，因其無釋《經》之辭也，遂以爲不傳《春秋》，此殆漢人相傳之語，不但成、哀時博士爲然也。其後范升折難左氏，亦以爲左氏不祖孔子，而出於丘明。若明明旁緣經文而例而釋之矣，雖淺深純駁有可指議，烏得云不祖孔子，不傳《春秋》哉？劉歆使鄭興爲條例以治《左氏》，賈徽亦爲《左氏條例》二十餘篇，潁容又爲《條例》五萬餘言，章句訓詁，無藉條例，條例爲治經設也。當時《公羊》、《穀梁》盛行，其大師講授，初無條例，以二家本有條例也。治左氏者絶少，而治之者必爲之條例，以《左氏》本無條例也。漢置博士，初立《公羊春秋》、《施孟易》、《歐陽尚書》，其後復立穀梁、梁丘、京、大小夏侯。漢儒雖黨同妬道，諸家異説未嘗不并行也。獨至左氏，成帝時争之，哀帝時争之，王莽時暫立矣，光武時復大争之，依違數世，卒不得立，夫非穀梁、梁丘、京、大小夏侯之比哉？而顧排折之若是，豈非以其自爲一書，不與經文相比，而爲儒者所藉口哉？班氏又謂《左氏》傳學者，初傳訓詁而已，至歆治《左氏》，引《傳》文以解《經》，轉相發明，此可見《傳》不解《經》，其解之者，劉歆所爲也。《傳》詳言隱公所由立，後復言其將授桓，歆以爲此《經》不書即位之故也，因解之曰：「攝也。」

《經》曰：「公及邾儀父盟于蔑。」《傳》曰：「邾子知儀父之爲君，曰克，知儀父之爲字。曰公欲求好，知《經》之所以貴之。」所謂引《傳》文以解《經》也。其曰「未王命，故不書爵，及知稱字之爲貴」，則互參曲證，而以義斷之，所謂轉相發明也。「段之不弟，如二君，鄭莊之失教」，皆《傳》意也，歆以爲此《經》之所以稱段、稱克、稱鄭伯也，此引《傳》文以解《經》也。其曰「謂之鄭志，不言出奔，難之者」，則《傳》外之意，引而申之，亦所謂轉相發明也。賈徽既從歆受《左氏》，子逵傳其業，爲《左氏》解詁，并釋歆所爲者。服虔因之，亦并歆所爲於《傳》內。東漢時人猶知之，故其時訟爭《左氏》，祇言所紀之事，未嘗及其説《經》，而班氏亦得分析言之如此。自賈、服之説行，歆所爲者不可復別，而《左氏》遂爲説《經》之書矣。方望溪以爲《周官》怪迂之事，皆劉歆承王莽意羼入之，其説既允矣，於《左氏》有所坿益，又何足怪乎？然其妄爲傅會，非《傳》意亦非《經》意者十二，其自相抵梧亦十一。

復吴先生書

讀手書，知吾父到省，渥承眷惠，竝許爲壽言，勉其子以事親之道，恩德至厚，不敢言謝，敬矢於中而已。伏惟福體康綏。所論《左氏》，謂凡例爲劉歆所爲，先生意不謂然，而亦以爲後人所託，但不知在歆前後，令得違復。聞命慚悚，深悔所言無據，反復思之，乃仍欲守其前説而妄有所陳。謂爲之者在歆以前，坿於《傳》邪？歆時博士不得斥《左氏》不傳《春秋》，范升亦不得云不祖孔子。不坿於《傳》而别行邪？則治《左氏》者已解《經》矣，班氏何得云解《經》始於劉歆，且歆後治《左氏》者多宗歆，必不肯取他説入《傳》，其坿之《傳》當在何時？如謂雖有其書，當時儒者或未之見。歆猶未見，賈逵承歆學，安得以坿於《傳》而釋之？歆前之無其説也決矣。若以爲在歆後，則與賈、服同時，更不得爲之解詁，此尤可決其不然。故疑其爲歆之爲之，而賈逵入之《傳》耳。歆創通大義，所爲説固多，賈入之《傳》者，特治經凡例，餘説固别行也，杜氏所見，殆指别行者言。或賈、服所稱述杜治《左氏》首重凡例，故曰《傳》之義例總歸諸凡，蓋未悟其出自後人。後人假託古書而人不悟者甚多，通人偶蔽，不足爲病，今謂劉歆爲之，杜必疑而致辨，不辨不得爲左氏忠臣。同是後人所爲也，何出自劉歆則當辨，而出自他人遂不必辨邪？先生之意，蓋以劉歆通儒，不當妄爲傅會。漢儒多傅會，《洪範五行》劉氏父子治之尤深，先生亦嘗譏之，而終以歆爲通儒。傅會《洪範》不足爲通儒累，傅會《左氏》將爲通儒累乎？況坿其説於《傳》乃賈逵所爲，歆特因《傳》所紀事撰治《經》條例耳，固未嘗增竄《左氏》之文也，此亦與假託古書者不同。若以其説時或穿鑿淺陋，劉歆當不至是，古書往往純駁互見，《公羊》、《穀梁》出七十子後，口説相承，其穿鑿淺陋者多矣，而終不失爲一家之學，此尤不足爲歆病。濤學術譾陋，經義尤疏，此皆臆説，未有確據，然私以爲《左氏》自有凡例則已，必謂出於後人，則惟謂劉歆爲之，賈逵以入於《傳》爲近理，否則鄭興、賈徽所爲，興、徽條例亦歆使爲之。論中所謂淺學自喜，乃謂《左氏》與《春秋》同恉，解《經》乃自解也，故近於淺學自喜，蓋決《左氏》之未嘗解《經》，非謂凡解《經》者皆淺學自喜也。羊斟之事如先生説，爲後人羼入無疑。古書同記一事而相歧者甚多，三《傳》於《春秋》，《史記》於《左》、《國》，《漢書》於《史記》，往往因一字之訛，遂以相遠，無由斷其是非，從其近理者而已。《左氏》既自爲一書，其綜一事之本末，不盡依《經》之次弟，或後《經》以追敘前事，或先《經》以終之，後人强與《經》坿，遂多割裂。先生所疑僖五年事，即其類也，而濤之私見則微與先生不同。《經》書殺申生在僖五年春，而《傳》在四年十二月，此必左氏别有見聞，并存記異，亦如《史記》《紀》、《傳》時有不同也。尋繹《傳》文，申生之死，重耳之奔，乃一時事，辭義續而不斷，後人見《經》、《傳》不同時，疑《經》從告，故於五年春增入「晉侯使以殺太子申生之故來告」之語，以此語之縣而無薄，遂割伐蒲事以隸此語之後，文義已不相屬，而《傳》所載視朔事在正月朔，又不可居後，於是申生之死、重耳之奔遂爲所斷而分爲兩時事矣。先生謂後人羼入視朔事，離絶晉事。濤疑視朔事爲《左氏》本文，其離絶晉事者後人遷就《經》、《傳》之年月而爲之也。此與羊斟之説固皆後人增竄，然與説《經》無涉，自非劉歆所爲。先生鈔《左傳》不盡依近世通行本次弟，想多更正，恨不一讀之也。山東鄭東甫刑部杲合三《傳》以治《春秋》，用二《傳》之例而不用其説，用《左傳》之事而不用其例，以爲《春秋》乃決讞之辭，二《傳》如律令，《左氏》其供狀也，深信《左氏》而不用其例，亦可謂有特識矣。方望溪謂劉歆增竄《周官》，其説固不足據，然亦不敢決其必無是事。莽干天位，猶勉坿之，莽改聖經，顧敢違之乎？公孫禄言莽敝政，謂國師顛倒五《經》，毀師法，與孫陽造井田、魯匡設六筦並稱，皆實指其事，則歆於諸《經》必有承莽意爲之竄亂者。有所劫而爲，不足累其文學，惜死在莽前，未及更正，後遂有沿用而不可復辨者耳。撰《左氏》凡例自與此有别，論中援以爲證，不類，當删之。濤性愚妄，又屢誘之使言，徑展私臆，無所依違，伏望容其不遜，而指示其謬。明允《木假山記》，亦望以先生之意告之。

冀州直隸州知州牛君壽序

道光中人狃治安，窳惰不振，官職解弛，患乃萌伏。軍旅既興，民用重困，朝廷懲鑒已往，既戡大難，思與更始。以輦轂重地，四方所觀聽也，命故大學士曾公自兩江移督直隸，用康黎庶，奠我邦畿。曾公以門人故吏八人自隨，其州縣吏若湖南游公子岱安，徽吴先生摯甫，江蘇趙君惠甫，志操才學，冠絶等倫，而舊官直隸者若奉天李公鑑堂，湖北劉公崑圍，亦以治行尤異，聲烈四馳。曾公仰體朝廷之意，以諸公布列要地，庇休疲氓。合肥相國李公繼曾公督直隸，益以民事爲急，甄録良能，而畿輔吏治遂爲天下最。諸公既多擢顯秩以去，良能輩出，相接於二三十年之閒，而河南牛君最後而名最著。君以知縣官直隸，始見奇於張靖達公。李公至，益倚仗之，事艱責重，輒以相屬。屢治劇邑，紛理墮舉。光緒十八年擢知冀州。冀爲李公及吴先生舊治，訪求故迹，整而振之，創行其所未爲，淬精厲氣，新故畢張。濤主其書院講席，每相見，必稱述鄉里情狀，匿情細故，無不周察，喜怒形於言色，然後知君之心乎斯民，誠而求之，而衆人所稱述猶未得其深也。古者治民之道，與凡教養之法，羣經百氏所載略備矣。其施之民而有事實可徵，至《漢書》始詳言之，以民事爲當時所重也。漢之令長，親民之官，郡守國相，則兼今之府與司道所職，非獨臨民矣。其傳循吏，乃止言教養之事，纖微無不具。京兆、馮翊、扶風秩益尊顯，而趙廣漢、張敞、尹翁歸之屬見稱於時者，亦惟治民方略。至於薛宣、朱博，身備宰相，爲漢名臣，乃具書爲郡守時治狀，豈非以漢重民事，九卿或試以治民，其入爲公卿者亦多由守相，而名臣幹略，未有不嫺於民事者與？今朝廷軫念民艱，吏治修舉，以君之閎識偉抱，亦斂其才知，循職守法，懇懇焉爲閭閻謀纖悉，不憚煩猥，可謂知所重矣。治冀之明年，德惠翔洽，衆聲大驩，其六月二十七日爲君誕降之辰，自君之佐及所屬文武吏將稱觴以賀，而德配孫淑人以勤約和謹治家，俾君不以家自累，得一意民事，凡君善政，多贊成之，欲因壽君者，兼壽淑人，而以其辭屬濤。濤爲述朝廷恩德及畿輔吏治之盛，而君之心乎斯民，所張施錯注尤可方古循良，匪唯慶君，蓋爲斯民生際斯時者慶耳。但恐君政既成，將如鄉所稱數公者擢顯秩以去，膺國家重寄，非吾冀民所得私也。

授經堂記

古者書用竹帛，流播爲難，楮墨稍省易矣，而述作日益繁，操觚者猶艱於從事，故韓起觀書於魯，然後知《周禮》，漢東平王求諸子、《太史公書》於京師而不能得，唐時訪求一書，猶或遲之數十年始得一見。而《史》及諸家所纂目録，由今考之，無其書者强半，其難得而易亡如此。自鋟板之法行，流衍者多，易於求取，而時執遷貿，數百年舊物，蓋亦無幾存。國朝崇尚文學，詔求遺書，校刊宣布，而魁儒碩學乃益討訪珍祕，拾闕綴殘，所考定皆號稱精絶。乾嘉之際文學可謂極盛，而吴越爲人文淵藪，通儒輩起，輝蔚東南，故四庫書成，特頒之揚州、鎮江、杭州，以贍多士。是時海内富安，巨室盛族争相慕效，搜奇詑博，習而成風，藏書之富爲四方所不及。自粤賊躪轢江浙，十餘年閒薦紳轉徙，百物灰燼，而書籍亦遂盪無留遺。大難既平，諸行省設局刊書，學者頗修復舊業，而鄉時所稱精本已不可多觀，其宋元舊刊則益更索無所，尊之爲彝鼎，而曠世未必一遇也。諸暨陳蓉曙編修劬學嗜古，孜孜如不及，其先世當明嘉靖時有官廣西布政使者，聚書五萬卷，構授經堂庋書其中，當時宿學皆借書其家，爲之點勘。其孫章侯先生，國初時隱於禪，世稱老蓮先生者，有《授經堂詩文集》。康熙初堂毀於兵火，書亦亡。蓉曙之祖既築堂藏書以復舊，而蓉曙之父課子於堂，遂繪《授經圖》徵時賢題詠，士林盛傳其事。粵賊之亂，東南騷動，陳氏獨安居講誦於堂弗輟，余小頗觀察賦詩稱之，而堂與書又卒毀於兵火。蓉曙與其族子耐安俱以文著，大吏争迎聘，以其所得，作室故居旁，以積書，復得數萬卷，俞曲園先生以舊額題之，而堂復興。蓉曙雖官京師，而所謂授經堂者，念不能忘，嘗欲罷官旋里，讀書堂中，以無失先志，迫於人事而未果也，輒用自恨。濤既得觀《授經圖》讀諸公題詠，慨焉慕之。蓉曙爲詳述其事，曰：「子爲我記其始末，將鐫之堂壁，以志吾恨，而視子孫。」吾感蓉曙之能復故業，因推古今世運之變，以見書之易散而難聚，其力能聚者固宜搜輯而護愛之矣。然古人得書之難十百後人，而後人之學乃遠不逮古人，則又以知學問之事，精專是務，其博收兼取、以富蓄藏者，蓋猶不足貴也。吾曾王父購書七萬餘卷，其後歲有所增，今幾百年，書固無恙，濤所遭視蓉曙爲幸，然蓉曙之學得於古者已深，濤猶茫乎未有聞見，蓉曙引以爲恨，益足徵其好古之誠，而濤所自幸乃其所可愧者與？耐安名偉，舉人，亦嗜學，著《經説》十二卷，《讀禮隨筆》八卷，早没，蓋有功於斯堂而蓉曙所痛惜者也。光緒十九年六月武强賀濤記。

于君吉庵墓志銘

君姓于氏，諱爲儀，字吉庵，山東福山人，恩貢生，以子官封中憲大夫，配王氏，封恭人。曾祖汨，妣氏鹿、姜。祖執中，妣氏孫、牟。父公槐，拔貢，臨江府知府，妣氏柳、王、王、趙，贈封皆恭人。曾祖、祖以君父官贈朝議大夫，妣恭人。君少有至性，事父母以孝稱，居喪如禮。父母没，推所以事父母者於繼母以上。及祖母喪，亦如之。母没時君年十四，十年之閒迭遭大故。兄有疾不能治事，君一以身任，哀戚之際，綜理庶務，家以無隕。君父罷官歸，舉故所分産予伯父，君得其分券，焚之，曰：「恐後人挾此啟争。」君與兄析産時，得故所居室，曰「兄病，力不能爲室」，以讓兄，而留與同居，兄子既成立乃去。君性剛果，見義勇爲，遇危困志氣愈厲，廉於財，而施予無所惜，赴人阨難不待請，爲人判曲直，皆服，有相争者輒於君取決，而不聞於官。鄉里有事，爲設方略，或倡爲之，事罔不濟。由是遠近宗仰，知君可倚仗矣。咸豐十一年捻匪犯縣境，君以鄉民與戰，瀕死者數，卒以計破賊，多所斬獲，境賴以安。人益德君，争欲狀其功以聞，君力止之乃已。嗚呼！自髮逆、捻匪之亂作，而鄉兵起，庠序之彦、閭巷之雄，遭際時會，遂能戡大難，建殊勳。其次得所宗依，亦各殫竭知勇，顯功名當世。而貪僞輕進之徒，乃因軍賞既寬，思緣飾以儌幸，其尤巧者，竄名軍籍而安坐於家以得官，冒濫至不可問。以君所爲，衡以近日軍例，宜得上賞。君顧力辭之，其廉退有足尚者。而驅役鄉民，拚死犯難，遂克有功，視當時諸將蓋無愧，而無所依馮以竟其才，尤有識者所惜閔者也。子宗洛，增生；宗汸，國學生；宗潼，進士，工部主事；宗澄，國學生。孫作棫、作栻。君卒於光緒十八年正月二日，春秋六十有三，某月日葬於香龍山前祖塋。其鄉人柯鳳孫徵銘，銘曰：

出其蓄藏，僅施於鄉。猶屈所長，宜其後之昌。

劉君範堂墓表

劉君範堂，諱仲楷，深州人，以文稱鄉里。從吾父問學，吾父於門人中特愛重君，數舉其文以示學徒。濤與弟始習舉子業，見君文，輒讀不厭。君以吾兄弟齒稍稺，盛稱其所爲，亦知所稱過量，而心獨喜，故嘗望君之來。君性坦易，不飾儀貌，言無匿情，人皆樂就之。每至吾家，諸父、諸兄與君年相若者争攜酒肉與飲食，質以所業，言笑竟日夜不倦。吾父聞之喜曰：「吾爲羣從子弟得良友矣。」君得癸酉拔貢，即以是科舉於鄉。濤賀諸其家，家在陋巷，所居甚狹，而地無隆窊，庭無遺灰積堁，土墉不飾，木器不髹，而潔無汙瀆。子弟執業於前，年皆十三四，趨走承應，動中度程，余益聳然異之。兄弟四人，君其仲也。兄弟亦皆敏於文，從學者甚衆，學使所録取多出其門，而君之弟子尤盛，其高第者成進士，入翰林，以文稱於時。君則自領鄉薦後，學益邃，而屢躓於禮部之試。其後得心疾，遂不復圖仕進，以教授終其身。自君得疾，父與繼母先後棄養，兄弟亦相繼淪逝，而叔弟之没，君不得見，尤以爲憾，嘗於無人處自傷，由是體益不支。光緒十八年某月日卒，春秋五十有六，以某月日葬於某。曾祖某。祖某。父某。娶某氏，子二人，長家敬，後其伯兄；次家讓。朝廷以文取士，士不獲以才德進，不得不抑志卑節，以從事於文。自有司之識别不明，能文者復絀，而士益窮矣。至於窮無復之，乃援積善餘慶之説相慰勉，以爲猶有待焉，而彼造物者又故反其道以試之。若君之蓄德能文，而阨於所遇，求如庸夫之安恒蹈順而不能，而竟抑鬱以死者，蓋亦不可勝數，又惡得以意測哉？君之卒，門人醵金助喪，又買田以供祭祀。其乞文以表墓者，王君鏡巖延年也。

宗蓉舫先生墓志銘

任邱宗蓉舫先生有四子，樹椅、樹桐、樹楷、樹枬。樹枬娶吾妹，因從問學，遂主其家，兄事其伯仲，而弟畜叔季，相樂也。吾弟與同處，亦如之。先生長身偉貌，沈毅有威，坐不傾攲，言無戲狎，始見心惴惴，恐愆於儀，欲有言，思之至再，然後敢出諸口，其見憚如此。久與居，竭情極歡，曲當人意，則又愛慕之而不能舍以去也。諸子英敏，人生所有事皆通曉，而無少年子弟之過。濤數嘉歎之，則曰：「家教則然，諸子遵奉直十一耳。」因述先生性行。其述先生侍親疾也，父久病畏寒，身翼蔽之，溲溺以身受，兩股及足漚漬潰爛而不暇易，衣袴所需必手治，動輒適指，偶以事出，失食飲節，戚形於色，先生察覺之，以爲大憾，後以告人，未嘗不泣下也。母病危，而不欲久煩子婦，更以婢媼。先生屏息窗外，徹夜不去，時大寒，涕淚沾濡，凍合裹衣。其述先生應事接物也，不阻於難，不倦於勞，不以怨謗而疑。餉軍救災，拯振阨乏，出財無訾省，而嚴拒非義，不以絶物爲嫌。事機既發，斷而敢行，靜以待變，退避如怯，自謀、爲人謀鮮有敗事。先生之卒，於今十六年，家益昌盛。先生之子，濤所兄事者，已爲前輩成德，遠近矜式，有事就以取決。樹楷、樹枏宦游京師，學行偕進，見稱儕友，駸駸乎日有令聞矣，而器量風采，儗之其先人，蓋猶不逮也。濤主宗氏以光緒元年，再踰年而先生卒。又七年濤官大名教諭，乃去。又五年，改官刑部，而樹楷、樹枏亦奉母太宜人居京師，仍與同居，今又四年矣。太宜人霸州韓氏，幼事繼母，以孝稱，及歸助先生，侍養勞憂與鈞。先生以嚴明治家，太宜人濟以溫厚，門以內秩如、翕如。先生卒，督率諸子一秉先生遺教無改。濤嘗述其事於吾母，吾母輒樂聞。太宜人亦嘗稱美吾母，以飭其家。吾母數詢太宜人起居狀，與同戚欣。太宜人於吾母亦然。蓋兩母性情多相類，故相親愛如此，而不獨兩家兄弟之相樂也。先生卒於三年九月二十日，春秋六十有二，其明年二月葬於祖塋。十九年七月十八日，太宜人卒於京師，春秋七十有九，九月某日歸柩於家，而以明年某月日合葬先生之墓。先生諱于瀛，候選按察司經歷，以子官封奉政大夫。曾祖璽，附貢生，妣氏段、李。祖朝麟，候選同知，妣氏郭、劉。父鵬翥，吏部司務，記名同知，妣氏張。樹椅，附生，候選布政司經歷。樹桐，拔貢，內閣中書。樹楷，舉人，內閣中書。樹枬，廩生國子監典簿。女二，適士族。孫俊觀、俊宸、俊心、俊貞、俊琦、俊瑄、俊賢、俊璋。女孫十一人。銘曰：

已淬其鋒，戢而偃之。匪我自韜，時則限之。蓄其所有，推竟里閈。降霖決渠，灌止町疃。施嗇積厚，將大其後。仲昆趾美，如耕有耦。父教固爾，況承賢母。世載厥祥，孫曾其懋。

書泰山墮淚圖記後

海州王君家佐，感泰安訓導濟陽艾問泉先生再生之恩，先生既卒，爲《泰山墮淚圖》，以文記其事。光緒十九年，其門人某應順天鄉試，攜圖至京，授先生猶子觀亭以徵文。觀亭與濤同官刑部，交至深，以圖示濤，屬題其後。因曰：「捻匪擾泰安，時城空無備，而守令素不悅於民，鄉兵不集，人大恐。吾伯父說守令，使謝過於民，而躬往諭之，曉以利害，民大悅，誓與死守，賊不敢逼。守令皆以功遷官，而吾伯父獨不得與。」嗚呼！郡縣無備久矣，倉卒寇至，敺不教之民以與之角，其烈者與城俱亡，不肖者棄而走耳。先生以不與政事之官，獨能協和官民，使之竝力以守，而危城以安，非確乎其有志操，而忠義足以感物，知略足以應變，惡能於無可厝力之際，卓卓著功烈如此哉？當是時，賊蹤半天下，其擁兵守土，無尺寸之功，而構虛飾僞以邀上賞而收顯名者，不可勝數也。而如先生者，乃竟掩抑不得論列，世之所以多禍亂，而禍亂既作不能遽定者，豈不以此也與？吾因觀亭所述先生之功，推而論之，蓋惜其見屈於時，無以竟其才以抒其鬱憤之氣，因以慨世變焉。至於王君之事，其自記已詳，一人私恩，固不必論也，然亦可見仁人君子之用心矣。

硯銘爲蔣藝圃作

女節良苦，安吾家之貧，三世不易主。世不吾許，吾惟女與。相守以終古，以念吾祖。

陳母李太恭人壽序

天津陳君雨人，喜文章，雅不自信，輒求益於朋友。閒語濤曰：「吾少孤，所爲學一秉吾母李太恭人之教。始入學，則教之曰：『學必顯揚其親，後能以文述祖德，則善矣。不則師友名流乞表吾門。』稍長，學爲文，教之曰：『學不得其門，其志彌專，其蔽彌深，是亦宜收功於師友。』既壯，奔走衣食，又教之曰：『學者終身之事，心無使累，志毋使奪。』」懿乎太恭人論爲學之恉也。人有喜養生術者，得古書而求其行氣之法，期年血絡壅逆，衝上而虚下，喜曰：「氣果能行矣，過此則形解矣。」又期年，支體如桎梏，遂成廢疾。有好古經方者，勤日夜以習之十年，自謂原血脈，察起居，决病所由，而相度鍼石、湯火、百藥所宜，可以起廢而肉骨，試之反所言。此其致功非不深而蔽若此者，果於自信而專己，沾沾焉求之書也。世儒論學有三，曰義理、考據、辭章。義理明先王之道，考據則稽其功用之迹，而記之者辭章也。後世既分途以習，爲義理、考據者或不嫻辭章，而爲辭章者猶必兼涉二家之說，非特兼之而已，古人之精神、意趣將於是求焉。義理以慮究也，考據以力索也，而皆可求之於書。至於精神、意趣，有在語言文字之外者矣，苟非有所承受，而欲冥搜之故牘，以幾於合，其不類古人所譏刻鵠畫虎之不成者幾希。以雨人之才，既陶染於鄉邦文獻，其在京師，又博求鉅人碩學以資見聞，太恭人所教既已服而遵之，而不至蹈其弊矣。而濤猶不能已於言者，燕人相約爲嶺南之游，其一人治行，十日而往，半塗糧竭馬瘏，旁皇不能進，遂止不行。其一人力能取足於道，所經不齎糧而往，逾河至江，沿流上下，歷觀古所稱名勝，與搢紳文士相交遊，大樂之，亦止不行。雨人家故貧，寒待之衣，飢待之食，心嘗戚戚然。其官工部，僚友交推其能，勳績卓卓可紀，而事繁不得少休，其所遭如此，不累於境，則恐其羈於此而奪乎彼也。然則太恭人所教，雖能服而遵之，而其所慮者不尤當念之而不忘乎？光緒十九年某月日爲太恭人六十壽辰，雨人屬以祝詞，而述太恭人事甚詳。曰：「吾母懿行，待子之章之。此吾結交之意也。」濤曰：「太恭人之教，吾既敬紬其義爲子勖，因以爲壽，當爲太恭人所樂聞。至於尊顯其親，太恭人於子之始學已有望矣，固宜子之自爲之也。」

題西山精舍圖

濤少時則喜讀桐城方望溪先生之文，及從吴先生游，益廣以劉氏、姚氏之説，而其邑人客燕趙者往往遇之先生所，亦輒稱述其鄉先正緒言軼事，於是桐城諸老之精神笑皃如接吾之耳目矣。私以爲幸登先生之門，得徧讀桐城諸老之書，而交其邑人以資聞見，若復得親至其地，覽其山川，尋諸老故居及平生釣遊之所，想慕其風流，所學當有進。光緒十九年秋，謁先生蓮池，而姚君叔節與其兄仲實已先在。叔節出此圖屬題，則大喜，以爲觀此圖如親其地，足以慰所懷而無憾。既而思之，承先生指授，與羣賢觀摩且二十年，而學益荒落，雖至其地，庸有當乎？而仲實所爲詩古淡如漢、魏，叔節之文崛强似韓退之，二君年方及壯，所造已如此，則又以知紹其鄉先正之傳，終當屬其鄉人，非他方人所得與。吴先生雖欲倡其學於北，而二君者又將挈而歸，是殆有數焉。濤雖妄，弗敢與争，得列姓名於此圖之末則幸矣。

張搢軒先生七十壽序

篤學力行之士，心乎當世者，輒慨並吾生者之不古若，後乎所慕望者數百載，則恨不生數百載以上。而數百載以上爲吾所慕望者，其致慨已如是也。後乎所慕望者千餘載，則恨不生千餘載以上，而千餘載以上爲吾所慕望者，其致慨已如是也，抑非獨數百載、千餘載之遼以相判令人致慨乎？今而慕乎古也，與吾祖父並時者吾及見之，與吾高曾並時者吾及聞之。自高曾迄吾身百載、數十載耳，而由後溯前，亦若有不相及者。夫此百載、數十載之閒已有不相及之執，苟無人焉挽而正之，恐遞降而下，將有不堪問者矣。嘉興沈子培嘗爲吾言古：「今文人所纂録朝廷仕宦之文多，而紀鄉里者則少。子既舊族，所與昏姻亦必一方之望，其碩儒長德終老於家，學行所表見與生平言論當有卓卓可紀者，子盍編纂之以視後學，或有裨風教。」吾既慨世風之益壞，思有以矯之而無術也，聞其言則大韙之。古者才德之士多聚於朝，自後世以文藝制科，而校文者無復真識，其不幸而不遇者，乃與在朝者參半。在朝者尸高明之地，人得而指目之。其不遇者雖有殊特之姿、獨至之行，閱世積學，以至於老，而無執位以聳衆，朝夕與居者且忽而易之矣。苟能發潛闡幽，俾人知所慕效，一家之中率遵乎長於一家者，一鄉之中率遵乎長於一鄉者。其陶染漸漬，較之以上治下、以貴治賤，其收效不尤易乎？然則紀述鄉里之文誠在所急矣，吾蓋有志爲之而未果也。滄州張君化臣才高識遠，有用世之志，孰於杜、馬典章之學，武昌張先生、桐城吴先生皆奇賞之。與濤交至厚，每相見，必相規以過，無諛詞。光緒十九年，化臣之父搢軒先生春秋七十，將稱慶於家，屬濤以祝辭。蓋先生之才德，所謂不幸而不遇者也。退華而樸，斂侈而謹，隨所值而安，不激於氣，無怨於時，其爲前輩成德，與吾所聞於祖父者風旨略同，蓋後進所宜式法者也。化臣雖有過人之才，而性倔强負氣，不稱意，憤形言色，非其人，絶弗與通。濤嘗諍以爲好剛失中，若能擴其褊衷，抑其矜氣，而進用其父之道，從容優裕，以漸幾於古人，鄉人之與化臣游處者，當益知先生之道之可貴，相與率而循之，則先生之道益廣，而濤欲紀述耆老言行以警末世之失，與之偕進於古，將敬從先生始矣，豈敢構飾虚辭，循世俗之禮而爲長者壽哉？

北江舊廬記

古之學人多樂遊危巖通谷、洪河大湖，凡瑰奇詭麗、雄闊洞豁、廣閒静邃之域與古賢聖儁豪、魁人畸士之所經涉，亦既曠歲時、屏世事，窮探博訪而徧歷之矣，而馳驅仕宦、奔走衣食之時，窮鄉辟寂、都市喧尨之地，人事叢猥，無須臾之閒，僦屋以居，月遷歲徙，亦必規池砌石，植嘉木美卉，以爲朝夕宴休娛嬉之所，是豈有所耽溺而爲之哉？蹈德遊藝之士既藉以拓其襟抱，遂暢其天倪；而勤於職事者，勞劬憂思，氣煩慮亂，尤必有以導宣鬱滯，滌胸寧神，使之恢恢如有餘，然後可以久不生厭，有所爲而無不成。國朝陽湖洪北江先生，殆所稱樂遊者也。東至海，西至伊犂，南至黔，北至京師，其行萬餘里。凡號稱名勝，無不恣意所欲往，而窮其力所能到。其於京師，前後八九至，留之最久者亦不過再期，而所居亭池樹石必具，蓋未嘗一日忘其山水遊覽之樂也。今京師宣武城南有先生舊宅，竹石參映，嘉樹列植，相傳爲先生所營置，天津徐鞠人編修居之。鞠人喜讀先生之書，嘗慕其爲人，既得其舊宅，大喜，顔其聽事曰北江舊廬。數因其母夫人生日，宴集僚友其中，嘗語濤曰：「吾於先生，學行百不逮一二。然先生六歲而孤，吾亦六歲而孤；先生之母不逮禄養，而吾乃得長依膝下，則所遭視先生爲幸。」濤曰：「先生抱用世之志，見知既晚，又不得久於其位，賫志以終。子通籍既早於先生，從容學問，徐以俟之，異日所樹立，當有先生所不及爲者，豈弟事親之樂爲先生所不能哉？然此皆視乎遭際，非人所能爲。吾所望子於今者，即先生所營置，日益修治，而補其所未備，優游嘯詠，以先生志學自勉，而推所樂於朋友，而不自私，則子之友雖有拙疏陋儒、將老而一無所就如賀濤者，亦日造於門而不拒也。」

送宋芸子序

吾嘗讀海西諸國人所爲書，其論列事執利病而量決其是非，輒曰某國如此，某國如彼。而中國之立言者則推而上之，曰某朝如此，某朝如彼。其非中國所服習，雖國至彊大，事可觀采，概賤簡之不屑與絜長短。國家招懷撫内、求通好互市者日益衆，操觚之士即所聞見稍稍稱述矣。閒以其説質之吾友宋芸子，芸子曰：「未得其要也。夫舟車軍械，適用之器，益求利巧者，工匠之事耳。貨物委輸，無遠弗至，商賈之事耳。畫井疆，榷征税，嚴禁罰，編之約章，有司所奉守耳。既不足恃以自彊，而有志當世、究心利害者又未能得其要領，無惑乎言戰、言和、言防守，紛紛然屢易其術而不能決也。」芸子學閎志偉，其於往昔興替成敗之迹已深探其故，而知其不足馭今世之變也，益討四夷之事而研覈之。又知功名之士張皇目前，不足與慮長久，而儒者不得局於故見，循士大夫之議，以言外國爲恥，而自引嫌也，益思以身當之。光緒十九年命四川布政使龔公使英、法、意、比，而芸子爲之參贊，諸國既懾服威德，帖首就法約，使者無紛難不可治之事，從容諏訪，求其所以爲國及交鄰之道，攬大燭幽，提挈綱維，編纂成書，獻之天子、宰相，籌所以待之之方，而傳播其説於士大夫，俾知世運之變，出而維之者終當屬之儒者，則斯遊庶幾不負。至於諳悉外國語言，通知其文字、究氣化、測算之術而精於世所稱西學者，吾以爲乃其次也。

張君又新墓表 代

君諱銘盤，字又新，吴橋人。性果決，慷慨任氣。鄉里有事，待以興作，赴人困厄，如急己私。而好面折人過，不少容。家貧，疲筋力，忍嗜欲，以致衣食，而不肯輕受人財。縣富人李氏，匄君伯父財，使息之。伯父卒以授君，君修整有術，李氏因以益富，而子弟習爲驕侈。君曰：「是且敗其家數。」勸戒之，不聽，侈益甚。君争之愈力，曰：「吾前言宜聽。不者業必壞。」又不聽。由是與君齟齬。君曰：「吾既阻於力所不能，不可有所牽率，以負其先人而愧吾伯父。」遂歸財其家。初，伯父受李氏財，得白金萬。及君之歸之，乃至三萬，其非我所宜取，纖豪不以留。嗚呼！自世風衰薄，而交際之道蓋難言矣，其同財者抑又甚焉。李氏於君，既資其力以致富，已乃忌其忠言而疾惡之，此人情之所難堪，而君卒能有所割棄，以善其終。人見其歸財而無所顧惜也，莫不推稱之，以爲廉，而不知其默全兩世之交，其所成者尤大也。同治十年，君子從予問學，始與君識。君且老矣，而縱言世事與己身所經，張目抵掌，時憤時喜，豪俠之氣，形於辭色。予既聳然異之，又未嘗不歎其以有用之才，無所遇於世，而混迹於閭巷負販之中以終老也。曾祖某。祖某。父某。娶某氏。子某某，皆力學行。君卒於光緒十年十一月，其明年某月葬於某。某年君子以書抵予京師，乞文以表墓。予爲稱述一二，俾揭諸阡，以寫予之懷思，因以勉其子焉。

書文章類選卷首

《文章類選》四十卷，自《左傳》、《國語》、《國策》、《楚辭》、《史記》、兩漢迄元諸史百氏，所選千數百首。《四庫全書存目提要》稱爲明慶王栴賓客編次。所選未爲精審，然秦、漢來名能文者，鴻篇偉製，往往而在也。明人不尚樸學，而好編輯辭章，采入《四庫》及《存目》所收不下數百種，就今所見者言之，大氏爲制義而設，子、史及百家述作，一以平弟制義之法爲之，雖號稱知文如唐應德、茅順甫諸人，亦不免爲時俗所囿。此編纂於洪武中，時制義法未大備，人之爲制義者亦入之未深，故其法式較諸編猶雅而近古。然諸編或傳誦於時弗衰，此編乃無人省録，而稱説之者絶鮮，人情好憎取舍，今昔不少殊。其猶得存於今者，幸也。雕鐫之工，雅近宋、元，非洪、永後所能及，所見明刻，惟此爲最先，亦惟此爲最精。此編既以得存爲幸，而予之獲之，不尤足幸乎？《存目提要》又稱前有洪武三十一年凝真子序、慶府圖章，今并無之。卷帙完整，不宜有闕，殆書賈去之，而欲以元刻誑人也。

讀國語

左氏既采諸國之史爲《春秋傳》，所未采者，更編次之爲外傳。其曰《國語》，諸史舊名耳，以傳之因之也，故亦名傳爲《國語傳》，有内外之異，而其爲《國語》則同。太史公曰「左丘失明，厥有國語」，殆指《傳》而言，豈有稱人著作，舍其所自爲書，而舉所編次者乎？後人不察，以比於《春秋》者爲《傳》，其别行者爲《國語》，而《國語》乃爲外傳之專稱。故班氏因太史公之言，遂以外傳爲左丘明著，亦不思之甚矣。《藝文志》《國語》二十一篇，劉向《新國語》分爲五十四篇。《隋·經籍志》所載賈逵、虞翻、王肅、韋昭、孔晁諸家《國語》或二十卷，或二十一卷，或二十二卷，迭經更竄，不可考究其詳矣。

《周語》多典雅之辭。西京盛時，公卿內諫於王，多稱述成憲，其循守者素也。東遷後王室微弱矣，而列邦不恭，猶能以禮折之，雖彊大不敢辨。蓋其時天子不復有事於諸侯，諸侯相侵，亦以周爲共主，莫之敢逼。故兵革之禍，視列邦爲少，君臣皆得從容學問，服習舊聞，非他邦所能及。此周公之澤也，然其微弱益甚矣。

諸子之書往往言晉之趙氏，《晉語》則以簡子、襄子事坿焉。太史公敘六國世家，亦惟趙爲詳，將由趙史美備而傳誦者多與？秦焚詩書，諸侯史記尤甚。趙與秦同祖，史多稱其先德，故得獨存，而太史公因得以爲據也。簡子夢寤告語諸大夫，董安于受言而藏之，趙之有史也久矣。左氏時其史當未出，而《晉語》載之，後人羼入耳。

《吴語》以越事爲主，所述越事，又詳言大夫種之謀，而不及范蠡。《越》之上篇亦如之，其下篇則專言范蠡，而不及大夫種。既皆非史法所宜，而造端離辭，亦不類史氏所纂，而近於晚周諸子之所爲。《漢·藝文志》《兵權謀家》有《大夫種》二篇、《范蠡》二篇，疑後人取此二書坿之《國語》，不然宋、衛諸夏大國，《春秋》經傳具其事甚備，而獨無史存。吴、越處乎蠻荒，通中國最晚，而又先亡，乃能有史以傳世，何哉？

書故城沈氏孫氏先世事

明洪武中，人多辟兵海上，有孫太公者，豪俠有膽略，爲衆所推服，遵其約束，得免於難。太公流寓故城，與沈氏同里。沈故盛族，有官户部侍郎者，其弟。家居有威望，鄉人呼爲沈翁，不敢與鈞禮。翁亦自尊貴，不齒鄉人，而獨樂與太公交，傾吐誠款，飲食必偕。翁無子，乞太公少子爲子。太公以異姓難之，翁曰：「我兩人猶一身耳，君子即我子，何嫌忌而不我畀？」時少子生方踰年，即抱與之。太公貧甚，翁欲分以田産，笑曰：「子知我者，將復東之海上耳，奚以田爲？」不告徑去，莫知所終。翁既養太公少子爲子，妻韓氏日提攜之，恩勤甚至。後生男，而愛太公少子不閒於初。太公去時，少子尚幼。稍長，以不得見父爲恨。又以翁已有子，當還所生，欲往尋父，而不敢言，數悲泣。翁詰得其情，驚曰：「兒何遽萌此念？吾無子而子女，有子而棄之，人其謂我何？且何以對而父？吾固絶愛兒，不忍使去。而父不知所在，雖去何之？兒勿遽萌此念。」少子知翁意堅，終不聽所請，乃潛去。翁夫婦皆大號，韓氏遂得心疾，日益劇，使人四出尋之。少子既不得父，知翁夫婦之思己也，亦急歸。翁大喜，而韓氏病即日已，少子由是安於沈氏。少子生振，振生緒，歷三世，至緒乃復孫氏。兩家故多以才德發聞，翁及太公既皆有古人之行。侍郎名全亢，峻厲風節，劾宦者十餘人。姦賄，寘之法，卒以毀死。少子性篤至，而敏於事，思報沈氏，聚精厲氣，益昌其家。喜釋氏之説，既以哭韓氏失明，遂用其教，堅定淡寂，能人所難。振長者，退若無能，時有災厄，衆倚以生。没，而鄉人祠祭之。緒以二甲一名進士，官至太僕寺卿，所建白多施行，亦以忤權閹再奪官。緒子若谷，通博而有文，太僕集若谷編定，所自著亦可觀。緒既復孫氏，仍以翁爲曾祖，立碑其墓，記翁待其祖及其祖之致孝於翁，雖還所生，沈氏之德百世不敢忘，其辭甚質，而發於至誠。沈翁、孫太公，《記》不載其名，亦不言太公始爲何處人及其家屬所在。今兩族皆盛睦如一家，不相昏姻。某某以舊碑漫漶，乞記其事，以示後人。予喜其事足以厲薄俗，而後人承其先志久且弗替也，遂書以遺之。

祭張廉卿先生文

斯文之傳，道必衷古。有箸厥能，後先同矩。大雅不作，乃百其趣。狂流潰隄，鏤工器竄。旁采博收，有衆無主。規之繩之，轅駒柙虎。先生文出，諸家咸頫。古之作者，莫盛有周。下逮西漢，司馬董劉。唐宋之際，韓公其尤。維柳及李，歐蘇與儔。既鬱所有，起爲時謀。時與志左，躬離百憂。先生曰嘻，殆自縶囚。遂屏百事，脱身獨游。湘鄉曾公，世之哲匠。其門多材，大者將相。量能所宜，車輪舟槳。用康時屯，厥聲震盪。先生承前賢有作，我裁我鎔。冥志獨運，乃與神通。在中，大音不響。不劫於名，不紛於哤。汝漢會江。多士景坿，植弱餽窮。振英擷秀，被之朋從。出所夙蓄，古接統，不祧之宗。出所凤蓄,被之朋從。振英擷秀,植弱餒窮。多士景埘,汝漢會江。小子不敏，處卑即凡。桐城有教，實闢扃緘。已乃詔我，尋師而南。猶未果往，先生北颿。既引入室，沃膏漬藍。舊質則革，琢石成珷。曰道幾墜，汝其克擔。稱我於人，口耆甘鹹。生成之德，與君父三。戊子之秋，先生南走。皇皇無依，嬰兒奪彀。摶埴在朄，未燒猶罄。恐落所殖，數以書皎。文壽我親，益砭我愗。報之不圖，施而彌厚。先生之歸，祖行天津。暫返故里，就養於秦。不聞謦欬，倏踰六年。哀問忽至，心痛神顛。門人之職，述學誄賢。昧塗所嚮，粵人適燕。抒所聞見，賦海繪天。恨與愧并，悲且無垠。設位以祭，聊致涓涓。

題愍孝録

先王之禮，於人子事親，竭其志力，抑其性氣，苦其服食，居處以克制其私，而長其恩愛，凡所以養生送死者，責之可謂至嚴。而未嘗以爲親死爲貴，以其事不可繼而行，且不可推之人人也。禱神代死之説，古而有之，而其理蓋難言。若恐其不效，豫死以要之，則尤不近理，而類於愚者所爲。雖然，先王之禮，勉中人所能行，其情有獨至者，已非禮所能限，況憂傷迫遽之際，計無所出，苟有一説可以致吾之情，遂甘爲之，而不暇以計較者乎？

吾觀史家所述孝義，情過乎禮者衆矣。上世人心敦樸，過情之事，當倍多於後世，而先王不爲之禁者，其事雖非理之所貴，而其情未必不爲先王之所許也。會稽王孝子以代母死旌於朝，其兄子獻編修纂述其事及誄銘之屬爲《愍孝録》，介其鄉人陳蓉曙編修徵題。吾懼循禮之士據禮以責孝子而不愍其情也，爲發斯意，書之卷末。

王小泉先生行狀

先生諱用誥，字觀五，號小泉，又號君言，深澤王氏。濤既表先生之父榕泉先生之墓，不復詳其世系。榕泉先生既篤遵程朱氏之學，先生繼之，益邃以博。宋元來爲程朱學者，茍有書，必究其淺深純雜，而搜討散佚，删要録存，其異趣者亦必推竟源委，駁而正之。於經尤喜《易》，陰陽象數，義理諸家之説既皆探其奥窔，已乃屏棄之，比屬經辭，因類尋義，而消息於身心事物以求安處，初成《易備忘録》，續有《讀易劄記》；於《書》有《禹貢考》、《洪範解》；於《禮》有《中庸説》、《禘祭考》；於詩有《詩鈔》，自諸家釋訓以及羣經子史百氏與歷朝金石，茍涉於詩，皆鈔之。其《論語經正録》則繼先志而成之者，所采數百家，自爲義例，宏通深切，平生志學，具見此書。此外復有雜箸數十篇，皆扞正祛妄，無膚辭辟論。先生辨説雖多，一以躬行爲本，嘗欲推之於世，以驗所學。親老多疾，不欲遽出，以拔貢，朝考得知縣，改主事，棄不就。舉於鄉，再試禮部，不第，遂絶意進取，壹力養親。父久疾惡囂，屏居一室，家人趨走操作，皆噤無聲。不問家事，而時欲有所聞，閟不白，白所不欲聞，欲聞而白不時，則疾增劇。先生將順其閒，未嘗失指，他人皆莫喻其故。食無定時，饌無常品，必立具，不豫不需。先生廣蓄穀蔬諸可食之屬，列四竈於庭，與妻躬爨，子弟助之，衆指竝作，時不後先，而所羞適得所欲。嘗承志執勤，事皆此類，十餘年如一日。遇人接物，必誠必恕，所宜爲，不以德怨辟就。持身以禮，動有法式，雖晏居無放言惰容，其淡定之志，敦篤堅苦之操，近世厲行之士殆無其比。濤從學時，先生年方及壯，志氣甚盛，讀書窮日夜，雖過勞咯血不少休。憂世甚於憂家，憂學術之壞甚於憂世，言及輒欷歔太息。後十餘年復見先生與人言論及所述作，但別白是非而已，無憤嫉之色、激烈之辭。最後則惟言力不逮志，鄉所辨論皆空談也，退然若不能自與於學者。嗚呼！所學彌深，所志彌篤，則其心益下，而其氣益和以平，君子進學之功，固不易量哉。光緒十九年五月十八日，以疾卒於家，春秋五十有四。妻賀氏，濤之姑也。子孝箴，附生；孝銘，舉人；孝來，附生。女二，適某某。孫某某。孝銘爲先生年譜，屬濤爲行狀。濤乃本所聞於先生者爲之，論曰：古之學者，所以復性改過、自修其身也，而其説皆具於經，自師傳中絶，載籍闕脱，學者弟能搜亡守殘，標摘其章句，稽覈其名數，已足當通經之目，而謂之儒林。取經所言，而返而存省之，用以自檢者，則漢以後更數百千年未之聞也。有宋諸子生絶學之後，獨能尋羣經遺旨，隱參而顯證，勘獨而抑私，而力而踐之，兢兢焉唯恐幾微之不合，其於學以修身之義，庶乎近焉。而號稱通經之士，乃承曩者儒林之説，譏其説經之書疏謬失經意，抑何不思之甚邪！門庭堂階，習禮之地也，尊爵、璋璧、弓矢之屬，習禮之器也。吾既出入登降有節，洗奠授受有儀，履物視候期不失鵠矣，而乃與之度廣狹，絜長短，差大小輕重，以百工之事相詰難，雖學禮之君子未嘗不講明其制，然較之工師之執以爲業、日習其伎者，其離合疏密固當有殊，而遽用是爲學禮之君子詬病也，豈非語器而忘道與？嗚呼！與宋賢爲難者衆矣，以言心性爲無用，以求之事物爲支離，説皆偏淺不待辨，其謂説經疏謬者，綴遺訂誤，洵足匡宋賢之不逮矣。然推而論之，亦執工師之伎而嗤學禮之君子者類也，而遽欲陵駕宋賢，賓斥之以爲不足與於斯道，此不得不辨者也。世有知言君子，蓄德能文，欲表闡幽隱，撰次先生行事，孝銘所爲年譜既詳實可據，請更參以予小子之説，使通經之士不至徇末而遺本，而先生之學庶克顯於世與？武强賀濤謹狀。

陳蓴齋先生八十壽序

濤偏者文學，而無他行能以自見於世，情志闊略，又不能與時推移，而守此微末之官而不去者，則以所業未就，潛幽伏隈，恐遂弛怠，故欲久羈京師，覽朝章，聞時政，交海内豪雋以自振厲，而增修其術，固非存當世之志，希乘時會，而欲有所擔負而爲之也。嘗以所爲文質之僚友，諸暨陳君蓉曙亟稱之，而不諱其疵。自是每有述造，輒就取決。問蓉曙學所從受，則一纘承先緒。因出其父蕁齋先生《授經圖》相示。《授經圖》者，陳氏之先自明嘉靖時有授經堂以藏書，子孫世守，至先生遂繪《授經圖》以課子。蓉曙繼之，益以昌大。閒獨以謂自古名儒之興，朋徒衆盛，其襲前禮後者，往往更數百年猶若沐浴餘澤、親執業於其門，而子孫述其事者乃絶少，閒有之，至孫、曾而止耳。惟漢之楚元王，貴而好書，後嗣引而弗替，六七傳至向、歆父子，遂蔚爲儒宗，此外蓋無聞焉。豈非以道術公器，付託必待其人，非若田産財賄可私蓄之以詒子孫、子孫苟無大過遂克負荷而不隊哉？國朝敦尚樸學，踰越往昔，其家世習儒者，若宣城梅氏之於天算，高郵王氏之於經術，亦不過數傳，而遺風漸息。君子之澤之不能久而不斬，固非人力所能爲也。今陳氏之學，遞衍者十餘世，暫絶而復繼，將廢而益興，殆古今所罕聞。濤嘗爲文記其始末，而於先生父子之學，蓋愛慕而服佩之也久矣。今年春，吾父年登七十，蓉曙有祝嘏之辭。明年爲先生八十之壽，蓉曙欲濤之還相祝也，而述先生事甚詳。先生與吾父皆官訓導，其修整學校，招誘後進，與吾父同，敦飭於身及所推施於事者亦同。蓉曙以家學自厲，濤亦幼稟父訓，未嘗就外傳。蓉曙既論吾所業，以推崇吾父，故吾於先生之壽，亦本前記之意而侈言之，以進蓉曙，益以致吾慕焉。濤既以不能侍養，自恨於壽人之親也有愧辭焉。蓉曙見其文而歎之，今將歸爲親壽，語濤曰：「吾將罷官不出，以事吾親，而卒吾所業。」濤曰：「吾兩人志術、遭遇有相近者矣，而出處之際則實不能强同。録録無短長之效，進退不能損益於時如不佞者，其去留洵可任所願矣。今子官翰林，當多事之時，數與其僚抗言得失，慨然有用世之志，而遽欲引身以辟，朝廷優禮詞臣及鄉所自期待者謂何？即先生授經之始，所責望於其子者，亦烏得以閉門佔畢藉口於述先人之業而自謝乎？濤之疏闇，不能爲子決，請以斯文獻之堂上，倘以爲知言而不吾斥焉，則子之志恐不能遽遂也。」

卷三

宗鍔廬墓表

鍔廬名俊宸，余嘗志其祖墓，不復詳其里居世系。《志》所稱内閣中書樹桐，鍔廬之父也。余昔主其家，鍔廬方垂髫，聞余與其父及諸父相辨論，時竊笑於旁。窺其意，似曉所言。戲詰之，輒强辨不肯絀於辭。余甚異之。體故羸，不能畢力於學，其父亦不忍督責，任所欲而已。既别，慮其遂因病廢學，恒寓書問之。及游京師，見其與叔父論學書，説皆中節，時年十四。問其病，則猶昔，余益喜其力之勤，而閔其志之苦也。其後余數至其家，鍔廬暱就余而敬之，以得竝生爲幸，而又以不得朝夕與居爲憾。余感其見慕之意，而嘉其鄉學之誠，以其病之長而益憊也，又未嘗不憂其年之不永。竟以光緒二十年某月日卒，年二十有三。娶何氏，前卒，繼娶楊氏。無子。以某月日合葬祖塋之西偏，其父走書京師，以哭子詩見寄，屬爲表墓之文。余每至族婣朋友之家，恒樂觀其子弟，而質之聰俊者乃絶少。有其質矣，或性不好學，而奪於異物，荒於半途。知好之而專且久矣，而所鄉失其轍迹，又或誤而旁趨，才之難得而易敗也蓋如此。鍔廬性敏而志篤，家學又有以範圍之，其於術業之就，既猶循階級而登矣，而卒困於病而早夭，若或予之，若或奪之，豈皆有所謂命焉者邪？余自少耽習文翰，今且老矣，其瘁心力而得之者，時人未之信也，輒欲引後來之儁與同志學。而鍔廬又不幸早世，故余初聞其死而悲，既讀其父哭子詩而愈悲，及默參身世，愀然憂思，則更不暇悲其父子，而悲世人且自悲矣。然則鍔廬之死，余固不能已於辭，况重以其父之請邪？遂書之，以慰其父，而抒余懷。

丁箴若先生壽序

朝廷藉以施於民、民藉以自安其業而奉上者，其造端要成荷艱鉅，執煩辱，令長皆躬與之，故其職爲重，而輦轂近地，四方所取效，其職尤加重焉。往昔願治之君有自擇畿邑之宰者矣，國家承平日久，法制積而益密，官以資選，事以例舉，無遐邇内外之殊，而畿輔迫近京邑，耳目昭徹，功不易見，而過輒章顯，尤不容苟立異同於其間，故畿輔之吏鮮異能殊績，而於簿書所責、法令所禁則能自勉戒以遠咎戾。濤服政秋官，嘗勘讞牘以考天下吏治，畿輔固視他行省爲優。及退觀其所施行，則因循撿飾，而事皆積墮壞散於無形而莫克振拔，所由來舊矣。某縣丁箴若先生家世儒素，動以禮法自持，黽勉孝恭，遠近悦慕，教授鄉里，才俊多出其門。以知縣官畿輔十餘年，聲烈遠播，在永清恤災振匱，法懲豪猾；在固安發覺大奸，弭患未萌；在順義裁抑貴族，民力以紓；調補昌黎，海疆多事，益以災祲，廣設方略，民心大安。自曾文正公總制畿輔，教督長吏，條責其職事，數十年來以良能著稱者固不乏人矣。而舊習終未能盡革，故才知有爲之士欲有所建樹以自表異者，多不欲官於近畿，以束縛於成憲，拘牽於習俗，而不得有所展施也。今觀先生所爲，固未嘗自異於衆，而勤勤於所職，無越思，無廢事，治成無迹，民便而安，古之稱良吏者有曰「所居無赫赫名，而去後常見思」，可謂善言治矣。先生所爲，其庶幾焉。與夫喜事邀名之徒，强欲有所興作，不成則藉口於律例太繁，不得展其志；既成，而利不勝害，亦遂緣飾以爲功者，豈可同日語哉？德配秦淑人，温和婉順，事親課子，族黨稱賢。隨先生之官，家事一以自任。先生畢力從公，無内顧憂者，淑人力也。先生之子亦康編修，純懿雅亮，博學而有文，與濤同出武昌張先生之門，又同官京師，情好日篤，而過以文事相推。光緒二十一年，先生壽登六十，淑人五十有九，亦康將以某月日稱觴昌黎縣署，而以祝嘏之辭屬濤。濤生長畿輔，於吏治之興廢及數十年號稱良能者，既皆心焉識之，而知其所由然。及觀先生之政，乃愧鄉者之説之不足據，而彼號稱良能者，其所爲亦未爲盡善也。至於先生内行及淑人懿德，亦康蓋述之甚詳，以見先生爲政之本，兹不備論焉。

歷亭吟藁叙

人之才知無閒，男女一也。自先王以禮爲閑，定内外之位，女子不得與外事，雖有術略，斂而抑之，循循焉從政於門内。凡所稱技能藝業、有用於世而可藉以成名者，一不得有所閑習，文學其尤難者也，非夫稟質獨優而性能好之，鮮克有稱於世。其見於傳記、諸子及歷朝史家所録，代不過數人。後世搜訪前代遺文，苟有所流傳，雖至纖至陋，無不采而登之，而女子之厠其間者，乃僅千百之一二。歐陽公集古今金石，上下數千年間，其爲女子手書者，一人而已。豈其才之獨絀，將由事非所重，習而能之者少，雖習而能之，而故揜匿之而弗使傳邪？大河以北，風氣質樸，女子從事於文學者益鮮。近定州王氏輯《畿輔遺書》，自周迄今，所得數百千種，可謂浩博矣，而閨門述作則未之見焉。其難得也如此，則幸而有傳之者，可不愛惜而寶貴之與？故城祕氏，縣之望族，世習儒業。康熙時，莘農先生好學，以詩著。其配何孺人亦工詩，有《歷亭吟藁》。余嘗得而讀之，清正和雅，有詩人之意。孺人教家有方，子孫襲其教者多以學行稱，至於今弗衰。光緒二十一年，孺人之裔孫某與其縣人將重刊《歷亭吟藁》，而問叙於余。余爲言女子所學之傳於世者難得而可貴，俾人知所護惜，其家仰承先德，尤當體其垂教之旨，勿第區區於文字間也。

送陳蓉曙序

事以時起，應之無方，其紛至卒投，不可以恒情測、常理拘者，大臣謀國，不憚攘詬忍辱，杜塞瑕釁，以安國家，而士大夫坐觀其旁，恐其苟安目前，姑息事以謝其責，而伏患於無窮，輒以所聞於古者正論以譏之。蓋自海國通好互市以來，數十年間埶屢變矣，而國家所措置與士大夫之論，乃如適秦越者之各趨所鄉，日以相遠，而終無會遇之期。吾以謂士大夫未嘗躬蹈其艱，所言雖發於忠憤，未必皆中機要；而任事之臣容有畏難即安者，抑亦不可無正論以攻之也。光緒二十年日本造釁於朝鮮，身當其事者審量彼己，知平時所施設與將卒之未足深恃，而懼事之潰裂而不可收也，欲與之和。士大夫恐國威之不振，則一主戰之説，義激氣憤，人無異辭。於是官翰林者紛紛入告，書數十上，而所言戰事爲多。陳君蓉曙與余交至厚，每有陳奏，輒爲余述之。余所見未盡與合，而嘉其志氣之壯烈，且喜其足以激厲當途，未嘗强和之，而亦未嘗撓而止之。君曰：「朝廷必欲和者，吾且棄吾官。」已而戰不利而和議成，將謀歸去矣，會選御史於翰林，曰：「得入諫垣，必益進吾説，以信吾志。」既不得與，則又曰：「吾之屈彊，儻爲諫官，且重得罪。其不得與，幸也。」而歸志遂決。君方年壯氣鋭，雖暫歸且復出，里居無事，益討當世之故而究切之，異日出而任事，必使所言皆可適於實用，則攻人者庶不至復爲人所攻矣。君故好余文，其歸也，索文以爲贈，以時之迫未及爲，曰：「我且去，文成郵寄我。」其欲得余文如此，故不敢以虛辭相奉，而稍爲諍論，以敦朋友之義，亦以余材朽識拘，不堪爲世用，而屬望於朋友者深，故不覺言之激切也。

書所鈔晉書天文志後

天文之説至近世而益明，舊説殆可廢也。《晉書·天文志》，昔之論史者善之，其言名數部位較前史尤詳，後世據以推測，沿用至今，無庸更也，故録其經星之説。二十八舍及二十八宿外，星皆經星也，《志》别爲篇，今皆并於經星。天漢起没，亦言經度，故亦坿焉。天體采古三家之説，而以渾天爲是。以今觀之，渾天宣夜，蓋猶有近似者。蓋天則於義不可通，至於分野占驗，尤今之言天者所弗道也，概不録。國朝天算諸家屏棄舊説，參以泰西之法，一用實測，其論天地之體、日月之行、五星之遲留伏逆以及陵蝕奄犯之類，可謂密合矣。及深究其所以然之故，而有所抵滯，而强爲通者實多，然以其密合也，亦復無以難之。泰西新法以爲經星皆日也，五星皆地也，地繞日而行，其經星之爲日者，亦各有地繞之，特地小於日，而高不可見耳。所謂天漢皆星也，以其益高不可見，故但見其氣。彼其星亦皆日也，亦必有所謂地者繞之。此説出，而衆形之旋轉於太虚之中者，其體狀行度乃滯解理順，而皆得其所安。夫衆形之旋轉於太虚之中者，有象可求者也，然自有司天以來，涉數千年之久，經數百千家遞傳遞衍、推測之功，而不能得其確義，則以蔽於目所不能見。苟即所能見者得一近似之説，遂習而安之，而不思變也。其於人也亦然。人之一身，知覺運動，所自爲也。求其所以爲體，不難默參顯證而知，然自岐伯、俞跗以迄於今，數千年間言醫者踵屬不絶，而泰西之法興，乃知其説之略而多誤。日戴天而不知天，日履地而不知地，爲人而不自知其體，而況事物之變迭出不窮，無定理，無常執，乃固執其耳目所習者權衡之，以是我而非人，謂之不誣，可乎，不可也。雖然，有形之屬，可確指而類推也，而説之者之有誤，明揭之而猶或莫之信，而欲以無定之理，無常之執，遽易一説，以奪其所習，嗚呼，此豈旦夕之所能哉？徐以俟之而已。

送湖南巡撫陳公序

海西諸國多富彊之術，交質互倣，變而日新，務發奇祕以角勝。其始與中國通也，士大夫輒欲以中國之法臨之，及定約章，禮鈞執等，或且效其所爲，則引爲深恥，以爲是大辱國，利於彼而損於我也。其後風氣漸開，耳目貫習，既知遠人之不我欺，乃頗追咎鄉之效而爲之之未究所長，而講求彼法者滋益多，自殖財通貨與一切器物之適於用者，苟力所能爲，無不窮探博訪，思極工商之知術。初試其法於海疆，推而漸廣延及内地，近則旁達四溢，甚盛益興。而湖南之民獨不欲與外國接，朝廷亦聽之不强。凡所措置，獨不施於湖南。兩湖居中國之中，水陸交會，一旦有急，足以轉輸四方，固宜儲偫以備變。今湖北已大興作，而湖南乃欲杜絶其端，於事不便，恐終不能拒而不爲。光緒二十一年命，直隸布政使義寧陳公巡撫湖南。公德望海内所仰，初官於湖南，其士民尤敬而信之，風氣之開，固自賢者。相度所宜，赴事物之會，而無滋民之疑怪，使相與安之，以成務而濟時，微公其誰與歸？濤與公子同舉於禮部，往年公至京師，辱先索所爲文，因以後進禮謁公。及公將之湖南，又謁於保定。公曰：「近見子某文，識益高，宜暫輟弗爲，出而幹事，以行其學。」濤既以才弱不任馳驅，而親老不能遠出爲辭。於公之行，敬撰其説以獻，倘以爲可而采内之，則所以答公知者將於此焉在。雖然，公既命輟所業矣，而復沾沾焉以文進，恐終不能當公意也。

朱君步齋墓志銘

君諱靖宣，字步齋，河南安陽人。曾祖某，某官。祖某，某官。父某，某官。君精敏有識量，父以目疾失明，兄方鄉學，而弟幼。君年十三，即以家事自任。嘗有事於數百里外，往來獨行山谷中，人以是奇之。兄好推與，君拮据所積，兄輒舉以予人，君無難色。兄以知縣官畿輔，君隨之官，有疑難輒與謀。兄嘗曰：「吾居職，幸無隕越者，弟之力也。」在清苑時，以母憂受代，州縣事煩，授受之際，至爲纖瑣，或各以私見相出入，往往久而不決。清苑爲畿輔首縣，事尤叢猥，而前知縣事十三人皆病死，代者倉促視事，未嘗一清勘上報。是時部章初嚴，大吏責之甚急。君曰：「是不可累吾兄。」日夜鉤稽，疲敝心力，而久未治辦，益紛積不可理者，至是乃一廓清。公私得其平，而代者無後言。服闋，復隨兄之官畿輔。兄以君吏才有餘，數勸之仕。君初以縣丞試用北河，升知縣，加同知銜，賞戴花翎，至是乃以知縣待闕。山東大吏知君才，使決疑獄，凡君所讞，無反復者。德州富人某，父有狂疾，獨出不歸。富人募知父所在者，有乞人來告曰：「吾知若父尸所在。」隨往，掘地得尸，已腐敗不可識，而乞人辭枝，疑乞人殺之，訟於州。乞人不服，控於司，復控於京師，訟連年不決。大吏使君往鞫之。君至，即謂富人曰：「天下豈有殺人父而告以尸所在者乎？是利女財以誣女耳。女父存亡未可知，而遂據此不復尋，於女安乎？」富人立悟，遂罷訟。署濰縣，豪猾聞風斂迹，相戒不敢犯禁。縣人致仕某公謂君曰：「吾所閲多矣，未見令行禁止如公者也。」補恩縣，治如濰，莅事年餘，以事罷職。光緒某年某月日卒於某，春秋五十。

兄既以循良著稱，君在官亦有績可紀，而弟官京師，僚友推服，士大夫以是稱之。及君抱志以没，弟亦尋卒於官，而兄由知縣漸擢直隸按察使，署布政使，駸駸乎大用矣，未幾亦卒，此又士大夫所共悼惜者也。兄諱靖旬。弟諱某，工部郎中。妻陳氏，子猛，附生；學軾，廩生。妾王氏，以身殉。孫三人，女孫二人，皆幼。將以某年月日葬於某，銘曰：

助兄爲治，澤被畿疆。挈之而東，仁風載翔。各表異政，千里相望。未竟厥施，相繼淪亡。晚出早逝，尤爲君傷。我銘諸幽，以告茫茫。

華母姜太恭人八十壽序

天津近日人才之盛爲畿輔之冠，其人或以志氣相高，或黽勉學問，或通敏人事，皆翹然負異於衆人。進仕京朝，肩比鱗萃，游宦四方，絡繹於道。而春秋兩試，恒五分百餘州縣所録取而獲其一焉，雖江浙號稱文明之邦無以遠過。論者以謂自總督移節東來，冠蓋輻輳，而海道既通，四方賓客日至，學者發皇耳目，開拓智識，求師取友，出門有功，茲其所以盛與？自予觀之，不盡繫乎此也。予始識華君秋吟於冀州，秋吟故出桐城吴先生之門，與談文藝，至樂也。及至京師，又交其兄子璧臣舍人，遂徧交諸華。其邑人之在京師者，亦數相過從。璧臣樸雅好學，尤暱就予，因得聞其家世，而知其王母姜太恭人之賢。其在家，女職無弗供也。及歸，婦道無弗修也。贈公客游於外，親治家政，居室所有事，無弗夕籌而朝營也。器物爲日用所需，無弗目閲而手製也。贈公既没，乃益教督諸子，所宜爲，趣之弗少待也；所宜戒，禁之勿少寬也。嘗曰：「吾願子孫植身厲學，勉爲通人，而不欲其習於仕宦。」故太恭人生有六子，學行皆可稱。其遠仕者，不久即歸。璧臣與其季父秋吟前後爲予述者數矣。其邑人徐鞠人編修、陳雨人工部皆吾友也。徐母敕鞠人儒雅持躬，陳母責雨人親師鄉學，亦皆能教孤子成名。夫家之替也，其始恒由於女子，而其興也，其機亦或兆於女子。家有賢母，子孫遵蹈矩矱，守而勿失，多能發聞成業，以光前緒，而垂奕禩，其理埶固然。而朋儕勸厲，族黨慕效，薰濡既久，遂克移易風俗，其發端至微，而其效乃至遠，則固不獨一家之祥也。華氏邑之世族，徐、陳兩家皆寒素，而太恭人與二母所以教子者則同；璧臣父子與二子者術業或不盡相類，而其承母訓以自底於成也亦同。則其流風所被，寖推寖廣，有可決其必然者。而論者乃謂人才之盛，時會使然，夫豈探本之論哉？光緒二十二年九月二十六日爲太恭人八十壽辰，將稱觴於家，璧臣以父及叔父之命屬濤爲祝詞。濤嘗爲文壽徐母、陳母，而發明其教子之意，以勉鞠人、雨人，太恭人母子之賢既同於兩家，故仍本鄉者之説以屬詞，而復推論人才，歸功家教，以見其邑風俗之美，而濤之樂與其邑人游，意别有屬，豈弟慕其聲華炫耀，足以譁衆而驚俗哉？璧臣攜此文歸，既隨諸父獻之堂上，因視邑人之來賀者，彼且以爲何如也？

武强天平溝記

武强縣治東舊有渠名天平溝，起自縣之西，將至城折而北，又東北趨獻縣，以達於滏。歲久湮塞，比歲苦水患。光緒十九年秋，武强告饑於州。州牧太倉錢公親行縣視災，問民所欲，咸以復天平溝爲請。公歸，爲書問縣溝長幾十里，其宜施工者幾所，起訖積若干丈，深廣以丈尺計者宜幾何，下游兩隄增高厚宜幾許，竝溝幾鄉，量田使分治，瀕溝田有幾，其委在獻，工之施於彼者何方。縣以州書詢縣人，於是吾族子嘉枏墨儕尋訪溝舊跡，測量地形，察采衆論，條書所問，具圖説以告。明年，公列狀上大府，請白金五千，僦民治溝。既得請，則疾馳到縣，與獻令期境上，周視工所，分界賦役。衆情驩躍，若急己私。四月某日始作，某日卒事。溝起吾縣西，東至獻之三汊口，六千五百二十六丈，深六尺，廣二丈二尺，底殺四之一而强。隄自三汊口上至吾縣界，首四百四十九丈，高五尺阯，厚二丈，面得六之一而弱。盡斥所請五千金無贏闕，而種樹以止侵占，爲橋以便往來，則令民自爲歲時修濬之約，因所分界，責之兩境民。深廣一視今所爲，歲三月，各報所宜修濬工於縣，縣親督巡，如約，則以達於州，其費令民自給。迄今三年，水不汎濫，連歲豐穰，民困用蘇。《縣志》載天平溝五，其四已湮滅，今所復者其一也。乾隆四年，道光五年，咸豐元年屢修之，今乃僅有迹可尋，其工旋修旋廢，未嘗久獲其利也。蓋縣既辟左，患雖巨特，雨潦所積，治水者莫及焉，守土吏以非簿書所急，亦聽其自廢，熟視而不問。其爲之者，又僅張皇目前，不思善其後，故此溝久不復，而民坐受困。今所興治，其深廣皆加於《縣志》所載，又能疏瀹不失時，而數十里沮洳庳下行潦之區，遂變爲沃壤，連歲收獲倍高田，然則委歲豐歉於天，以爲不盡關人事，豈不誣哉？墨儕書來，請紀公成績。予既喜吾縣去宿患，又慨興事之難，而廢之之易也，爲記其本末，俾吾縣人無忘始事之勞，而永守賢君約束勿怠，則無窮之利也。

徐君少珊墓志銘

君諱嘉賢，字少珊，天津徐氏。曾祖諱城，河南南陽縣知縣。祖諱廉鍔，湖南即用知縣。父諱思穆，河南中河通判。南陽君卒於官，寄居衞輝，未及歸，而通判君復官河南，遂家焉。君少英果，嚴毅有特操，不苟言笑，雖至親無私語，人咸以大器目之。咸豐三年，粤賊竄河北，督師訥爾經額公檄通判君治軍，懷慶君隨往，結筏渡兵。賊對岸施槍礮，衆怯欲退，君奮然率之以進。既渡，賊結栅與官軍相持，已而無聲，衆莫測虚實。君單騎夜往偵之，賊既遁矣，拔難女數百人以歸，時君年十七耳。訥公壯君膽略，特疏薦於朝，疏爲賊劫，不得達，而訥公去，事遂寢，人以是益奇之，又重惜之。而君絶口不言往事，益肆力於文學，究行水之法，通判君治河有聲，君之助也。咸豐十一年以疾卒，春秋二十有五。以子官贈奉直大夫。配劉氏，旌表節孝，封宜人。宜人桐城人，父諱敦元，廩貢生，以文稱於時，其駢體文見奇於宣宗，著述多散佚，宜人獨搜藏數種，今尚存也。宜人初入門，即佐姑治家。姑没，一以自任。自曾王姑以下，家數十人，有事於宜人謀之，所需於宜人索之，賓祭昏嫁所以致敬而達情者、疾病死喪所以濟急而飾哀者，惟宜人是賴，有遺孤子女，惟宜人是依。憊心瘁神，恒輟餐寢，久而弗怠。通判君既卒，家無餘財，君之從祖有官鄢陵知縣者，招之往，宜人不肯，既不欲以家累人，又恐幼子之習於安逸而不知自厲也。乃舉家歸衛輝，而貧困遂不可支。宜人善教子，君没時，子世昌甫七歲，世光五歲，即教以禮讓，違輒譴呵，至是督學益嚴。稍長，出就外傅，弱冠，假館四方，益教以擇交處世之道，二子亦兢兢於母教不敢背。光緒壬午，二子同舉於鄉。丙戌，世昌成進士，入翰林，遂迎養京師。宜人始歸即服勤習苦，通判君没，家中落，勤苦益甚，及來京師，猶秉初志，而其教子亦未嘗少寬於昔時也。光緒二十二年十一月二十三日卒，年六十有四。君初聘黎氏，未取而卒，君父母欲葬黎氏於徐氏之墓，不果。及君卒，每致祭，宜人必設黎氏位，令其子母之，歲時拜其墓。子貴，贈宜人。世昌，翰林院編修。世光，山東同知，保升知府。女適吳縣贈光禄寺卿河南候補道謚誠毅顔公子士楝，姑没，夫婦同殉，竝旌孝行。孫一，女孫一，皆幼。濤與世昌同舉於禮部，以文學相切劘，將以某年月日奉宜人之柩與君合葬於汲之唐岡，以狀來請爲銘墓之文。君以異材偉抱，少年夭逝，未克一施，而宜人主持門户數十年，上事三世，下教二子。二子皆有賢行，再興其家，厥功甚大，故誌君之墓，而於宜人事尤詳也。銘曰

既韞厥美，欲爲時起。將翼以飛，忽劫而止。遂鬱所抱，未施而終。疇弭我憾，子猶童蒙。子有賢母，作而振之。勿謂我母，而父而師。卒使二子，才任世用。人稱母賢，母心彌痛。痛且苦矣，所成巨矣。先我逝者，其我與矣。

送王晉卿序

考往昔數千年治亂盛衰之迹，而辨其典制沿革以及當世所施行，無洪無瑣，必備必貫，勤一世以從事於此，猶恐弗逮，而近日海外諸强大國，創法造事，功效顯白，其載記宏富，不減中國，又宜旁涉遠騖，取其可以益我者，究其長而極其變，非宏博開敏非常之才，固未能自放於無畔岸之域，而尋其津涯也。新城王君晉卿，識高而志偉，羣經子史皆有撰

說，又廣爲詩文，以經緯世事，而於外國載籍，搜討尤勤，嘗欲取彼制度器物，提扼綱領，推類以求，包括萬有，作《西雅》；取彼用弱爲强、大有爲之君，捃摭政迹，顯揭其功，而歸本君術，作《海國君鑑》。綜中外之學而會而通之，殆所謂宏博開敏非常之才者也。初以知縣官四川，有威惠，因事罷職，從戎於甘肅，總督秀水陶公器其才，奏復其官，而留以佐其幕府。君亦喜其知我，慨然欲有以爲。自海國通市，而中外接搆，皆謀於海，故海防議起，朝廷以全力注之，新疆西北接强鄰，變生不虞，禍且甚於東南，當事者引爲深憂，而終以海防爲重，不能畢力於西陲。君既通知外事，而受知大府，欲有所爲，宜獻其所有，統關内外而一視之，興務作業，彊弱富貧，不必仰給於他行省，邊備已隱然可恃，遠人不敢生心，而朝廷無西顧憂，斯乃不負所學。濤與君初不相識，讀其所著書而好之。光緒二十三年秋，君有事於京師，始相見，與談文藝及當世事甚壯。事畢，將西歸，因敘其所學，以廣其志。吾舊游胡君月舫爲甘肅學政時，條奏西事甚詳，今官寧夏道，蓋志在當世而可與有爲者也，君往謁，與議西事，既自畢其説，請復以吾文質之。

謝太夫人墓志銘

太夫人姓謝氏，安徽阜陽人，候選同知某之女，而河北鎮總兵唐縣牛公某之繼室也。

公以守備起家，三遷而至總兵，歷官江南、直隸、河南，所至有勳績可紀，太夫人實贊之。粤寇、捻逆之亂，公輒隨大軍征討四方，太夫人總其内政，而時其安危，以家人辟就，卒免於難。公用是無内顧憂，得一意兵事，有功咸豐、同治之間。公以母老，令太夫人先歸事母，旋以養親去官，遂卒於家。子四人，前室陳太夫人生昶炳，直隸候補道；太夫人生昶煦，冀州直隸州知州；昶熹，候選縣丞；昶照，楊村通判。太夫人就養於昶煦官所，時以觀政於夫者教其子，而不以家事累之，俾得畢力於公。昶炳以道員屢肩重事，有能名。昶煦由知縣升直隸州知州，候補知府，以道員用，聲望尤著。光緒二十三年五月太夫人自冀歸里，十月二十五日卒於家，春秋七十有二。長子先太夫人卒，以其子樾爲主後。孫十人，棠，户部郎中，湖北興國州知州；樾，山東候補知縣；棻，候選縣丞；桀，舉人，候選主事；餘未仕。曾孫八人，某某。女適河内二品蔭生董桂山。孫女九人。曾孫女三人。太夫人喜讀書，自幼至老不倦，嘗分纂古人言行以視子女，自奉儉約，而好周人之急，在官恒出資恤災民；其在家，戚故鄉里多仰給者。性敏慎，所處置恒當於事理。既相夫教子，以居官有聲，至家則以家居所有事督責其家人，其不在側者，亦必手書戒之，家數十人，一遵太夫人之教。在官則堪其職，在家則守其業，其童穉亦皆循循規矩，而勤於誦讀。濤主冀州書院講席，與冀州君游處最久，而冀州君之子棠官京師，又數過從，故知其家事甚詳，未嘗不歎太夫人之教之可大可久，既生食賢子孫之報，而所以顯揚於身後者，又惡有窮期哉？將以某月日祔葬於總兵公之墓，冀州君以銘幽之文見屬，乃爲銘曰：

武功文治，萃於一門。夫曰妻助，子曰母恩。母則壽考，訓及諸孫。孫曾衆多，瑜珥荃蓀。將卜攸卒，宜揆所元。敢告異世，敬護兹墳。

賀立羣先生墓表

束鹿地沃衍，其人善治生，能力田，作斥居積，以殖其財，故多富人。燕趙之間俗纖嗇，蓄其所有，忍而不能出，富者益甚。而束鹿富人則性多豪俠，任氏、李氏、賀氏其大姓也。三家者皆能以財濟衆，而賀氏讀書好禮，聲聞獨出三家上。濤嘗與諸賀游，其人皆慷慨好施予，能得鄉里之譽，而立羣先生尤爲衆論所推，雖諸賀亦自以爲行弗逮也。先生諱某。曾祖某。祖某。父某。兄弟二人。先生後其伯父某，性開拓，勇於有爲，嘗有四方之志，以親老不出。家素饒給，以貲雄鄉里者二百餘年，後稍替矣。先生既不克有爲於世，乃一用其才以治生，役屬鄉人，督之耕作，或使挾資逐利於外，心計目營，躬執煩苦，歲歉而我獨豐，時絀而我獨赢，久之遂富於其舊。自給未嘗少侈，而濟人急難，必逾所望，有大功役輒先出資爲諸富人倡。咸豐、同治之閒屢有寇難，光緒初大旱，所全活尤衆。先生以某年月日卒，春秋七十有幾，以某年月日葬於某。娶某氏。子某某。孫某某。古之論治者多排抑富人，以爲兼并細民，而謂之豪强，至欲奪其所有，散給之貧者而後快。夫貧富其始均也，其富也，必其殫慮竭力而勤以生之者也；其貧也，必其穨廢弛放而惰以失之者也。奪富以給貧，是役勤而養惰也，其亦不協於事理之公矣。且富人之有益於世也久矣，振災饋乏，及事之以財集者，固必於富人乎取之。而農賈百工以至僕從之屬，以技力食於其家者，衰其富以差贏殺之數，多者或至數百千人，其所養亦可謂衆矣。設令奪其所有，散給之所養之數百千人，而此數百千人者既獲其所奪，或且舍其技力，而安坐而食，時未幾而所獲者告罄，而向之見奪於我者，亦已失其所有而不復能給我之求，此交困之道也。夫貨財者生人之命也，而能聚而守之者實鮮，假手於能者，使聚而守之，以養衆不能者，不待政令之布告、官吏之督責，不言而事已行，計無便於此者矣。乃欲執均平之説，行交困之道，豈非不達於事理，而務爲高論以欺人哉？先生之孫某以事狀請爲表墓之文，爲論富人之有益於世，欲鄉人被澤於先生者無忘其德，尤欲守土之吏得吾説而存之，以保富而安民也。

小萬柳堂圖記

《小萬柳堂圖》者，金匱廉君惠卿因其先元贈太師文正公有萬柳堂而意造其境，繪以爲圖者也。既自爲序以申其恉，又屬濤爲之記。自古俶儻豪雋之士，身處濁世，耳目所接構，輒拂忤於心，蹙蹙無所之，其憤嫉之意，見於文辭者往往虚構異境，神游其閒，以蟬蜕垢穢，而蕩滌煩酲。若列禦寇、莊周之所稱道，非皆有激於中而託以逃世者耶？韓退之論《醉鄉記》，則以學聖者得聖人而師之，汲汲每若不可及，不暇爲昏冥之逃，其有託而逃若醉鄉之徒，皆可悲也。廉君作圖之意，近於激而逃世者，所爲其自序乃言儒者雖無所遇合，不敢少自暇逸，則與退之之恉相符。而其卒篇既自傷見遺於世，又言窮通雖殊，同歸於澌泯，一若隨吾身所遭，舉不足繫於懷，而欲與世相忘者，其激不尤甚邪？廉君有豪氣，勇於任事，嘗曰：「吾不爲，誰爲之者？」其不自暇逸，殆所謂汲汲若不可及者也，又安能與世相忘哉？而其言乃若此，吾恐其因有激而失其初意也，因其所自序而還而詰之。

蘿村先生墓表

安平弓汝恒子貞以其伯父蘿村先生事狀乞表墓文於武强賀濤。濤以狀視其縣人閻鶴泉檢討，鶴泉曰：「是吾縣所仰賴者也。」先生以諸生老於家，而官民敬信，與知其政事，數十年中，官不苦民難治，民無觖望於官，論者或歸美於先生。事之便利於民，爲州縣所例有而弛而不舉、舉而無其實，循故創新，收其顯效，其規制章約，先生手定爲多，至弭巨禍，捍外患，則其功尤偉也。先生諱毓華，字曉亭，蘿村其别號也。曾祖某。祖某。父某。家素裕，父没時年未及冠，奸猾謀弱我，數以譎，嘗不爲應，而時逆折其志，謀不得逞，鄉里憚服。及出而應事，敦篤好施，人以爲緩急可信仗，愈親坿之，聲譽翕然。而官其地者亦無不虛懷接内，倚以集事。性明果，能斷大事，有所爲不畏難，不遺力。縣人或以傳異教聚黨徒，數百里内外聲息相屬，其往來輒以夜，人多疑畏，或傳其有屰謀，訛言遠播。大府檄州縣禽治，縣令屏人造廬諮訪先生，州刺史亦以其事來。先生曰：「傳教則有之，惑誑愚民以斂財耳。無異圖也，敢以身保之。」事乃已。捻屰竄畿輔，時迫縣境，縣令將弃城走，人驚擾。先生即夜馳至縣，呼門入，謂令曰：「賊所至不久踞，利不在城，城陷無守者耳。守之，賊必不留攻。」爲調資糧軍械，畫城守方略甚具，令從之，出約諸鄉，使自爲守，人心遂固，四鄰皆被寇掠，而縣境獨完。有言遷畿輔民實邊地者，衆轉相恐駭，百姓且逃亡。先生急白縣令，爲草條教，曉閭井，使安堵，而聲捕其造言者，言者遽止，人心以安。先生謀既屢中，官益一意信嚮，事無鉅細，咨而後行。光緒十四年二月八日先生卒，春秋七十。

其年四月葬於弓氏西阡。娶賀氏、劉氏，皆先先生卒。子汝昌，副榜貢生；汝謙；汝訥，廩生。孫六人。曾孫四人。令長身與民接，治其煩瑣，而後世官於遠方，不能周知其習俗，其土人之隸於官者，又皆市井粗鄙之才，不足以與吾事。賓禮士夫，使出而助我，而士之有志行而巷處者，亦遂得藉手而有所施於其鄉，所謂合之兩美者也。自令長昧於擇人，或隱欲便其私計，雜引邪佞，而爲所用者，亦或挾其執以陵侮鄉里，由是官府爲叢詬厲之所。狷介自好之士，退匿之不暇。世俗之論，亦因以不與聞公事爲高。而官與民遂失所依賴，其爲治乃愈難。然則究民情僞達之官，損益官所施爲推之民，以助成善政如先生所爲者，乃世所急需，而里居之君子所不忍辭也，又烏取夫畏嫌避事，不以生無補於世爲恥，而沾沾焉以守高自詡爲哉？

深州義倉記

光緒初，冀、青、兖、豫大旱，疆吏以災聞。天子憂勞，發官藏以振，乞糴之書四達，遠近官民爭以錢米輸災區，自中外大臣以及羣司百執事，奔走營救，類能竭誠潔己，而怠忽侵漁必懲。故災所被者數千里，歷三年之久，民雖不免死徙，而無劫奪盜賊之事。是後謀國者皆以捄災爲兢兢，畿輔則自同治季年連遇水患，已有籌賑之局，博蓄豫儲，事同經制。

故數十年吏治，獨備荒之政多可紀。然州縣自謀於治所者，法固猶未備也。先是太倉錢敏肅公開藩直隸及巡撫河南，所至皆以積穀爲重，而任事皆未久，經畫皆未及成。今河道總督任公道鎔爲直隸布政使時，踵錢公成法，飭所屬積穀。前直隸按察使朱公靖旬時牧深州，集穀萬石，以舊倉皆廢，分藏於州之富人，舉契爲質。朱公去後，易官則更契，不問穀也。閒十餘年，錢公之子伊臣來爲州，乃取富人所藏穀萬石者，於城之東建倉儲之。四倉環峙，以楹計者三十六，中爲聽事，其東爲宴休之堂三楹，門北嚮，堂後爲倉神祠，基崇屋敞，牆宇峻固。經始於二十三年三月，明年九月訖工。堅明約束，永守勿替。州人李君樹侯以書來，曰：「公願得子文爲記。」濤以爲救荒無善策也，國帑既非可數頒，籌賑局設於都會之地，埶難分應而徧給，其謀之州縣者，所儲雖多，未必能久；而告饑四方，又以致遠稽時爲慮，然則所稱荒政可紀者，亦特小補云爾。海外諸國，農政益興，以氣化之學糞田，一機器之用，且什倍人畜之力，故能五六於常所獲，而火車之軌交於國中，輦百千巨萬鈞之重於數千里外，不崇朝而至，土著者無借於外，而能取足於其土，而物之自外至者，又如此其易也，尚何災歉之足憂？今朝廷銳意取外國長技足資治理者易我之故，火車之軌已造端於四通衢要之區，其枝分歧出，行徧達乎窮僻，而學農之書且徧布天下，使皆仿行。今錢君廉能愛民，守先公家法，若泯古今中外之見，討其制，究其學實，而致之其事，以收其效，使遠近援以爲法，寖推而寖廣，將遂成國家新政，馴至於富强，豈特給足其封内，使吾儕小人無憂災歉已乎？此固救時之賢，所急起而圖功者也，請以斯文爲君之左券焉。

劉太淑人墓表

旌表節孝封淑人劉太淑人者，贈武翼都尉、安州新安鄉楊公諱從弼之配也。贈公初取韓太淑人，無子，勸贈公别取。太淑人既歸，惟韓太淑人是依，無忤色，無後言。韓太淑人没，撫所遺女如己出。韓氏家貧，周其死喪，而收撫其子弟。贈公既以賈致富，慷慨好推予，鄉里仰給。贈公没，乃益丐貸無節，不允，則惡聲隨之，或劫以衆，跳踉叫讙，更去互來，或誣以事，訟之官，變詐百出無已時。太淑人一忍受之，如恤窮乏，裁濶狹以施，歲出錢米無算。韓太淑人生二女，皆既嫁而没。太淑人生子墀，武舉人，候選遊擊。女二，長女早寡，旌表節孝。孫振墉，廩生；振鍔，舉人；振鈞。孫女四人。曾孫賓忠。曾孫女四人。太淑人善治家，寛簡有條理，子孫秉教弗違，自贈公之没，惴惴惕惕，日虞外患之至，而門以内秩如藹如，顧之忘憂。既子孫成立，擢文武科第，遠近向慕，門内之化，推之鄉里，而猶歲有所施以爲常，遂以大和。太淑人歸時年十六，十餘年間韓太淑人與贈公相繼没，獨持楊氏門户四、五十年。光緒二十一年八月十七日，年七十七以卒，明年三月五日祔葬城西祖塋之次。吾先王以禮教天下，卑下女子，黜才抑氣，使不得與外事。夫死則命曰寡婦，毀容滅性，自謂未亡人，尤以遠嫌自匿，故遭家不幸，當室無壯男，而女子操家政，鄉鄰族姻弱我而侵侮之，既以不習外事而不及覺，其顯與爲難者，又束縛於禮教，聽所爲而弗肯與争。人恐其不能守先業也，從而哀閔之，而未嘗不敬其知禮，否則取譏笑於俗，蓋先王之禮教漸漬於人心也久矣。太淑人於外侮之至，苟厭所求，不與辨是非，而兢兢焉肅其門内，以教其子孫，卒能獲子孫之報，家日以昌大，論者以爲由窒得通，可以攄鬱塞，太淑人則曰：「吾所處宜然，得勉所爲而止耳。境之順逆，非所計也。」嗚呼！人苟能如太淑人之能安所遇而益有造於其家也，不愈信吾先王之禮教可久而遵守也哉？

宗君華甫六十壽序

目所注也，耳所受也，口所啓發而四體所運動也，擾擾萬衆無異也，黠焉、蠢焉、戾焉、和焉、節焉、辟焉，差其品而已，猶之無異也。蓄而爲志，瀹而爲思，其屬之心者，曠乎邈乎，且遺物而遐舉，異矣。然當其伏而未發也，雖日與之處，而弗能覺，况乎情格執劫，或不獲遂其所期，而穨然自混於衆人，人又烏從而異之哉？有人焉，非役我之耳、目、口、體，而因有所增加於我也，亦非能餽我之乏，急我之難，扶痿走躄，而拔而起之也，獨於其伏而未發者，取而嗟歎之，激賞之，而爲所歎賞者，乃遂如受殊寵，且悲且欣，至曰：「得此死可無恨。」蓋古之所謂知己者如此。余性迂辟，不能隨衆爲好惡，而所學又戾於時，踽行默處，鬱不得舒。任邱宗君華甫異余所爲文，館余其家。與語，知君果賢於人。各出所有，更慰互悲，以爲吾兩人之相與，乃天下之至快。居八年，未嘗以是暴於人，人亦莫能喻其故也。君識高而能博，敢任而善謀，縣有大事，官民皆取決於君之一言。其才蓋可有爲於時，苦無資藉，不肯苟出。余年四十，得一官於京師，猶治所學，遂曠厥職。既得目疾，學亦荒落，自度不復能人事，且喪其所以爲心，憤恨不自克，乃日從朋好燕游酣嬉而不厭，人疑余之有樂乎此也。君獨曰：「此牢憂也。」余聞之心動，然猶未遽以君言爲然。君既老，自度不復爲世用，乃曰：「吾不能寂寂無所爲。」督率僮僕，興事作業，與百工角技能，爲商賈權贏縮，暇則著文習書，廣置書籍、碑版、古器物，羅列室中，窮水陸之品以適其口，極絲毛之美以便其體。每過其家，而所爲必甚於前。余曰：「此牢憂也。」君亦未遽以余言爲然，然吾知其心之動也。由是情好日益親。光緒二十四年，余年五十，君以文爲壽，亟稱余文，蓋猶以爲異也。其明年，君年六十，余以文壽之，亦遂道其相知之深，以答君之意。夫所謂知者，非以其異乎？非以我獨知而人不知乎？今兩人者既皆衰老，無奇節特行表見於世，而憧憧於時俗之好而加甚焉，乃私相慰曰：「異也，人莫之知也。」吾恐鄉之衆人我，而不我異者，今見其如此，必且笑而怪之，而以爲果異也，又惡得謂之不知乎哉？

吴先生六十壽序

風氣之所會，理執之所必，至儒者以空言迎其機，通其蔽，操馭世之柄者起而乘之，遂開世運。海西諸國之强由於變法，而其機實伏於民。民初苦暴政，以爲所遭固然，不知其可變也。福禄特爾、蒙特斯邱、羅索、尾刻詩、師米得雅堂、穀不登、可倍特之徒，著書言變法之事，人争傳誦，而其機遂不可遏。既發其端，執類以推，日改月興，猛進無已，遂成今日之治强。中國以積弱取外侮，思參西國政術，用自振拔，而民樂其俗，而不思變，士狃執故習，以放效人爲恥，而不變不足以自强，苟可以益我，竝無中外之可言，則以蔽於聞見而不達其理，故朝廷試行新法，常以自强之意布告天下，而天下不應。夫西國之變法，迎其機而已，中國則必先通其蔽，其執視西國爲難，其權尤當屬之儒者。桐城吴先生嘗有救時之志，其説以瀹民智爲務，而必先去其古今中外之見。既棄官教授，乃以其説作爲文章，鉤深提要，理順而情公，學者既知崇信其説，浸灌磨礱，久且奪其所守，士論改而民俗從，而國家鋭意革興，乃得爲所欲爲，而無廢格阻遏之患。不然，奉而行之、仰而承之者，仍皆視爲故事，以塗飾耳目，雖朝修一政，夕更一令，舉凡可以自强者而竝圖之，果何益之有哉？抑又有進者，海禁既弛，外交益廣，而事益繁，發應失宜，遂生瑕釁，即能自强，庸得晏然而相安乎？此亦捄時之儒所宜引爲己任者也。海西諸强大國，近數十年來益以武節相競尚，而戰事反少於前，雖戰，未嘗竟其力之所至，蓋由所謂公法者調匡而羈縶之也。公法之作，始於虎哥，踵成其書及書中所稱引若惠氏、俄氏、賓氏、發氏、海氏諸人率以空言論述，無埶位以行其權。虎哥荷蘭人，尤非强大之國，而諸國皆奉爲公師，遵其書如憲令而不敢顯違者，力鈞埶侔，爾我忌猜，而無共主以臨制之，惴惴焉恆恐禍至之無已時，故不得不授權公師，以空言相牽制而立約。篇中有主持公論之學，則又以時至事起，公法所不能攝者，使後之公師得據其所學出而排解之也。今諸國舉事嘗依託公法以爲名矣，而議其事者，抉摘是非，争馳鉛槧，於四方卒未有聞而懲戒，以能主公論許之者，其學不足以當之也。自公法行於東方，吾國固宜有主持公論之權，而先生學綜中外，求是取衷，遠人慕交，名重異域，既以所學通吾士民之蔽，俾内治得所資，若遂廣其義以論外交，協事物之宜，防不可測度之禍，補舊法所未備，辨新約之失平，遠人既重先生之學，必且以公論之權相屬，而甘受吾説不肯輕肆其陵侮之志；而彼諸國者亦且得所依據，各懷斂讓之意以免斯民之困阨，開世運而復有以扶持之。其事爲今世所不可無，而其功遂爲古來所未有。光緒二十五年先生年登六十，濤以疾不得與於稱觴之列，謹以儒者救時之權奉之先生，此乃濤憂世之愚衷，迫切出之，而爲斯世請命者也。先生雖深自謙抑，又烏得斥其言爲迂妄而卻而不受哉？

肅寧郭君墓表

君諱奉坤，字厚菴，肅寧郭氏。曾祖某。祖佩蘭。父世榮。母饒陽常氏，吾王母姊也。濤未逮事王母，少從吾父讀書常氏，見君母，輒爲言王母在室時事，濤感慕，數從問焉，因樂就君，君亦不以年輩自倨。常氏家素豐，戚故亦多富豪，往往相侈以輿馬服飾，而以酒食相徵會。君周旋其閒，未嘗厭絶之，亦未嘗慕而效之。性質樸，能自刻苦，而勤於治生。居室所有事，雖煩辱必躬執之而加勞焉。其自給，雖所急須未嘗備也而加損焉。家數十口，職業皆自君授之，衣食皆於君取之，無怠無怨。善事親，兄客於外，君朝夕問視，未嘗一日去左右。年四十喪妻，遂不娶。教子孫有條法，而必以躬率。君少時，家且中落，自君任家政，而家復興。嗚呼！吾家姻連所及，世族富室互爲昏媾，相接於數百里間，其望實皆相埒。自余省事以來，至今不過三、四十年，由盛而衰與既衰而不復振者，十蓋七八，常氏亦稍稍替矣。君之族望視常氏諸姻好爲少遜，今諸家或頗陵夷，而君家如初也。子孫率循君之法弗改，知其家之後且益昌也。興廢久暫之故，夫豈不由人事哉？君卒於光緒二十年十一月十二日，春秋六十有七。某月日葬於某，妻孔氏祔。子四，正熙，五品銜；輔臣、藎臣、翼臣。女二，皆適世族。正熙狀君行請爲表墓之文，余有感於人世興衰之不常，而慕君之道之可久也，爲發其義，使揭於君之阡。

國埶

國之建也，必有權焉統攝之，而權必屬之一人，所以定民志也。西國始建之君，無中國所謂聖人，其創造不能厭乎人人之心，而國埶不安。自希臘、羅馬盛時，固有公聽政事、選君遞禪之舉，而立言之士，亦多謂國權不宜獨歸之君。於是上下之争權日亟，而國權乃如浮寄虛懸之物，歷數千年，輾轉而莫知誰屬。今諸國分爲三等，曰君主、曰民主、曰君民共主。國既輯安矣，然各因其埶而遷就爲之，非凡有國所能强同而百世不易之經法也。中國有首出之聖人，宰制區宇，倫類聽命無違。羣聖人繼之，法初制未善，人心不定也。以大備，而國權之在上，乃如天地日月之無可改移，歷數千年，迭更衰亂，變故百出，卒未有易其説者，初制善，人心定也。不定者其埶動，動思變，變者進之機也。已定者其埶静，静思守，守者退之機也。西國雖有强弱大小之殊，其人文、政治相埒也。相埒則且慕且忌，慕則效所爲，以不逮爲恥，而智日開；忌則思勝之以圖自存，而術日精，西書所謂物競者也。此亦不定而動，動變而進之埶也。聖人既造華夏，環其外而國者政所不及，則鄙之曰夷、戎、狄、蠻，而寇防而獸馴之。其强足以自立，而力能抗敵乎我，亦終必於我取法焉，得中國之名，擅文明之號，爲夷、戎、狄、蠻所同尊，而孤立於其上也數千年於兹矣。尊則慢惰自喜，而居逸者體羸；孤則絶物獨處，而無偶者不育，西書所謂任天者也，此亦已定而静，静守而退之埶也。西國固多亂時矣，以其有進之埶，而亂後之治恒進於前，遞進而至今日，幾於大治。中國亦多治時矣，以其有退之埶，其治輒視古爲退，遞退而至今日，雖無事，幾不得謂之治矣。中西國埶，其異如此。昔中國阻海爲險，方外各國其國隔絶而不相通，循循然蹈吾故迹，雖甚窳敗，補苴塗飾，已晏然而得自安矣。海道大執，羣雄面内，而時埶頓異於前。彼挾其日進之埶以乘我，而我乃以日退者當之，彼富而我貧，彼强而我弱，彼智而我愚，其埶殆岌岌不可復支。謀國遠慮之臣、深識憂時之士，知法之不可不變也，取西法之足補我短而能救我之急者稍稍試行之，行之既久，而治不加進，何也？國埶不變也。國埶之不變，而惟外法之求，則吾所試行，第仰承外人意氣，而於吾經制律令之外增加一二事，俾干進備員之屬承乏其閒，奔走而肄習耳。是亦鄉者補苴塗飾之類也，安望其日進而有功乎？然則變國埶當奈何？亦曰動之而已。夫動猶不定，西國國埶則然耳。今取久安其居，居雖陋，而不知别謀所遷者，忽迫之使他適，是猶逆江河之流而上之，其衝突之患，恐且甚於西國，則奈何？曰西法之變也創，而其動也激。今取彼已成之效，示吾順軌之民，誘使知慕，厲使知憤，習其耳目，使不疑怪，以潛易其心志，知吾所仿爲皆自謀而非有劫於外也，相勸勉以從事，雖曰動之，實不失吾定静之俗，而吾法已行，豈必如西國之喧呶叫讙，有所變，輒先出於亂哉？蓋由静而動，執難於彼，而有所因而爲之，執且便於彼。彼經數百千年，屢變而始有今日，吾苟善用吾動之之術，決之數十年而已，變而通矣。日本其已然者也。

上吴先生書

前奉手書，言堅卻張尚書大學堂之聘。濤輒以迫斯可見之義上陳，諒達左右。今得京信，皆云張尚書欲遂其事，已奏聞而報可矣，而《時報》中載有畿輔紳士上先生書，亦懇懇乎以大學教習爲請。當路既不憚枉屈，又上承一人之寵命，下來千二百人之攀留，仲尼不爲已甚，以私意揆之，宜似可曲從，未審意旨所在，乞賜明教。去春得讀《深州風土記》，至冬乃卒業。未卒業時，曾上書妄有所論，其書疑未得達，既蒙垂詢，敢申前説。《河渠》、《賦役》、《兵事》三篇嚴密而縱宕，蓋兼《漢書》、《史記》之長，而遠識孤懷、傲睨今古，則子長所獨擅，孟堅不能也。自餘諸篇，亦皆奇而法，正而譎，而論黄彭年、張映檑及肄禮堂三事，尤爲神妙。其論人物，或不立體格，任舉一二事，淡蕩似《五宗世家》；或以數語括其人之生平，簡要似《先友記》。《物産後序》仿《貨殖傳序》，《目》仿《法言》，奇古皆足與埒，而識力過之。總之體例皆自我創，而變動不居，文辭則翕受古人，而并攘其美。至於貫穿往籍，抉精指誤，亦非國朝考据家所能。湘帆序此書，以爲古所未有，濤許爲知言。其時書猶未出，蓋皆臆決其然。及今讀之，卒如所意。二人之識，視宰我、子貢有若何如？所評張、劉三疏，急思一讀，羅疏則猶未見也。有以辟疆世兄初至日本時日記見示者，意氣壯偉，辭旨深切而豁朗，所造殆不可量。東醫言其無病，尤令人稱快。俄約未定，而李相遽逝，英、日聯盟，俄與法亦因有密約，異日之變不可窮詰，天不憖遺一老，將若之何？不面受教已六七年，沅弟入都，令其趨謁門牆，親承訓誨，所欲教於濤者，亦望提示之，使歸述如面命也。文稿一册，謹注所見奉還。

復吴辟疆書

去秋讀惠書，承知游覽東國，欲徧交其賢士公卿，而周知其政俗術業，以廣吾學，甚盛甚盛。後又得所爲論説數首，文辭益高，人咸謂遠游之效，濤則以爲得力於古者愈深。新學方興，而吾道有賴，至爲慶幸。往者時會未至，有言新學者輒爲世所詬病，今朝廷欲以外國學制育才，而取其政藝之説試士。學猶未立，而趨時之士或走四方以求師，爭購西書，惟恐不及。民智漸開，世運可轉，此固憂時者所深喜。其憂之尤深者，乃又喜而繼之以悲，何也？朝廷既倡道天下以新學矣，中國之書雖未遽廢，埶必有所偏重，其修舊業者不過如胥吏之考故事、幕賓之讀律法、俗儒采集性理之説耳。先聖昔賢之所撰著，通人志士之所編摩，其精神意趣多寓於文字之閒。文字至深難知，以世知重之而好者之多也，而能之者乃僅閒世而一遇。今乃以胥吏之故事、幕賓之律法、俗儒之性理當之，吾恐秦、漢以來知文之士遙承迭嬗、流衍於數千年之閒幾絶而復續者，將遂掃地以盡。夫西國之學，今勝於古，學者皆用見行文字。數十年前，好古之士乃兼習臘丁，今則學者皆習臘丁，其好古者乃遞上而及埃及，而於古希臘及羅馬人所著書尤加愛重。新學日益興，好古日益甚，彼豈侈爲淹博，視同玩好以供耳目之娱哉？亦以今日所搰獲之理，或由往籍所論載，遞推旁觸而得之，故紬繹之而不能窮其藴也。今中國之學百不逮古，而於古人之書反淡漠遇之，聽其廢墜而不爲之所，豈不大可悲乎？吾師逆知其將然也，故於士狃舊習時，輒以新學啓迪。後進既知變矣，則又急起而持之，以防中學之廢。大賢閔世之苦衷，固學者所宜深體而急圖者也。雖然，人之才知至不齊也。向無他説之奪所守，而能與於斯事者曾無幾人。今方汲汲焉惟新是謀，其於舊業雖欲不爲胥吏、幕賓、俗儒所爲，不可得也。

閎博通敏之才，力能兼顧，得不以文之在兹而引爲己任乎？且道無古今也，無中外也，學焉已矣。吾學已精，而彼學之奥窔乃得而窺尋。既藉彼以擴充吾學，而竟乎其量，彼學且因以愈顯，不能者竝營而兩失，能者相得而益章，此吾學有功新學之尤宜特重，而非狃於故習者比也。足下識高而才鉅，力果而志堅，尚友百世，采風異域，兼收博儲，使出一冶，固無古今中外之可言矣。文章，天下公器，自今日觀之，已爲吾師家事，傳襲授受，外人不得與聞。而猶以區區之説進者，屢蒙師訓，輒以存中學爲言，自顧衰廢，難與有爲，然猶不敢自外，故私撰其説以進質耳，非謂足下之事業尚待他人之敦勉也。萬里之外，以身爲本，宿病良已，亦宜加慎。

劉太夫人墓志銘

太子少保、兵部尚書、直隸總督項城袁公世凱治内交外，聲烈赫喧，朝野交推。尚書則曰：「是吾母劉太夫人所教誡，以責於余，而余所恪遵而不能無憾者也。」太夫人爲贈光禄大夫諱保中之繼室。光禄公所欲爲，於家輒助之成；有事於外，則獨任家政。光禄公没，率其初志不怠。王姑壽百歲，姑亦年八十餘，唯諾左右，久而彌虔。没治喪祭，動依古經。治家有條法，雝雝秩秩，豐儉中程，稱其家族。尤善教子，子六人，長世敦，前室劉太夫人出；次世昌，早卒；次世廉，直隸候補道；次即尚書，出後從父；次世輔，知府；次世彤，郎中。皆秉母教，學行交砥，其服官則督責之益嚴，而不累以家事。尚書由是以身許國，所莅有聲，治兵天津，遂成勁旅；巡撫山東，舊俗大改。光緒二十六年外衅開，天津淪没，京師不守，兩宫西幸。太夫人時就養山東，戒之曰：「所不能固封守，復國家所亡失，迎還兩宫者，非吾子矣。」尚書於是斥邪鋤姦，以息囂庬，外兵不犯所部。定互保之約，東南不驚。明年四月二十九日，太夫人以疾卒，年七十有幾。時和議甫定，而外兵未退，兩宫未還，臨終顧曰：「吾目猶未瞑也。」尚書再疏，請回籍治喪，優詔不許，命仍署理巡撫。李文忠公没，署直隸總督、北洋大臣。迎兩宫於順德，扈蹕還京，而索還天津甚力。明年還津議定，復疏請終制，詔仍不許，降服期滿，補授直隸總督、北洋大臣。天津還，移駐舊治所，將大革興，以新政化，衆咸稱慶。尚書泣曰：「太夫人不及見矣。」尚書既爲國重臣，中外依賴，而尚書之兄世廉以防河治軍，發聞河北；其弟世輔亦以屢參軍事，有能名；世彤隨使臣至英、法諸國，通知外事。蓋皆承太夫人之志，而竭慮效忠以勞王事也。太夫人主持袁氏門户，仰事俯育，周旋五世，數十年如一日。其始也，鄉邑稱賢婦，及其後而天下頌賢母焉。前室劉太夫人遺二女，長適某縣候選直隸州知州王慶霖，次適同縣附生周鴻儒。孫十九人，克明、克定、克勷、克成、克莊、克正、克勗、克讓、克劭、克暄、克智、克綸、克環、克昭、克善、克端、克權、克誠、克德。天津既還，國事大定，卜葬有日矣。尚書將固請於朝，賞假歸里，以伸哀慕，而令武强賀濤爲墓銘，銘曰：

項城之袁，代有名宦。端敏在軍，威攝淮汴。司寇拯災，夾河歡忭。繼者尚書，聲益溢衍。世高其勳，推而不有。匪我之能，秉成於母。母命伊何？勤而官守。事難而疑，母曰趣就。義所宜爾，何知後咎。盛氣以胥，母曰恐謬。道或在柔，恃剛不久。奉而弗失，功與時遭。母豈自賢，天子所褒。而母有教，予選爾勞。母其往矣，乃心王朝。予且爾賴，留尹我郊。母願則奢，未觀厥成。尚書被命，以惕以驚。卒如所期，用報先靈。詔予告歸，鑑厥哀誠。九京有喜，雖死猶生。世勸忠孝，其考我銘。

吴宜人傳

吴宜人者，桐城王君光鸞子翔之妻，而吾師摯甫先生之弟四女也。先生去冀州，主講蓮池書院，子翔就婚保定，已而爲天津水師學堂教習。宜人則依父以居。庚子之亂，子翔挈宜人避地於冀。濤主冀之書院，除旁舍舍之。宜人既拜吾母，吾母特愛重焉，而吾妻及諸婦亦皆樂與同居。宜人性明達，通事理，無世俗女子狀。子翔欲有所爲，恒與論當否。所聞見，必語之。時畿輔大亂，訛言朋興，冀地僻左，不知外事，人心驚疑。子翔來，日有書問至。子翔輒舉所聞以告，吾家人亦往往得宜人一言以爲喜戚。子翔性豪而智敏，喜交游，人皆傾慕，官吏薦紳，四方賓客，無不造門請交。有事或咨焉，有疑或質焉。子翔竭誠相與，而時謀所以醻答之者於宜人。餽遺宴飲，宜人必自治所需，竟日夜不倦。而子翔賢能之聲，遂顯於冀。其舊從吴先生游者，聞宜人所爲，皆曰：「真先生女也。」居歲餘，亂事定，子翔以知縣分直隸候補，宜人從至保定。未幾病卒，年二十有幾。遺二子，男一，女一。子翔以書來請論次宜人行事，且曰：「此吾外舅之意。」而吴先生書則言宜人病且死，猶念吾母不置也。吾母既深惜宜人之去，聞其卒，爲之泣下。見吴先生及子翔書，則數趣濤爲之。濤既序次其傳，因推論之曰：《禮經》之所戒，時俗之所禁，所以防閑女子，使不得竝於男子而有所爲者嚴矣。而人之恒言有曰丈夫而女子，賤之之辭也；曰女子而丈夫，貴之之辭也。夫禮有所戒，俗有所禁，而女子而丈夫者，世人猶相與貴之，則是許其爲丈夫所爲也。世既許其爲丈夫所爲而貴之，而女子乃拘守於禮俗所禁戒而自賤焉，此乃宜人之所鄙也。若宜人則可謂能自貴矣。舉宜人所爲以風世，而奪其所拘守，則欲自貴者無所忌，而女子皆可爲丈夫，此亦育才之一事也。而今言變法者，乃獨不言女教，則何也？

宗氏婦傳

任邱宗氏有賢婦，其姑吾女弟也。舅曰樹枏，國子監典簿。夫俊貞。其母家定州王氏，父曰延紱，工部郎中。婦郎中側室所生也。幼失母，依嫡母。嫡母亦卒，事繼母能得其歡心。既歸，則以事母者事姑，言語動作，如在母前，無隱情，無飾容。叔妹皆幼，日隨嬉以嬉，無忤色。歸未期年而病，時劇時差，苟能起，必詣姑所，行或扶牆，及階則坐以升降，而言笑操作如故。察其所苦，必甚於自言。其任事必過人所期，人皆以爲勉盡婦職，實則用以慰姑。而姑之愛之亦不異其子。有所與，必與叔妹均。或優焉，曰：「兄弟也，當優其長者。」有事必逸於叔妹，曰：「孱不任勞。」惟叔妹亦以爲宜爾。及病，凡所需，姑必手治，慮及纖悉。病甚，輟他業，廢餐寢，日夜守視無厭。庚子之亂，舉家避地來冀，以婦多病，近姑不便，爲除別室。姑不許，與同室居。蓋其姑婦相愛，而不忍暫離也。吾家皆歎異之。明年移居河間，已又如新安，病漸不支。既彌留，姑護視彌苦，而婦之戀姑亦彌甚。偶不在側，以目求，意甚悲。姑有戚容，手止之，於叔妹亦然，人不忍見其狀。遂没於新安，距初病時蓋五年矣，年二十有五。既没，姑悲不自勝，其舅走書以告，屬爲傳以慰其姑。余序其姑婦相愛之誠，而爲之論曰：嗚呼！姑婦之際，蓋難言哉。煩辱勞苦之事，責之婦者倍蓰於所生，而恩義之差，服食之等，降於所生者亦倍蓰焉。恐其譏己也，曲防之；疑其有匿情也，陰伺之。不問婦之性行何若，遇之必如此，其視爲固然也久矣。婦人内夫家外父母家，古爲姑舅服期，今更爲三年，所求乎婦，一如吾子。内吾家者，吾家則既内之矣。既嫁，降其父母服爲期，而父母之送之也，必祝其勿反，外吾家者吾家則既外之矣。外而内之，猶可言也。内而外之，則失乎事理之平焉。以失平之事理，施之父我母我，不敢自外而終身與居之人，其齟焉不得所安者，雖相飾以文貌以善其終，而畢世無坦適之樂，甚者或至於勃豀，此不獨婦之過也。而世之立言者，恒援尊卑之義，嚴於婦而寬其姑。今吾於宗氏姑婦之相愛，既兩賢之，不使婦獨擅其美，則於姑婦之不相能，又安能概歸過於婦乎？故稍爲異説，爲嚴於立論者補事理所未備。人苟能察乎事理，而平心以處之，如宗氏之不異視乎家人，門内之樂庶幾可得而享與。

巍堂先生八十三壽序

古之儒者，恥言貨利，其著書論事，以不治生産、困於窮餓爲高節。而術能致富者，則不暇深論，或從而譏諷之。以拙催科、釋逋租庸人所勉能者爲良吏，而計臣所設施。後世襲其迹而利用之者，反追咎於始作之人。國論習而不改，二三千年來，儒者託意高遠，而國家時有貧乏之憂。無惑也今世變日亟，國用益絀，窮而思變矣。朝廷既以財政爲急，取西國之法而擇行之，士大夫亦回心易慮，汲汲焉以利國爲要圖，而其效乃未能遽著。關榷者，財政之大端也，而借才異域，久之不得替人，論者至欲使曹官遊學西國，求其所謂計學者，歸而效用。國家豈非以綜覈榷算之才不易得，而其術非專門之業不能精與？我從兄巍堂先生自弱冠領家事，即以善居積著稱，疾舒侈斂，中窾協機，孳乳挹注，與時變動。勾其資以居市廛者，棊布於百數十里。閒歲上計簿，披册以稽，情狀發露，莫得遯隱。家始少有，月累歲增，遂以饒給，其術之精而效之驗白如此。向惟世所不重，故所施者狹，而稱之者少耳。今非先生之時乎？而先生則既老矣。光緒二十九年先生年八十有三，將以某月日稱觴於家，先生之子嘉栩屬濤爲侑觴之辭。初先生之兄允吉先生以道德文學里居教授，自吾父與叔父以至濤兄弟皆從問學，而有事則取決於先生。濤既久從允吉先生游，又數受先生教戒，嘗思有以報之。稱述家慶，以致其私，固所樂爲。先生教於家、施於鄉者多庸行，閭里所謂善人皆能之，不足道，舉所獨擅而有關於今日學術之大者表揚之，亦先生之志也。先生性激烈，其論世事主維新之説，有言變法者輒喜，或爲異論，則發怒罵之。抱濟世之略，有憂世之志，而無其時，時至矣，而年老不克有所施爲，此可爲深惜者也。然猶幸有其時焉，雖不復爲時用，尚得襮所長於人，而還以自慰。若仍如曩者之習於舊説，則雖好妄言如濤，亦將有所畏避而不敢道，恐爲儒者所擯也。

書説易説序

以書契易言語，命萬事萬理，而通其意於人，使之行遠而垂久，其搆體離辭，必有法焉，所謂文也。文之用至廣，經者羣聖人所作，其至焉者也。神志所措注，旨趣所流溢，既一寄之於文，即文以求之，如親與羣聖人相接對，瞻容色，聽聲氣，而唯諾於其前焉，更何有揣測之勞、扞格之患？古之學者，用力少而成功多，豈不以此也與？羣經散亡，師傳中絶，訓詁、義理兩家迭起而争勝。訓詁討故，義理發幽，二者固説經者所有事，然不能切究乎法，而心知其意，徒曰釋詞、闡理而已。是析薪者不杝，而稱物者手制其權衡也，雖有得焉，所不合固已多矣。是故欲窮經者必求通其意，而欲通其意必先知其文。文從而後辭獲所安，俯仰無所戾，義與事比，出入不離宗，求肖乎經而止。經之意之寄於文者，其法蓋如是也。濤久從桐城吴先生游，先生所爲文嘗得受而讀之，其言古今箸述，往往論及其文，亦嘗數聞其語矣。而所箸《書説》、《易説》則固未之見焉。既得目病，遂以終不獲讀爲恨。先生有子曰闓生，游學日本，將於日本印行其書，以書抵濤屬爲序。其言曰：「《書説》宗太史公，《易説》宗楊子雲。二書子或未見，當以意求之。」太史公、楊子雲固非孤抱一經如後世所稱經生者也，而《太史公書》繼《春秋》而作，其取《尚書》以敘虞、夏、商、周之事，能以意增損其文。楊子雲覃思大道，其箸《太玄》乃上儗《周易》。二子之文既庶幾乎聖者之作，其於經必有默契於微而獨得其真者。先生文法二子，即二子所得於經者進而求之，知必非二家所能及。濤譾陋不足與於茲事，而闓生之稱先生之書，與素所聞於先生者有合，故敢臆決其說如此。闓生又述先生之言曰：「吾於古今衆説無所不采，亦無所不掃。」然則先生於二子雖尊尚之，固未嘗拘拘焉固守其藩籬而不敢馳乎域外也，儻更有陵駕乎二子之上者，則益非濤之所敢知矣。

吴先生行狀

先生諱汝綸，字摯甫，姓吴氏，安徽桐城人。曾祖諱太和，候選府經歷。祖諱廷森。父諱元甲，以諸生舉孝廉方正，武昌張廉卿先生嘗銘其墓，所謂吴徵君者也。母氏馬，其卒也，張先生又有馬太淑人祔葬之誌。自先生貴，封贈兩世如其官。先生幼喜讀書，少長以文章見知於曾文正公，遂從曾公受學。同治甲子舉於鄉，乙丑成進士。文端公倭仁見其廷試策而奇之，拔置一甲。先是今湖廣總督南皮張公以弟三人及第，其策不用當時體，先生所爲策其體亦異，某公曰：「此有所效而爲之者。」抑置三甲，以中書用。曾公督兩江，奏調先生至金陵，移督直隸，又調先生北來，補深州直隸州知州。以父憂歸，又丁母憂，服除，署天津府知府，補冀州。先生之言曰：「不可於上，守吾法；不可於法，利吾民；不可於民，行吾志與學。」故其爲政可博美名取上考而實無裨於民且擾之者，一不厝意。逆民之情，實則利之，則毅然而行，雖觸上官之怒不顧也。初治深，布政使錢敏肅公令復廢倉積穀，州縣趨爲之。先生爲言其弊，以爲擾民，獨置不復。州舊有義學二百四十餘區，其學田豪民攘有之，前知州多注意於此，屢變其法，而弊不除。先生曰：「上務其名，民私其利，不責實之過也。」乃廢義學，没入其田千四百餘畝，歸之書院。又爲書院追償二十年逋負五千金，厚給師生，廣置書籍，而書院以興。道光初，議均減繇役，知州張杰以爲宜用攤丁法均之田畝，乃三分所轄村而更取之。同治十二年，謁東陵，吏以故事白。先生曰：「均繇於畝，張杰之議善矣。村户改變不常，而班分而更取，仍以故籍爲率，猶之不均也。」於是統境内田畝，依徵糧册而一均之，而均繇之法遂簡易而無弊，垂爲永式焉。其在冀，開冀衡六十里之渠，洩積水於滏，變沮洳斥鹵之田爲膏腴者且十萬畝。時財用匱竭，官錢不易得，先生既上言大府以請，苟可出力以助吾謀者，無不通以書，情感勢劫，與相違復。牘牒書問日數十發，卒得白金十萬兩，而功以成。功之未成，先生與人書曰：「百計哀求，情同無賴。」既成，則又曰：「吾於事百無一能，至於籌欵可謂有作金之術矣。」其於書院如在深州時，故二州人士皆知務實學。先生在冀久成材尤多，兩書院遂爲畿輔冠。冀之役法，合若干村爲一官村，官村歲出錢若干，官取之官村，官村村取之，村户取之，官不問也，已有不均之患。村之豐嗇，户之貧富，今昔不同，而官與官村之遞相科斂者不改其舊，而民之苦樂遂至夐絶。先生一以深州均繇之法均之，民以爲便。在深代游公智開，在冀代李公秉衡，皆世所稱廉能吏也，而今之稱道先生所爲者不容口，於二公之治顧忽焉若忘，以先生所施皆實政也。先生既受學曾公，曾公國士目之，與聞大謀，輒爲草奏。李文忠公代曾公總督直隸，尤倚重焉。與外國互市通好之始，中國人不知外事，動輒召侮受欺，李公出而外交之道始明，其後交際事繁有疑難，必取決於李公，故外交之政皆所建立，而仿效西法，歲有興改，其造端發難，惟先生是咨，而以章奏屬之。張靖達公、劉壯肅公亦皆虛懷接納，訪以救時所急。中國建築鐵路，劉公發其端，先生實勸之，其疏先生所屬藁也。先生數與諸公議天下事，既行其言矣，顧不樂仕進。在冀八年，引疾乞退。李公繫時安危，故先生竭誠贊畫，知無不言，數爲李公辨謗，遭口語，而未嘗有所求。嘗一入幕府，已而辭不往。李公以先生天下才，説從計聽，其居官，所請無不允。屢欲薦之，而先生辭，不强。故先生入仕二十年，未嘗遷官增秩，而品服如初。及乞退，李公問其故，先生曰：「無仕宦才。」李公笑曰：「才則有餘，性剛不能與俗諧耳。」先生笑不言。遂聽其去官，而留主蓮池書院，其倚辦於先生者如前。李公失執，先生爲盡力，有加於初，故祭李公文有曰：「不佞在門，或仕或止。跡疏意親，謂公知己。」嗚呼！賢者之相與固不易測度哉？先生之學無所不孯究，而以能濟時變爲歸宿，於古人書率以文衡之，以謂文者精神志趣寄焉，不得其精神志趣，則辭之輕重、緩急、離合失其宜而不能得其要領，或悖其旨而旁趨。又嘗言：古人箸書未有無所爲而謾言道理者，故治羣經子史，必因文以求其意。於古今衆説無所不采，亦無所不掃。文法司馬子長，旁逮諸家，以極其變。其論事之文，無高論膚説，不爲苟快意之詞，必使言之可行，行之可久。海外諸國近百年中日出其所得新理施之政事，遂致富强，挾其術東來，相逼日甚，中國相沿之政俗不足以當之，非講求其術，殆無以自立。三十年前先生固嘗以新學倡天下矣，近更旁搜廣取，窮險闡幽，大暢厥旨，而文益博奥醇懿。侯官嚴幼陵先生博學能古文，精通外國語言文字，所譯西書，自譯書以來蓋未有能及之者，而必就質於先生。先生每爲審正，輒退而服曰：「非所及也。」其教人既以古學進之，又必語以當世之務，奪其舊習，故自外交事起，士大夫毁所不見，以無所挾之驕、不自量之憤爲進退失據之説，謂之正論，散布於朝野上下，閒使當事者有所牽率，不敢恣所爲，民氣亦因之不靖，禍亂屢生。而從先生游者，則類能通知世變，不爲時論所淆，而以息囂庬、啟愚昧爲己任，於古學亦能破除庸陋，以所獨得，發爲文章。先生於學者引掖奬薦，既出於至誠，故學者多樂從，而愛慕之意久而彌篤。在保定十餘年，深、冀之人歲時往謁者不絶於途。嘗有急需，二州人醵金以進，先生不能卻也。光緒二十六年外釁開，諸國兵竝至，京師不守。先生避地至深，李公受命與諸國議和，以書招先生，先生遂至京師。和議成，天子憂世變之靡有屆也，大新庶政，與天下更始，而以作育人才爲先，詔天下用西國法立學，建大學於京師以統攝之，而命吏部尚書長沙張公爲管學大臣。於是張公聘先生爲大學總教習，先生辭，固請不可。直隸薦紳魏鍾瀚等千二百人上書先生，請就張公之聘，猶未應也。張公欲遂其事，遽聞於朝，天子許之，命以五品京堂充大學總教習。先生既受命，思報張公之知遇，而慮學校初立，其法未能盡善也，日本用西法久，學制尤明備，自請赴日本考求之。既至，自長崎、神户、大阪與東、西京所有之學校無不往也；自文部大臣以及教師學徒與凡以教育名家者無不晤語也；自大學下至村町之學，其學地、學舍與於學事之人、學所應具之器物，無不博稽而詳察也。教授之法、論學之旨，則必深求其所以然之故。求而不得，思之至困。日行數十里，日接數十人，而文部聽講尤必日至，不少閒，舉所聞見之涉乎學制者編以爲《東游叢録》，既備既精。在日本凡百日而歸，便道還桐城。至數日，又如安慶，謀立桐城小學堂，議定乃還。還數日而病，病數日而卒，二十九年正月十二日也，春秋六十有四。先生聲播中外，歐美名流皆喜與過從，推爲東方一人。日本人尤信慕，學者或航海西來，執弟子禮受業，其居中國者無不造門請見，贈珍物，通殷勤，而乞詩文以夸示其國。及先生東渡，傾一國人，無貴賤男女，皆以得一見爲幸。更進迭來，或伺候言動以登報紙，有譏其國人趨謁不時，使不得休息爲不愛客者。其國君亦延見致敬愛，而有識之徒則争出所有自効，曰：「吾國維新之初，號稱多才，無先生比者。」見所纂録，則又以爲「吾國人自爲論次不能如此精審」。先生之始至，其士大夫及中國人之居游是邦者，結會相迎，謂之歡迎會。及其卒，則又相與弔祭，爲追悼會云。先生友于兄弟，伯兄病，屏去僕役，躬執煩辱。季弟病羸，服食藥餌，必具必精，苟可以娱其意，竭財力爲之，得閒則守視不去，積十餘年不怠。叔弟官山東，亦多病，先生時在保定，歲走千里往省之，爲經紀其公私所應爲者。兄弟没，孤寡皆依焉。配汪氏，封淑人。女四人，長適直隸候補知縣薛翼運；次適舉人汪應張；次適翰林院編修湖南學政柯劭忞；次適直隸候補知縣王光鸞。側室歐氏，子闓生，年少有軼才，游學日本，學且成矣。聞先生病，乃歸。女一。所箸書有《書説》三卷，《易説》二卷，寫定《尚書》一卷，《詩文集》五卷，《深州風土記》二十卷，《日記》十二卷，《東游叢録》四卷。所讀書皆章乙句絶，其文辭之美者以丹黄識别之，而評隲其醇疵高下，其考證、校勘亦雜識其中，書數萬卷皆有手迹。先生雖不樂久宦，未嘗以忘世爲高，李公事業嘗以所學濟之，又將佐張公以新教法，雖未獲竟其志，聲光所被，已足增重國家，激厲士氣，而所采録法明義闡，尤可據以措施，厥功偉矣。其吏治於法不必書，而紀二州政蹟必詳且盡者，二州人皆以先生私我，輒欲私報之，故備書焉，以慰我二州人之私也。門人賀濤謹撰。

吴先生墓表

海西諸國以新學强，其政治、藝術皆出於學，吾國學不加修，彷行其法，久之不效，而見逼日甚。庚子亂後，天子鋭圖自强，興革庶政，而以學育才，詔用西國法，立大學於京師，府縣以次建設，命吏部尚書長沙張公爲管學大臣。張公爲大學求師，薦桐城吴先生於朝，命以五品京堂爲大學總教習。望治向學、識時務之士皆謂新政之行必先立學，而立學莫急得師，聞先生教習大學，則相與鼓舞忭慰，如政已成。先生往日本考求學制，歸未及至大學而卒，則又相與堙鬱歎悼，如學未立。先生之學不名一家，博采無我，自信則不知有人，擘討往籍，攻堅發幽，文從意顯，厭乎人人之心。論世事主變法之説，三十年前吾國不知外事之時，固已究攷西學，因事託意，發爲文章。西書日多，學益博奥精邃，尤屬意詞章，所箸述不標體格，而必以太史氏、韓氏之法行之。於古書既因文以通其意，又謂西書體例近於漢人之纂箸，惜吾國之譯書者弇鄙不文，不能傳載其意，故嘗以詞章之説教人。

世運既變，學術隨遷，新舊乘除，就此遺彼，甚或兩傷，弊且中於國事。先生則揉而和之，破其拘攣，斂其浮誕，相得而不相奪。立學之始，得先生爲之師，學收其效，法乃可更，而先生遽卒，此固運會盛衰之所繫，而望治向學、識時務之士所同悲者也。先生諱汝綸，字摯甫。初見知於曾文正公，李文忠公嘗佐其幕，二公謀國偉略皆與知之，爲草章奏，而與李公交最久。咸同以來，西國東漸之執日盛，事變紛起，情僞百出，古所未有。鄙儒疑怪，舞筆鼓舌。李公獨執國柄，中外叢責。先生左右其閒，決疑發難，輒引其端，而持其後，前後歷三十年，李公卒能忍尤肩鉅，支拄危局。先生性剛，不能屈意於人，故不樂久宦。既釋褐，知深、冀二州，未幾棄去。而在二州所設施，皆有百年之利，世號爲良吏者所不肯爲。善待士，在冀得士尤多。每有興作，所得士竭智能、憊精力，日夜馳騖不倦，深人亦來受役與均。先生曰：「有事諸君勸趨，而吏此者反安坐享其成，吾甚愧之。」去冀，主講蓮池書院，二州人歲時請問不絕，有疑必咨焉。於先生事則分任其勞，常醵金以赴先生之急，先生力卻之，不發視，冀人在保定者即以其金應先生所需，事已乃白，先生無如何。先生與濤書自言受之有愧。濤復書曰：「先生施德於二州，皆視爲固然，未嘗言報。今稍盡人事，而先生乃沾沾於辭受取與閒，是外我二州人也。」先生亦不復言。庚子之亂，避地至深，會法兵將釋憾於深，大府令州刺史急避。刺史去，代者未來，而法兵且至，人心驚皇。

先生日行街市以鎮安之，授吾民之從西教者以辭，使説法將，而法兵竟退。冀人亦數以禦患解紛之策來問，先生爲籌畫甚詳。二州既免於難，感愛先生益深。先生在官，日以課士勸學爲事，退而教授，益思作養人才，效用於時。其教人，必使博知世變，易舊所守，故從游之士言論志趣與世俗異。又爲延外國師，習外國語文，由是謗議四起，當路亦與齟齬。及亂民造讐外之説，遂將不利吾黨。先生夷然不顧，難作，幾不免，而從游者亦瀕於危。先生既受張公之聘，以謂諸國學制歲更月修，久而後定，仿其規範而不能得其精意，恐難見功，故有日本之行。日人素信慕先生，及見先生之來，喜吾國有意圖新，又感先生之勤於所事而虚己以求也，自文部大臣及以教育名家與凡有事於學之人，争思有以自效。其立學以來文牘、外人所不得見者，皆出之以備觀采。先生周咨博考，洪纖靡遺，不得於心，則往復質辨，期達厥旨，法難盡從，使度吾可行，改以就我，疲神苦形，至輟餐寢。留百日，竟得其要領以歸。其歸以九月某日，便道旋里。明年正月十二日卒於家，光緒二十九年也，年六十有四。箸有《易説》二卷，《尚書故》四卷，《寫定尚書》一卷，《詩文集》五卷，《深州風土記》二十卷，《日記》十二卷，《東游叢録》四卷。曾祖諱太和，妣氏左。祖諱廷森，妣氏左。父諱元甲，以諸生舉孝廉方正，曾文正公稱其文學，客而館之，妣氏馬。自先生貴，封贈兩世如其官。兄弟四人，先生其仲也，兄弟皆依焉，財用恣所取不問，有疾必日守視，服食藥餌，不假人手，久而不怠。兄弟没，其妻子在先生所如前。配汪氏，女四人，長適直隸候補知縣薛翼運；次適舉人汪應張；次適翰林院編修、湖南學政柯劭忞，績學工詩，先生稱之；次適直隸候補知縣王光鸞。側室歐氏，子闓生，有軼才，能文章，通世務，解外國語文，濤嘗謂新學、舊學皆當屬之斯人者也。女一。闓生以書來，將以某月日葬先生於某所，乞爲表墓之文。先生志事無待表揚，闓生所爲事略言學術甚精，亦濤所不逮，而不敢以不文辭者，輯纂言行，弟子職也，姑即所見及者述之，盡其職云爾，表揚之事，非所敢任也。

慶陽府知府步公墓表

公諱際桐，字唐封，號香南，姓步氏。先世自山西洪洞縣遷直隸之棗强。世業儒，多篤行君子，有德於鄉里。十一傳至登廷，步氏始大，官工部郎中，有節概，嘗卻賄數千金，人稱鐵面郎官，公曾祖也。祖履孚，廩生；妣氏師、氏楊。父毓巖，進士，河南泌陽縣知縣，有惠政；妣氏王。公既貴，贈兩世如公官，妣皆恭人。泌陽公没，家中落，王太恭人劬躬苦志，能教其子，家乃益興。子四人，公其季也。聰穎好學，家貧食不飽，冬夜讀書空屋中，忍寒不寐，倦則隱几，而志氣彌奮。道光二年舉於鄉，九年成進士，改庶吉士，授編修，充乙未會試同考官。其秋恩科鄉試，充四川副考官。除御史，管理街道。某邸兵弁犯禁，重懲之，由是令無不行，衢巷修潔，道無隆窊。出爲山西平陽府知府，久訟紛糾不可理者一廓清之。民争水利，使畫界自占，不得相侵犯，以絶争端。有告人爲家奴孫者，以所據契年月不合，斥其誣。某貸某財爲商，而損其業，訟經年，嚴責其居閒者，兩家感悟息訟。擢河南彰衛懷道，署按察使，調開歸陳許道，再署按察使。自到平陽，至是凡二歲。河決，祥符城幾没，革職留工，暴露城上八十餘日，培圮完窳，城賴以全。河決塞，以同知用，旋加道銜，入資爲知府，選甘肅慶陽府知府，其治一如在平陽時。不受屬吏餽遺，而教督其所不及。始至，訪政俗於前政，前政曰：「某縣令梗治。」已而令連忤公，會縣有獄久不決，民控於府，公召令至，親鞫其獄，坐令於旁使觀之。既定讞，令語人曰：「前守不足爲盡力，今獲所依，諸君試觀我所爲。」奏課遂爲府屬弟一。安化貧瘠難治，某令當之官，不欲往，上官告之曰：「賢守在，事有疑難，諮而後行，無過舉矣。」寧州知州某既受代，强委其所負於官者萬三千金於代者，代者不能争，公爲理於大府，違復再三，卒使分任所負。於武弁亦皆接以恩禮，而盡其力，能文武協洽，各勉所職，紛理廢修，所領州縣凡五，治出於一。署蘭州知府，兼署蘭州鹽茶道。總督琦善公以勦番得罪，公隨坐遣戍軍臺。公有當世之志，而敏於政事，所莅有聲，爲御史時公卿交稱其能，上曰：「當使爲外吏以觀其效。」於是有平陽府之命。既召見，上謂近臣曰：「督撫才也。」故到官數月，又有彰衛懷道之命。河南巡撫牛公鑑嘗謂公曰：「君有異政，吾當言之朝，君且大用。」在甘肅，琦公尤奇公才，欲有所爲，輒倚以集事，特疏薦之。公既爲天子所知，中外大臣又數數稱舉，謂可得所憑藉以竟其志。已而奪官，再起再躓，卒不得大有所施，爲時論惜之。歸自戍所，會粤匪北竄，直隸總督檄公出治團練，而欽差大臣慧成公駐淮陽，與南河河道總督楊公以增馳疏調公參與軍事。公既以連不得志而倦游矣，又多病，遂辭不出。咸豐八年四月三日卒於家，春秋五十有七。是年十一月六日葬於所居村西之新阡。配蕭氏，封恭人，後公十九年以光緒三年正月五日卒。子嘉襄，副貢生，後公三十四年光緒十八年正月廿九日卒。側室姜氏，封孺人。子嘉昌，中書科中書。孫其灝，易州訓導；其鴻，附貢生。曾孫以檮、以庚。公長兄雲儀先生諱際逵，成進士不仕，家居教授，學者嘗二百餘人。公初從先生學，既亦假館於外以課徒，罷官歸，益以裁成後進爲己任，孳孳獎掖，惟恐不及，從游乃益衆。泌陽公後凡五世，子姓繁衍，皆以公及雲儀先生之學自厲，又各以所得推之徒友，鄉邦俊彦宗步氏之學、慕其教、以文行相勉、争欲及門者，自雲儀先生以來且百年矣，何其盛也！始公以濟時之才出而應世，未竟所施而罷，當時世論固爲公惜之矣。及退而巷處，以所學禮之子孫，衣被一方，乃更數世而流風未艾，君子之有功於世，蓋不以出處殊也，又奚必以世俗所謂幸不幸斤斤焉較量於其間而爲之忻戚也哉？光緒二十九年，公之子嘉昌屬濤爲表墓之文，時距公之卒已四十五年矣。故既述其宦蹟，復記其教授於鄉里者，而推及於後人繼述之盛焉。公之孫其灝來，致其叔父之命曰：「吾父與伯父專力鄉學，仲父持家政，煩苦窘乏一任之，不以閒兄弟學。吾父與伯父學成名立，而仲父竟無所稱於世，吾父戚焉。既以其官貤封仲父，又嘗欲紀述其事，用志不忘。今子表吾父學行，兼及吾伯父矣，若復載仲父事以終吾父之志，使吾子孫益知勤厲，則所以貺我步氏者彌厚。」濤惟公與伯兄以學昌其家，而得就所學，繄仲氏是賴，其功不可没，故論次其語，俾坿於前文之末，以慰其先人，而詔其後昆。仲氏諱際墀，字綸閣。

冀州直隸州知州保山吴公五十壽序

光緒二十九年，保山吴公治冀之明年也，政成化普，歲仍有秋，民氣大和，耆艾頌歌。於時公年五十，幕賓僚屬以及州人士將以公之誕辰八月十四日躋堂稱慶，宣揚公德，發抒民情，而以祝嘏之詞屬濤。濤惟公之爲政，知時要務，有堅定之識、濟變之才，所樹立蓋非世所稱良吏所能及。庚子之變，姦人造妖妄之説，讎視西教，擊排外人，亂民雷動景附，旬月閒徧畿輔。當路者信其術，欲倚以自强，陽禁而陰煽之，士夫亦多義其所爲，戾狠横恣，府縣不敢問，或媚之以求自免。於是西人所居焚毁殆盡，而吾民之從彼教者，家覆産破，走死無地。内亂既熾，外釁遂開，諸國兵竝至，大亂以興。公時爲縣於獻，獻有西教都講之所，其主教者在焉，教徒以避難麕集，亂民環伺思逞。公理遣執禁，憚不敢發。在執者或趣公攻之，不爲應。勤王兵北來，所過輒助亂，至獻見公所設施，聆其謀議，不敢妄動而去。所全活以萬計。外兵既據保定，將修怨於深州，大府令州刺史急避，而檄公署深州事。公時在保定，疾馳赴獻，見其主教者，白舊刺史見枉狀，因曰：「吾署州事，州境吾土，民吾民也，請止兵。」主教既敬信公，即發書止兵，兵未至州二十里得書而還，州境以安。海西諸國與吾國通，其始以傳教，繼乃挾其貨財藝術，求售於吾國，而各以其國之政法編之約章，不得以一國之治治之也。此海國交際之通義，而在吾國乃爲數千年未有之奇變。愚民駭怪，輒與抵觸，士君子則遵守其相沿之舊説，以接遇外人爲失體，以參與外事爲濁流，而不肯習其事。蓄怒宿怨之既久，釁兆而不思防，禍已作而無以善其後，又安可盡歸過於無知之民乎？鄉者妖妄之説起自山東，今直隸總督袁公爲山東巡撫，廓而清之，畿輔變起，而山東不擾。公之保遠人、退敵兵，屏障一方，所施雖有廣狹之殊，而堅定之識、濟變之才，足以破俗見而拯時難則一也。古之號爲循良者，治郡郡無廢事，治縣縣無廢事而已，他無稱焉，已足邀上考而躋顯秩。今外交事繁，埶與古異，刀筆筐篋之才，勉爲古循良者猶不乏人，嘉其治行，授以重要之寄，而以其所遵守貽誤國家者踵相屬也。觀公所爲，豈非斯世所急需，而不得僅以守土牧民之責責之者哉？公之來冀，適當立學之始，立學新政之首務也，其規式課程一仿西制，拘學淺儒及粗知外事者殆不能究其義而善所爲，公學觀其通，事挈其要，提倡啓誘，不激不隨，人棄舊習，争自勤奮，學政陸公贈以詩，有「便將此事累文翁」之語，蓋亦知此事非公莫屬也。學興俗變，新政可行，視向之捍患振急，厥功尤大。凡所稱述，不獨夸示公之功，將使來賀者備聞其説，識時要務羣趨競勸，以贊成公之功而播揚其美，俾四方知所觀效，則所推暨者彌遠，而公救時之志可大慰。至所稱治郡郡無廢事、治縣縣無廢事，公所莅郡縣凡十有二，其治皆然，此號爲循良者所優爲，蓋不足爲公道也。

宗君華甫墓志銘

君諱樹桐，字華甫，姓宗氏，任邱人。以府學廩生選爲同治癸酉拔貢生，入貲爲内閣中書，已而家居不出。性義俠，數以財經營善舉，縣有大功役，恒倚以辦。爲鄉里解紛難、弭禍患者屢矣。好謀慮，常如在憂患中，稠人廣坐宴集之時，往往爲不祥語，衆默然，君猶强聒不已。至其積然自放，歌呼笑嘲，又若棄百事而不一關其慮者。余始與君交，一二人者皆年壯氣盛，余謂君才堪爲世用，君好余文，以爲近古，相期待甚高。及皆衰老，君既無所藉以自見，余亦以疾廢，不能就所業，各自傷感，又頗相矜閔。余嘗以文壽君，言兩人者憂喜異於衆，而敘述其情狀。君報書曰：「吾始讀之而悲，已而自笑。」知君年雖衰，而昔時意趣故在也。庚子之變，亂民以妖妄之術，仇視西教，恣其殺掠，官不敢問。君曰：「大亂將作矣。」力戒鄉人之習其術者，而以弭亂之方白諸官，亂民大恨忌君者復從而嗾之，將不利於君。外兵至，亂民潰散，償從西教者所亡失，於君家索財獨多。外兵退，亂民復聚，又擾及君家。君避走四方，亂定猶不得歸，僑居保定。在保定逾年而卒，光緒二十八年十二月十五日也，春秋六十有三。明年某月日，反葬故里。君季弟樹枏以書來告曰：「吾兄勇於爲義，鄉里信仗，豪強忌之，輒與齟齬。吾兄不肯自貶，卒爲所陷，憂鬱以終。吾子知吾兄最深，請爲銘墓之文，直書其事，爲長逝者洩其宿憤。」嗚呼！亂民之起，附和者衆，斥言其非，動遭慘毒，而人之有積怨於人者，又或誘結其黨，以快其私。自朝廷大臣以及薦紳之士，罹其禍者多矣。君雖幸以身免，而流離徙避，不得安其居，竟客死於外，固事之可悲憤者也。然愚者造禍，智者當之，巧者計脱，戇者蹈之，於古有然，非一人之私恨。況君之生平，雖多激烈之舉，嘗有時而放曠矣，又安得謂其必鬱鬱於既死之後哉？余嘗爲君父墓銘，不復詳其先世。君娶王氏。子俊觀，俊宸，先君卒，其墓碑亦余所爲也。女二，長適湖

北侯補知縣陳曾蔭，次適[illegible]

已屈丈引作寸咫，以[illegible]既鰲我蹠又齒齮。去之不與

角距觜，視棄家如脱敝[illegible]矣。

黃西躔先生七[illegible]

侯官黃君允中執齋，[illegible]也。壬辰成進士，出余同年友諸暨陳蓉曙之門。蓉曙語余曰：「執齋佳士也。」介而見之，執齋執後進禮甚恭。官吏部，以公廉勤敏見稱寮友。其鄉人則往往述其先世遺德，而盛稱其尊人西躔先生，以爲執齋所爲一秉家教。余既聳然異之，余弟告歸，余爲言執齋之爲人。弟曰：「黃氏累世積德，而西躔先生尤爲鄉人所推服，宜其有賢子也。」余弟至京師，歸言執齋益明習吏事，趨公益勤奮，名聲藉甚，而儉素如在家時。時余養疴里中，不見執齋六七年矣。光緒二十九年先生壽登七十，執齋以書來告曰：「吾家世業儒，恒苦窮乏，王父時家益貧，而刻苦力行不怠。吾父率循先志，罔敢或違，衣食稍異於前，輒屏不御，曰：『吾先人未嘗有是也。』叢細之事，不憚躬親，曰：『吾先人嘗爲之，吾不知勞也。』削所自奉，以成善舉，或應鄉里之求，曰：『吾先人有志焉而未及爲也。』其教子弟，必以身率。允中服官京師，誨之曰：『勉勤所職，以廣

先業。而吾家世守之舊，則固不可忘也。』允中在京師十餘年，未嘗就養，而儉約如初。今將以吾父生日稱觴寓舍，願乞一言以壽吾親，而教允中以事親之道。」吾觀士大夫家，其先世類多篤行君子，往往以淡定之志、堅忍之操垂爲家教，子孫才知名位過其所期，或不能不變所守，而濡染於耳目者既深，固不敢泰然自以爲是，而妄議其前人也。新學既興，而破壞之説起，風習一變，趨時之士將有猒薄老成，斥其説以爲不足用者。夫新與舊不相悖也，所宜破壞者，迂拘之見、腐敗之法而已。若所謂淡定之志、堅忍之操，固求新者所挾以爲資，而趣之使進者也。苦其束縛，必欲離而去之，以浮動之氣、夸誕之習，從事於精博艱阻之途，所鄉既不得達，而已失其本來，不且如學步者之匍匐而反乎？執齋之才識，磨礱淬厲，自當與舊時英彦馳騖乎維新之治，效用國家，乃能反而求之兢兢焉，恐墜其家教，以守舊者求新，以報國者事親，其事殊，其理一也。余家居侍養，不復與聞世事，妄有所論，不敢自任。往在京師時，蓉曙出所藏《授經圖》示余，屬爲記。《授經圖》者，蓉曙幼時從父授經，而圖之以志不忘者也。蓉曙性激烈，喜論時事，遂將有所施爲，顧猶以承親爲念。執齋欲盡事親之道，往求之師，以決吾言之當否，然後獻之堂上，儻可慰親之志，而博其歡乎？

王重璽先生墓表

先生姓王氏，諱瑞祥，字重璽。先世爲湖北黄岡人，元末有伯成者遷直隸之威縣。伯成生志剛，志剛生榮，榮生八子，其季濬，官南京都察院右僉都御史，巡撫甘涼，提督鄖陽、荊襄，有聲績，王氏遂顯。十傳至先生之曾祖，諱某。祖諱某。父諱瓚，妣氏某，繼妣氏某。兄弟三人，先生其季也。先世多業儒，先生獨弃儒而商，家以饒裕，讓産於兄子，先世所遺，不毫髮取。性嚴厲，人有過，不少寬假。從兄子某與人喧争於市，先生捉其髮使跪通衢，暴烈日中，久之乃叱去。族弟某行無賴，將破其家，其母訴諸先生。先生立起，操梃往尋之，至常所游蕩處，某匿不敢出。先生歸且復往，而某隨其母詣先生謝，痛自責，遂改行，見稱里黨。王氏族姓繁衍，多能自贍給，以禮讓稱，先生益嚴督之，人執所業，無敢爲非者，爲縣名族。縣有昏喪，先生嘗爲主辦，媢族朋舊受事於主人者，指付必當其能，人皆樂爲盡力，所費財與所需物，及卒事，於所慮於始者無張縮，而豐儉適宜。喜施舍，得其資以自存，而感而知奮，遂有恒産遺後者比比也。由是衆情翕服，惟其所令，聲應景隨。卒於咸豐九年，年四十五，某年月葬於某。配張氏，繼配楊氏。子元一，舉人，饒陽縣教諭；元鐸。人之才德有出乎其家者，家必就而聽命，出乎其族，族必就而聽命，出乎其鄉與邑，鄉與邑必就而聽命。既爲其家、其族、其鄉與邑就而聽命之人，家、族、鄉邑之所有事固已耳熟目稔而心習矣，而才德又足慴服乎其人，欲起而有所爲，必能合羣力以圖之，無扞格、猜忌、退諉之患，而事無不舉。古者黨正、族師、閭胥之屬率民治事，即以其地之人掌之者，爲此也。後世親民之官少，統百里、數百里之地徑隸之牧令，牧令不能獨理，亦不得不藉助於所轄地之士民。今新政初頒，凡所興立，猶恃士民之自爲於其鄉里，而屢勸之而未嘗輒應者，以任事者之難其人也。先生之没，至今四十餘年，鄉邑之人猶思慕焉，以爲先生没，失所依賴矣。又惡知今日所急需乎如先生者，更甚於其鄉邑之所依賴者哉？

謝倬峯墓表

君諱山壽，字倬峯，姓謝氏，冀州人。曾祖某，附生，妣氏某。祖某，附生，妣氏某。父某，妣氏劉。兄弟三人，君其仲也。少孤，能自力於學，爲名諸生。善事母，事無大小，惟母言是聽，有所進於母，竭力以圖，恐母慮其求之難且費財也，輒自言其得之之易，而損其物之直。處兄弟間，一如母意所欲出。性篤厚而愛人，有善揄揚之，惟恐其不顯；有不善曉以理，不喻，曲譬之，必俟其悟而改而後已。人既服君内行，又知其愛我也，皆以善自厲。桐城吴先生爲冀州，以實學課士。濤主其書院講席，州人有事於書院者，皆質行君子，相得甚驩，君其一人也。君篤於學，尤與余善，使其弟榮壽受業於余。榮壽故從君學，文行皆可稱。君授徒里中，來學者必使究討古書，不汲汲於科第，一如吳先生課士法，而督行尤嚴，雖小德必防閑之，故從君游者多純篤之士。君卒於光緒十九年，年四十四，某年月葬於某。妻趙氏。子潤廷，舉人，君没後，亦來受業。潤廷通經術，謹言行，皆家教也。孫樹聲、樹棠。君没十一年，門人謀表君墓，潤廷以表墓之文來請。余既慕君學行，且嘉其教人之有法也，乃爲之詞曰：西國育才之法有三，曰德育、智育、體育。日本仿而行之，其學科有所謂倫理者，而深識之士乃謂「吾國專重智育，有德之士殊少」。中國參東、西法立學，而諸學所奉行亦皆智育之事，蓋德育云者，無課程之可言，學者無所挾以自表暴，教者亦無所據以爲旌別。日本行新法久，國益治强，不可謂非學之功，而於所謂德育者猶有憾，中國新立之學，規則未備，又烏能獲益於旦暮之閒？故縣其格以爲招，而未嘗遽責其實也。德育之難於措立，而不易收效，蓋如此。然觀謝君教授鄉里，以躬行與學徒相敦勉，而其效顯著，則又不可謂以德育者之無其術也。誠能取其術匡新學所不逮，以身爲表，陰驅顯責，未必無成效之可期。日本之譏或者其可免乎？余久主書院講席，學制既更，仍留不去，愧不能爲君所爲也，表君之墓，爲發斯義以告世之有教人之責者，因以志余咎焉。

吴熙甫先生墓表

先生諱汝純，字熙甫，號斂莽，又自稱玉屏山人，桐城吴氏，吾師摯甫先生之季弟也。幼穎異，喜讀書，七歲能詩，年十二三即以古作者自期。邑人方存之先生講程朱之學，以書與論學術甚辨。方先生以爲童子不得妄言，而無以難其説。與吾師書，輒自署「四海一人」，蓋用蘇子瞻詩「四海一子由」也。年十五六，所作詩文已編集成帙，詩曰《玉屏山人稿》，文曰《斂莽文集》，於其邑先正方氏、姚氏詞章之説皆能得其大旨。吾師奇愛之，以爲過其兄遠甚。其後得羸疾，不復撰述，閒有所作，不能多也。從吾師於冀州官所，吾師有論箸，必與質辨，而評騭人之詩文，輒曰：「吾弟云然。」由是以文學謁吾師者皆樂從先生游。濤以師命主冀之書院，尤暱就先生。通州范肯堂以詩古文雄視一世，每與先生接，抑然自下，不敢恃所長。嘗封寄先生文於張廉卿先生，張先生大奇之，與吾師書曰：「吾不知我摯甫有弟如此也，吾爲子賀。」先生性豪爽，嗜酒，善談論。吾師觴客，必以先生偕，竟酒，猶不令去，曰：「汝倦，且卧榻上。汝去，客不留也。」久之疾益劇，吾師既以友愛稱天下，於先生疾調護之尤苦。先生自傷其體之困憊而遺兄以憂也，爲《冀州唱和詩序》述其狀，抒寫其懷，於宴集時示諸客。客皆稱其文，濤默然，先生語人曰：「松坡殆不可此文乎？何無一言也？」人以語濤，濤曰：「余悲之不暇，遑計其他。」文出數月而先生卒，光緒十五年某月日也，年三十七。吾師哭之慟，祭必以文，其詞哀激，與《唱和詩序》合觀之，兄弟之相愛與所以相期待者，可謂篤誠而深切矣。而愛之而若或奪之，有所期而若或絶之，神鬼可感，天不我私，則固愛之、期之者所無如何，而人世之至可悲恨者也。其秋柩返故里，其孤千里，年未及冠，纂述言行，屬爲論次。因循未及爲，今且十餘年矣。吾師没，濤爲行狀、墓碑，既以新悲，觸其舊恨，而千里又以書來，將以某年月日葬先生於某所，請爲表墓之文，遂書以遺之。其世系具吾師事中，不復詳。先生配馬氏。子千里，亦好學，痛先人不得竟其學而賫志以没，嘗以繼述爲己任，是可慰先生於地下矣。

書吴辟疆送籍亮儕之日本序後

辟疆以所爲送籍亮儕、孫澤蕃、杜顯閣三序視余，蓋因三人之游學日本而與之論學者也。國家懲科舉之不能得才，立學以造之，人皆以謂學制既備，才且羣興，可操券以待。而辟疆乃私有憂焉，其送籍亮儕也，譏學者之非其才；送孫澤蕃也，恐不才者冒才；送杜顯閣也，歎才者之無其時。時固非才者所能自爲也，時至矣，其才猶可自見，若取才於學，而得其冒焉者，則學者非其才矣。夫學以儲才，而招以入學者乃不惟才之求，徒斤斤於規制之合離、程課之疏密，曰：「吾將計時而責效焉。」其冒才以應之也固宜。既聚非其才者於學，而使之冒以進，則才者或不得與於學，雖學而亦將不能與之争時，辟疆其知之矣。或曰：「外國人無不學，固胥才不才而一以學育之，奚擇焉？」曰：「中國始立學，小學縣不過數十人，中學縣不過數人，安得無所擇？」禍變極矣，欲拯之以學，而促其速成而遂用之也，更安得不慎所擇？况建置之初，徒應以文，不責其實，久而成習，將使國家所創舉一如他律令之奉行故事，而既啟之新機且復絶，不尤足惜哉？

束鹿謝君墓表

君諱某，字某，姓謝氏，束鹿人。性開爽，有奇氣。幼讀書，穎慧過人。稍長，厭苦之，弃去，習騎射，以任俠稱。不問遠近，苟有求，立往，不吝財，不遺力。縣多富豪，競施予，能役使縣人，君家僅中産，而趨赴之者尤衆，埶傾諸富豪。縣多盜，其大羣至數十百人，劫掠無忌，官無如何。君團結丁壯，直擣其巢窟，縛其魁獻之官，盗風頓息。禾稼熟，輒有竊刈者，君聯里人相守望，斃竊者一人。君詣縣自首，而死者家已先至，所指告多人，無君名。君曰：「我一人所爲，於他無與也。」縣令心奇之，姑縶君獄。君在獄，歌呼嬉笑如平常。里人餽財物，不受也。時盜賊蠭起，遠近驚擾，縣治團練，衆舉君爲長。令即出君，一之,得君以義俠得衆心,故委任之,衆大悅,所規畫應聲而辦。巨盜張錫珠擾冀州,令率團丁防滏。君請逆戰,曰:「賊所至無禦之者,出其不意,先擊之,雖不勝,賊知我有備,必不來。若大衆渡滏,吾力不能抗,縣境糜爛矣。」令不聽君,竟率敢死士渡滏,與賊遇,斐有斬獲,卒以衆寡不敵,戰死。時同治元年十一月二十日也,年四十三。賊亦竟不渡滏,縣境以安。御史河閒裘德俊上其事,賞雲騎尉世職。咸、同閒畿輔數被盜,州縣治團練,鮮有成績,君以義俠得衆心,故獨能合羣力以捍外患。既以戰死,士氣益厲,縣人李全有起而利用之,而束鹿團練遂著稱當世,賊終不敢逼。曾祖某,妣氏某。祖某,妣氏某。父某,妣氏某。配杜氏,善居積,得年八十。其季年富倍君没時。子某。孫某。曾孫銘勛,廩生。今之論治者競言合羣矣,團練亦合羣之一端也,其假官執而行之者,雖克有功,固無與於合羣之事。所謂合羣者,各出所能以自效,通力互資,自相維繫,而無藉於外執者也。其羣既合,不但足以禦外侮,凡羣中所有事,其羣皆能自爲之,有所施於羣,實則有所獲於羣,其事至便,其理甚明,而其效卒不可期者,以倡之者非其人耳。余表君墓,獨揭其能羣之效,蓋欲言羣治者知所法焉。

黄小宋觀察益壯圖記 代

黄小宋觀察既圖其生平所經爲《壯游圖》矣，庚子以後，國家多事，遭際不常，而觀察已老，乃别名之爲《益壯圖》。當其流連山水，賦詩飲酒，賓友唱酬，令人欲輟己所有事而置身其閒，曠然若不知世變之已亟者；及其勤勞王事，奔走喘汗，啟處不遑，跋涉萬里，不憚險遠，則又令人勃然奮然欲舉天下事責之當躬焉。由前之説，乃幽棲之士，游心世外，以樂其樂者之所爲也；由後之説，則窺時俯仰，以身殉世，而指取功名者之所爲也。而君乃兼而有之，不失己，不忘世，豈非世所稱有道之君子者邪？某既牽於職事，失其自得之樂，而於其職事又多所曠廢，而不能勉以圖之，與君年相若，而衰憊若此，聞君「益壯」之説，能不内省而滋愧乎？

法政學堂記

國家政令頒自朝廷，遞轉而下推，匯而集於州縣。有議而定之者，有舉而措之者，有督而察之者，其攬巨細、躬煩難、責之一身而無所諉避者，州縣吏也。而今之州縣無曹掾佐史之分職，無比閭族黨之專官，其服役左右及董率鄉民趨吾期約者，大氐市井粗鄙之才、里巷迂淺之士，又不足與圖吾事，引以自助乃爲幕賓。幕賓者，不食於公家，而公事因以舉廢，立於功過之外，而官之功過視其所爲。官不可無學，幕賓亦不可無學。署直隸按察使長沙陳公議立法政學堂，以課官吏之待闕於會垣及學律於司待應幕賓之聘者。請於大府，大府善之，乃本公議，改舊設專校文藝之課吏館爲法政學堂，以課官吏，而司所建學則專課司之學律者，未學於司而願來受業者亦得與焉。其學建於其居之西偏，經始於某年月日，畢役於某月日，於某月日開學。其課以現行律例爲主，而輔以外國法政諸書。自興學以來，立法政專科自公倡始，而兼課幕賓則尤爲創舉。公命濤記其事，濤曰：國體不變，官制未更，自督撫以至州縣，皆不得不倚辦幕賓。而一國之事造端州縣，其需幕賓尤急。幕賓非其人，則州縣不治。州縣不治，國政且因以不行，況當變法之始，凡所興立，舉無故事之可求，非有濟變之才、偏物之智，不足任守土之責，而爲之幕賓者，又烏得不儲應世之具，而遽就人辟聘而與聞其政事哉？中國州縣千有數百，其幕賓且數千人，使皆顓顓於素所誦習，吾恐千數百州縣中能舉其事者不數數覯也。公知其然，爲立學以造之，匡吏治而濟時艱，莫急於此。今修律大臣以新律將頒、無用律之才爲慮，乃取法政之學課已入官者，而速其成以待用，若更采公所議，下他行省使仿行，益廣育才之道，其收效不尤大乎？雖然，兹所論列特倉卒捄時急耳，若其所學之理，則彼列國者統萬有不齊之國俗、百出不窮之事變，迹所自始，測其終極，一以法經緯之，詳考互參，遞更迭改，雖時有潰決之患，久必就我範圍。其事之繁賾，其理之奧邃，爲人思慮所不能到，而習而熟之，乃適得乎人心之所安，其微妙至於如此，豈口耳之學、求之期月閒所能得其意乎？意之未得，而持以應事，摭拾補苴，以逃責難可耳，固未能卓然獨立，出其所有，禦不可知之變於無窮也。公之立此學也，其事則課司之學律者，以應世所急需，而公之意，則以爲法者吾身與國家共之者也，固盡人當知之，以動其愛國之念，而立吾涉世之準，若特標之以事，所學則尤宜窮探廣涉，既博既精，充乎其量，使隨所遭皆能以學自見，而有所立焉，以盡吾之職分，豈弟如鄉所云云者哉？濤既承公命爲記，因幕賓有關於今日之治道，故論列之以記其事，而終推衍公之意，爲學者勉焉。

書吴虞卿軍門壽詩後 代

日俄有事於遼東，朝廷防有他變，徵湖北兵入衛。光緒三十年春，吴虞卿軍門帥所部以來，屯駐通州。軍門爲人明爽而温厚，善書喜文事，與某交最篤，談讌往來，驩然無間。軍門初隸淮軍，今湖廣總督南皮張公撫山西時調赴山西。張公督粤、督鄂，一以軍門自隨，而委以治兵之事。淮軍芟夷大難，鞏衛畿疆，爲海内所仰望，軍門皆身歷其間。淮軍廢，各行省皆以外國法勒習兵，而鄂之自强軍最著，軍門實爲之統領。在淮軍爲後進，在鄂軍爲先達。參與戎政凡四十年，勳績炳著，張公數薦之朝。朝廷且大用之，既北來，授浙江定海鎮總兵，仍留近畿，不令之官，而近畿之官民亦敬愛而暱就之，惟恐其去之速也。明年某署按察使來保定，軍門寄示其生日所得祝壽詩數十篇，曰：「乞子一言，以紀其事。」因爲書其後曰：文武分職，相濟爲用，世俗軒輊其閒，遂分畛域，或至兩不相涉，而事多不舉。今朝廷控馭列强，寄權將帥，尚文輕武之習稍稍變矣，而軍門之威德既足厭服衆望，又能以文事與士大夫交，故士大夫皆樂與之游，爭以詩歌頌祝，以表其仰慕之意，一時傳爲美談。某獨以爲文武諧和，所謀必協，事乃可成，此國家所深賴，豈弟朋好一時投報之私情哉？讀其詩歌，望治之心殷殷然不能自已矣。

送安徽按察使陳公序

吾師桐城吴先生都講蓮池書院時，今按察使長沙陳公嘗守保定，吾師語濤曰：「吾居此久，司道府縣數易，官前後累數十人，與吾氣類相感惟陳太守耳。」公門人即墨鄭東甫杲以質行樸學稱京師，與濤同官刑部，相友善，其言曰：「吾於文學稍知門徑，居官幸無隕越，皆師教也。」濤既聞吾師及東甫之言，輒想慕公之爲人，而以未嘗一見爲恨。其後濤以目疾家居，不復能自見於世，而公自通永道署按察使，聞而憐之，招之來，一如吾師、吾友之相待遇者。居數月，公真除安徽按察使，將行，謂濤曰：「子既師吳先生而友東甫，若爲文以道其生平，慰吾懷舊之念，因以寵吾行，其可乎？」嗚呼！吾師與吾友皆亡，得與吾師之友、吾友之師游處，幸矣，今又將別，而思吾師友之情乃益有觸而發，雖微公命，其能已於言邪？吾師以性不諧俗，仕而乞退，而憂時之意往往見於文字，其論兩司之職，以爲列國交通，非明達外事、能造謀興業，不足託以封疆，而封疆之任，嘗儲其選於兩司，因歷數疆吏所宜爲者，責之兩司，謂當習此以待用。今外交事滋益多，而改舊布新，内政亦日以繁重，朝廷以委疆吏，疆吏則分寄之兩司，其擔荷殆與疆吏無異。而公所設施於畿輔者，尤赫赫在人耳目，爲四方所取法，於任疆吏乎何有？吾師所言，引爲己責也久矣。公既與吾師氣類相感，吾師以所學警世，而自屏閒處，公則躬爲其難，而老而彌奮，吾師所謂「吾二人之相與，固不必遇之以迹」者，不其然與？東甫志量宏遠，其論學、言時事，大旨與公略同，蓋亦氣類所感也，不必更爲公言。桐城有姚叔節永概者，與東甫交至篤，而吾師之門人也，濤亦與有故舊，今總教安慶大學，公既至，訪以學校事，必深以得人爲幸，而歎吾黨之多君子。氣類之感，推而益廣，公又何必耿耿於死生離合之際哉？

送吳辟疆序

歐美諸國，古無聖哲之主作之君師，故其民多族處羣分而自治，後之有强力者，雖能合衆羣以建國家，而歸其統攝者，乃惟兵刑，其餘權利國家不能奪之民也。民既有自治之權，故其智漸啟，而德日進。民德進，國政亦遂隨民而變，而日即於强。中國聖人取民身家所有事爲區處條理而垂之令典，民便安之，一從上命唯謹，久而成習，雖不悦於政，而無異議生於其閒。故自有國政以來，歷數千年而民之愚如故，民不知變，國政亦遂後先沿襲，莫之或更，而日即於弱。今列强環伺，時迫埶危，朝廷鋭圖自强，將采西國法仿行之，以滌舊習。吾則以爲國政與民德相消長者也，西國之法恒由民變，掇其既變者加之不變之民，不善爲之，效猶未睹，弊且迭生，適自累耳。欲求無弊，必觀民德。桐城吴君辟疆識高學博，志鋭而量閎，抱濟世之略，而無所遇以試其才。考求政治大臣、商部左丞紹公招與西游，用自附益，可謂知人。辟疆於西國政治討論有素矣，故於其行也，更以民德之説進。民德者，羣情之發見，隨時隨地而著爲風習者也。其事至雜而難覈，其理至隱而難窮，然不訊其端末而泛言治術，則必倚於一偏，狃於當竟，不能究國政所由立，而逆測利害於將來。西儒欲定羣學爲專科，以爲較他科學尤難，而不可不深求者，正爲此也。儻能用治羣學之法，攬歐美國政，與其民德參觀之，而求其所以偕進之故，推前驗後，洪纖靡遺，歸而察吾民之狀態，而論其所宜設施及其先後緩急之序，爲行新政之一助，庶幾其效可期。微辟疆，誰與領此？至其政治之顯著者，則互市通好後往外國者接踵，而使臣及留學諸生且久於其國，固已識其厓略，今又特簡大臣四出訪詢，更不患不得其翔實，又何必諄諄焉復以此責我辟疆乎？雖紹公之欲藉助於辟疆者，吾亦知其不在此也。

題陳少室先生印存

自有書契以來，文字之體屢變，而舊體輒以沿用復存。漢時用六體書試，學者以摹印章，因之有篆刻之學，其工者至與詩歌書畫同爲不朽盛業，而古法亦遂藉以綿延於不絕。獻縣多文學之彦，道咸之閒以藝術名者肩比踵接，而陳少室先生篆刻之學尤爲世所稱重。先生學有根柢，與同時諸名宿以文采相矜飾，凡所篆造，皆追摹古昔，後進之士咸慕效之。新學既興，士習一變，六經且視同芻狗，凡事之近於古者必欲屏絕之以爲快，諸老風流恐遂衰歇。牛君芳九官户部，有能名，既通知世務，探討新學矣，而於其邑先正所留遺乃益加護惜，閒出少室先生所鐫司空圖《詩品》紙本見示，屬爲題識。嗚呼！牛君之意，豈以是爲耳目之娱哉？存古之思，將於是乎在。反復玩視，爲之神往焉。

卷四

尚君采章六十五壽序

桐城吴先生爲冀州時提唱文教，取州及所屬縣聰俊之士聚之書院，課以經史、古文、有用之學。其老成宿望里居不仕者亦必羅而致之，任以書院事，班更歲代，互引偕進，前後得數十人。政教所宜興革，禮俗所宜勸戒，恒詢之此數十人者，而即以其事委之。余應吴先生之招，主書院講席，獲與此數十人者相周旋，每校士之期，此數十人者畢來，論學議事，略尊卑之分，泯主客之迹，黜彼我之見，翕然、歡然，不知其孰爲官、孰爲士、孰爲賓師也。而生徒執業其中者，亦相與維繫如一家，各以所聞見傳播鄉里，故其時冀屬多善政，習俗爲之一變。而吴先生亦嘗以得人自喜，衡水尚采章先生，其一人也。先生才敏而性和，縣有公事，輒就諮訪。及在冀，益爲衆論所歸。先生之子椿莪、逢春亦來受學，其爲人一秉父教，而所學則步趨吴先生，諸生皆樂與遊，余亦以得内交尚氏父子閒爲幸。吴先生去後，書院舊人或物故、或以事他往，其留者三數人而已，而先生猶任事不怠。十餘年閒，吴先生風教賴以永存而不墜，先生與有力焉。新學興，書院廢，先生既退，余亦以疾自謝去，冀人不接於余之耳目久矣。光緒三十一年，余至京師，冀人仕京朝者十餘人，强半爲舊日生徒，而逢春官内閣中書，聞余至，皆大喜過望，依戀之情，有逾曩曩。余數從問先生起居，皆言先生年六十五，神明弗衰，爲一方所信仗如故。鄉人感慕，將以明年某月日先生誕辰稱慶於其家，乞余爲祝嘏之詞。余在京市月而歸，逢春改官山西，亦且去，謂余曰：「文成，寄我州人之在京者，聽其所爲，吾弗與焉，此我州人之志。」蓋自吴先生之教行，冀之士夫能以學問相援結，而先生父子性行又足以悦服之，故戚休與同，慶先生如自慶也。今者學校訓廸之法、董理之術蓋視往制加詳，而建立之初，人未貫習，迫於執而勉强爲之，掇拾補苴，以逃責難，雖號稱美備，而昔時誠樸敦睦之風稍衰替矣。匪獨學校，凡新政之令，州縣自爲者，亦往往類此，其收效也固難。先生雖老，不復思爲世用，而繫屬鄉里，能輯洽其心，使相助爲理，如近世所謂團體者，所補益於政俗實大，宜鄉人之尸祝之也。而余追念舊游，感懷世變，又烏能默無言乎？

書天津徐氏族譜後

天津徐尚書以續修《族譜》藁本視濤，屬爲刊正，將以鋟板。濤命兒子葆真校其譌誤，而質其所疑，既畢役，爲余言譜之義例，誦説其詞，而白其所標識者。余既稍爲更定，乃益抒胸所素蓄，命葆真書其後。徐氏自北遷以來，世有名績可紀，至巡撫公而益大，《族譜》所創爲也，其敘述先德洪纖靡遺，而訓後之詞，采録尤備，懇懇乎若惟恐子孫之弗克遵守也。嗚呼！達官貴人志得氣盛，往往厭薄前人言行，以爲迂淺不足道。巡撫公歷官中外，聲施爛然，而撫念前人如此，徐氏之久且益昌宜也。今朝廷變法自强，以西國新學詔天下，而浮動之士於所學猶未及深求，輒捃摭所聞西事以自矜詡，遂欲有所施行，其傳自往昔、爲人生所必由、古今中外莫能易者，則或以其爲中國舊説，必欲削除之以爲快。視鄉所稱厭薄前人者，殆又甚焉。以其所挾，恣所欲爲，身與家且慮顛隕，遑問國乎？尚書始以西國法治兵，遂參國政，及入直軍機，益以維新爲己任，而巡警部之立，又首命尚書掌之，舉新政而責之一身，凡所推施既燦然可睹矣。及觀其退處於家，方循循然恐或悖乎先訓，汲汲然以纂輯世德爲急務，非施於家與施於國者異也，將變所趨，必定所守，守之愈牢，趨之彌猛，惟其有定力，而守其舊而不變也，乃能於所當變者遭疑阻而不撓，鋭進而不知止，而果有成效之可期也。此豈獨纘徐氏之緒而益昌大其門哉？繄國家實利賴之。至若服習舊德，恭謹自將，而身列高位，不能與朝廷大議如太史公所譏萬石君子孫者，固知爲尚書所不取也，亦豈巡撫公創爲族譜之意哉？

跋紀文達公詩草卷子 代

科舉之不能得人固也，然自古魁人傑士亦未嘗不出於其閒，特患主試者非其人，而取之不加慎耳。觀河閒紀文達公主會試時所爲詩，旨深而辭婉，若惟恐真才之或遺，而歎然不敢自信，故其得人爲最盛。諸公題辭詩後，亦莫不服其愛才之誠，拔取之慎，而稱説之不已。典試之官誠能體文達愛才之意，而一如諸公所言，科舉之弊必不至如今日之甚也。今科舉既廢，取才於學校，視向之搜索於冥冥之中者則有閒矣，然苟未能究考其所習之業，而省試之嚴且勤，則亦無由判其淺深離合，其去搜索於冥冥之中也幾何？新法甫立，而舊習猶閒起而乘之，將使吾法不效，此非有事於學校者所尤宜加意者乎？兵學不隸於學部，獨領於練兵大臣，予既會辦練兵事宜，則亦與有作人之責，又因以自警焉。

題江樓送別圖

吾觀古人之詩，或當無事之時愁思憤怨，戚然若無以爲歡者，而事運舛乖，則又或高矚遐思，蜕乎塵垢之外，豈其憂樂大遠於恒情哉？禍患所伏，深識者逆睹之，故常託物以寄慨，而其曠逸之懷、淡遠之志，則雖蹈艱危、躬勞悴，必思有以陶寫而宣暢之，而不肯失吾素。古之名能詩者類然，憂人所不及憂，於世事乃能有所補救；樂人所不及樂，而後氣和意暇，應世變而神志不紛。巡警部尚書天津徐公爲編修時嘗有事武昌，其歸也，湖廣總督南皮張公祖行於文昌門外之臨江樓。既歸，而爲《江樓送別圖》，光緒二十三年也。二十六年十月，乃賦詩十章紀其事。大亂未定，人心憂皇，視在武昌時如隔世矣。而公詩追述舊遊，若目前事，豈所謂樂人所不能樂者與？其後三四年閒，由編修擢至巡警部尚書，入直樞廷，兼領諸要政，遂爲國家重臣。三十二年，濤主公家，公手此圖命爲題識，且示以所爲詩，曰：「自吾爲此詩後，廢唫詠者數年矣。」察其意，似以不暇爲詩爲恨，而自誦其詩，解説旨趣，意興猶昔也。蹈艱危、躬勞悴而不失其素如此，其能荷國家重任又何疑哉？濤衰老且疾廢矣，聞公之言，讀公之詩，而察其所爲，猶爲之意遠而神王也。武强賀濤撰，代濤書者某也。

題御製十臣贊册

天津徐尚書以高宗御製十臣贊册示濤，屬爲題其後。此册乃汪公承霈書以壽章佳文恪公，藏於今廣東提學使于公家，尚書見而好之，而于公又舉以壽尚書者也。當乾隆時，方内清平，百度畢張，國家無事，天子與廷臣以文字唱和，媲古賡歌，而公卿疇酢往來，亦皆以古賢臣相敦勉，何其盛與！及今百有餘年矣，世變日急，循舊不足以爲治，將取古法而更張之。而鋭志謀新之士，乃究其積衰之故，謂法之不善，古人實使之然，而痛詆之不遺餘力。夫立法亦各以其時耳。時改，法廢可也，而遂追咎於古之人，則過矣。誠使彼十臣者生當今世，其因時適變，豈必不逮後賢？而其以忠誠謀國，以勤篤任事，爲理之所不可變者，後賢果能易一説以争勝乎？無定識於中，而憤時横議，皆客氣也。客氣用事，則發大難、決大疑，皆將恣意所欲爲，而不思善其後，恐或有潰裂而不可收拾之虞。然則尚書之有慕古人，及于公之所以爲壽，視無事時以古人相敦勉，其用意尤深切矣。體此意而堅持之，新政其可興乎？濤思人之激而失平而鹵莽從事也，故承尚書之命，而舉所窺測於尚書者，發其凡，俾覽者明辨而慎思焉。

劉太恭人八十壽序

新安李君占甲子芳以光緒三十二年某月日爲其母劉太恭人八十壽辰，將稱觴於家，介其邑人楊秋泉舍人徵文於余，曰：「贈公早没，家貧，姑老疾，子芳甫六歲耳。太恭人獨立撐拄，艱苦數十年，事親以孝聞，撫孤子成立，資給日豐，獲旌於朝，里人稱頌，大率以此。而其大過人之識，則有人不及知者。」子芳性聰敏，喜讀書，年十四能應童子試矣。以家貧，不忍母之劬勞，請學爲商，太恭人曰：「若不背詩書之訓，畢精力於所學，克自表見於世，商與儒奚擇焉？」子芳遂棄儒就商，劬學不怠，其後以内閣供事，累敍知州，加四品銜，且就官，太恭人曰：「人貴不忘本，以此始，亦必以終。苟有補於世，商與官奚擇焉？」子芳由是一意於商，業益昌大，義所應爾，窮知斥財，不少顧惜，遠近慕悦，言李君可信仗也。舍人之言如是，是足以壽太恭人矣。古無賤商之説也，周時特厚遇之，諸侯就國，輒與商俱，庸次比耦，世守盟誓，以相信而相保，其有知略者，至能出私財爲國捍患，而涉險以急公卿之難，國家既與爲一體，彼即與同戚休，至於以獲爲施，凡百營爲資以辦治，雖其固有之能事，亦由國家保衛之，使得極力所至，而章其功也。故其時窮鄉賤人苟能以財自侈，常獲尊禮於朝廷，而賢士功臣亦往往藉此以行其德，而布揚其名。漢雖有賤商之律，實則陰重之。武帝時遂登用其人，恣所欲爲，而國之艱困以濟，其見重於世如此，人之勸而趨之也固宜。雖然，太史公嘗深探其術矣。所爲《貨殖傳》窮物情，究事變，既博既奥，貫澈天人，此豈盡人而能者哉？非殫精竭慮以孳求之，固不能盡其義而竟其用，故曰：「不足於知勇仁强，雖欲學吾術，終不告之。」又曰：「能試有所長，非苟而已也。」此其爲學，雖儒者之致力於身心家國何以遠過，而其效功於世如前所稱引，雖坐市列肆，與夫履高位、操利權、維繫於朝野間者又何以異哉？况即委其人以國事者乎？漢以後士論漸高，薄商賈所行爲污辱，而斥而遠之，於是廢著積居之事，乃專屬之浮僞淺躁之徒，急微利於目前，以幸獲爲得計，無深湛之思，久大之略，其事既與國無涉，而業此者亦遂無學之可言。商之見輕於世且二千年矣，今環海諸國以商業爲經國大計，自天時、地理、物産、政俗及一切事物之分科以治者，無不畢匯其理而消息之，以出納吾貨，而商學以名。學彌精則業彌廣，內治外交之道皆得藉以恢張，而國之富强遂横被乎四海而莫之禦，其功效至於如此。吾國士大夫猶目笑之，以爲彼外國之俗則然，豈可施於吾中國乎？始泥於後起之説，而不知考古，繼執其蹈故之見，而不知求新，所謂大惑不解、大愚不靈者也。及朝廷變法，所頒商律一如外國之所以待商人者，新政之效惟此爲著，然後知回心易慮，稍稍變所守焉。而太恭人以一女子，未識書策，未閲世變，獨能於風氣未開之日而爲商與儒無擇、與官無擇之言，爲士大夫知略之所不及，斯亦奇矣。子芳秉承母訓，學日加勤，亦能自贍而濟人，副母所望。若更即今所謂商學而益進之，探其幽邃，拓其規模，以助成新政，而答朝廷之所期，則太恭人之心將益慰，而吾所以致賀於太恭人者不尤有詞哉？

陳文恭公手札節要序 代

武清張君珠農篤雅君子也，喜讀性理諸書，與余以學行相切劘。光緒三十一年某月重刊《陳文恭公手札節要》於保定，屬余爲之序。公之學期於實踐，不取辨論，而以不欺其志爲歸。在京爲翰林、御史、郎官，出爲外吏，自府道至督撫，歷十餘行省，入爲尚書，遂登宰輔。所至必行其所學，以求吾心之安，而其效固已大著，唐鏡海先生所稱心與古印、事與今宜者也。無講學之名，亦無專言性理之書，惟與人手札，必視其人之質性與其職守所宜而勸戒之，深切精實，公學具於此矣。自宋儒括羣經大旨演爲性理之學，以檢攝身心，裁量事物，求合乎往聖之遺言，其説既允矣，而承用其説者遞禫於數百年閒，凡所臨莅，效必顯呈，此豈幸而致哉？操之有本，故能隨所遇而應之無不當也。今海外諸國競以功利相夸，而言理之儒亦未嘗不究心性，道其舊義，有所謂知與意者。後人於知與意之閒復益以情感之説，知所以辨物也，而情則感於物而好惡生焉，意者致其好惡之情將見諸施行者也，其言蓋與吾儒略同。而即其言以考所爲，辨物之功可謂不遺餘力，而防遏其情，省察其意，吾儒所致力於幽獨中者，顧置而弗講，而皇皇焉惟外事之求，宜其治功之盛陵轢古今，震蕩區宇，而求其本末交修，表裏完好如吾國所謂醇儒，則固無其人焉。學之不粹，害且及政，彼嘗引爲憂矣，而所以矯厲之者，乃未能得其方，雖有德育之科，奚益乎國家？用外國法立學，德與知竝重，而士之所趨亦必相矜以知，而德日以漓，所獲既難與彼争，所患且視彼尤甚，理有固然，無足怪者。誠能取彼之長，益我之短，而即以我所長者爲之基，以葆其固有之德，而收益於無形，則永久無弊之道也。余承乏畿輔，吏治民生兩無所補，既取是編以自厲，因發明其義，爲有教育之責者告焉，儻亦張君重刻是編之意與？

華母姜太恭人九十壽序

光緒三十二年秋，天津嚴範孫侍郎走書保定，爲其邑人華璧臣員外之王母姜太恭人九十之壽徵文於武强賀濤曰：「往十年太恭人壽登八十，璧臣稱慶於京師，子嘗爲文以侑觴。今吾邑人與璧臣同官京師者將復以九月二十六日太恭人誕辰合辭致祝，而璧臣仍欲得子文，子其無辭。」因以近十年中太恭人有大造於天津之事略視濤。鄉者濤之壽太恭人也，以天津人才之盛冠畿輔歸本於家教，而言太恭人所以教其家者甚詳，以爲發端至微，而收效甚遠。其於懿德淑行自信能推闡矣，不謂時異埶殊，後此十年之閒禍亂相尋，太恭人當之，乃更能以履常之德處變，户庭不出，而運其籌略以禦侮而捍災也。二十六年，亂民滋事，欲驅除遠人，士民相慶，謂中國且清晏無事，太恭人獨深憂之，以爲大難將作。外兵至，居民奔走徙避，太恭人獨不爲動，人心少安。及外兵入城搜討亂民，害及良善，人大恐，曰：「無以止之，吾屬無遺類矣。」諸華受辭太恭人，説其諸將，獲全活者十八九。兵既據城，禁出入，人不得汲於河，學宫儲米數千石，禁弗得糴，人且絶食。太恭人復授辭諸華，令往說之，禁弛而人得蘇，其濟變之略如此。濤鄉者乃僅以履常之德頌稱之，猶其識之有不逮也。然所謂人才本於家教而收效甚遠者，其言則至今日而愈驗。諸華承太恭人之命，綏定一方，益思效用於世，璧臣以郎官入值軍機，出納王命，有大興革，詔勅皆出其手，駸駸大用矣。璧臣之父昆弟五人，而璧臣從父昆弟又十餘人，或仕宦有聲，或從事學校，或營實業以殖財，或以外國語文教授旁郡，類能有以自立，其門祚蓋視疇昔爲尤盛。而邑人脱離禍亂，既被太恭人之德，又感慕諸華之所爲，亦皆殫慮竭誠，欲有所建樹以自表見。新政既頒，畿輔首先遵行，而天津一縣所構造獨爲美備，非其人才質之特優，有以激發之，氣機鼓動，不能自已也。而其尤賢者躋顯貴、掌機要，功且被於天下。溯所自來，以觀厥後，非所謂收效甚遠者乎？侍郎始以編修家居，出私財建學，邑人踵爲，推而益廣，旁及庶務，類舉遞興，新政之行於天津獨稱美備者，蓋自侍郎倡之。太恭人教其子孫以推德於邑人如彼，侍郎率其邑人各盡義所當爲以終，華氏之賜如此，報稱其施，所以壽太恭人者固有在也。濤雖寡識，又安敢不質言紀實，而徒以浮靡虛飾之辭進哉？

華母姜太恭人九十壽序

《記》曰：「不順乎親，不信乎朋友。」夫親不順而友不我信，則友之既信，必能類聚氣感，更責我以事親，此自然之效也。近世士大夫猶知此義，故往來投報，必體吾友之意，以致敬於其親。而致敬之大者，則莫如祝壽之禮，撰爲文辭，敘述懿行，禱其康强，逢吉以博老人之歡，而益勉吾友之孝思，桐城吴先生謂今之壽禮勝於古之冠禮，以此也。濤既獲交天津華秋吟先生及其猶子璧臣員外，志合業同，歡然無閒。先生之母姜太恭人有賢聲，爲邑人所稱頌。濤游天津時，訪先生於家，請拜母，先生辭以事，未果也，然觀其門内熙熙然、秩秩然，而太恭人之賢益信。今巡警部尚書徐公與璧臣同邑，交至篤，濤與尚書同舉禮部，文字唱酬亦蒙不弃，三人者相與會語，每自述志事，輒曰："吾家教則然。"相樂也，實相敬慕。其後濤以疾廢家居，尚書閔其窮老，光緒三十二年招之至都，館我於邸第，其秋爲太恭人九十之壽，尚書謂濤曰："曩者吾母六十生日，曾得子文。其邑人祝辭，璧臣實書之。吾則自書所爲詩再壽子之父母，而璧臣亦嘗爲其王母丐文於子，而屬我爲書，其互慶而交勉也蓋久。今太恭人年登九十，子既爲吾鄉人致祝，吾二人又安可不自盡其私乎？吾書子文，有其例矣。"濤敬諾不敢辭。天津地濱海，爲通商要區，萬方輻輳，士民開拓心目，以意氣相高，競馳逐於功利，其能者固可得所藉以有爲，而習俗遂日流於侈靡而不可止。太恭人習詩禮，有遠識，數以謙謹之道裁抑子孫，俾無奢縱。庚子之亂，脱津人於兵禍，而不有其功。年八十餘矣，猶麤衣疏食，親操作以率其家人如故。昔尚書之母劉太夫人與太恭人所處之竟迴異，而所以訓其家者則同，故尚書勤勞國事，勳績爛然，而檢攝其躬，一如太夫人在時不少易。璧臣隨尚書翊贊樞廷，規畫庶政，譽聞大章，其躋公輔猶歷階而升。若能自視欿然，上承王母之志，舉所見聞於庭闈者而奉以周旋，如尚書之不違母訓，所蓄彌厚，所發彌光，拓之愈宏，斂之愈力，國事既可賴以有濟，而功名之際，能善其始者，又何患不能保其終哉？事親之道將於是乎在。秋吟先生遊宦大梁，別十餘年矣，請以吾此説白之，使知衰廢故人於朋友所期待者百不能逮一二，而其所期待於朋友者則猶初志也。

楊耀庭先生七十壽序

往余在任邱宗君華甫家見新安楊耀庭先生，簡質肫篤，不矜飾容止，就與之語，藹如也，意其人殆長者與？宗君與先生爲婚姻，言先生膂力過人，年十二，能舉百斤石，稍長習騎射，舉武鄉試。同治七年，捻逆犯畿輔，人心驚惶。先生結丁壯，具糧仗，爲守禦計，人心以安。余聳然異之，謂非長者所能爲也。庚子之變，宗君攜家避地新安，既免，復爲余言先生於亂民時其剛柔而迎拒之，亂民相戒不侵犯其家。外兵至，且釋憾於新安，駐兵城內，先生隨機以應，外人無所發其怒，與居民雜處，竟其去不擾。宗君故慷慨任事，言及先生所爲，輒自愧弗如。余於是知先生之才果堪爲世用也。其後余至京師，先生仲子振鍔秋泉官内閣中書，數與過從，詢得先生性行甚詳。先生既舉於鄉，不復應兵部試，家居養親，不問外事，而營竹石、飼禽魚、購書畫碑版以自娱，族黨戚故藉以和柔，雖有横逆，置弗與校，即嚴事我，降禮與均，所聞於秋泉者又如此，乃余初見先生時所意得於先生者也。賢者之不易測量固如是乎？某年月日爲先生七十誕辰，秋泉將稱觴於家，乞余爲祝嘏之文。聞嘗以謂重文輕武之習有自來矣，武科所録，取率皆閭巷粗鄙之才，瞢無知識，不能與士大夫爲伍。而守官任職者，匪獨不諳文治，亦且無武略之可言，故不肯假以事權，使聽命於守土之吏。才智既無可恃，又屈於力埶，無所藉以遂其私，埶不得不屈節於人，低首仰給，否則恣爲貪暴，剝削其部曲所應得，而威喝詐取於閭閻，其人不能稱其官，而人之視之也亦遂不能如其分以相施。雖朝廷屢頒明詔，謂文武竝重，不得軒輊於其閒，而舊習終不能革也。先生智略既能捍禦災患，而性恬退，又能棲閑守默，泊然無所求於世。應世如彼，自處如此，學道之儒不能過也。使其出而就仕，雖世所輕慢以爲不足比數之官，亦必克舉所職，有以自效。官以人重，人又烏得而輕之？今朝廷崇尚武功，課將弁以學問，一洗舊日貪鄙之習，先生雖老，不復思爲世用而暴所爲於天下，吾知於近時尚武之意必有合也。秋泉獻此文於堂上，先生儻不斥爲謬妄，許爲知言，則先生之賢雖不易測量，而濤之淺識，取所聞見而參決之者，庶幾得其真乎？

書秦園詩鈔後

光緒二十年，日本造釁於朝鮮，士大夫攘臂言戰，而集矢於李文忠公。余閒與今學部參議孟君紱臣私語，以謂國論不破，事將奈何？孟君亦引以爲憂，因言右營都司寧河王公獨能不附衆議，自申其說，惜不得見用於時。余聞而異之，亟思一見其人，未及往，而公辱先施，示余所爲文。觀其旨趣如孟君言，遂與議天下事，已乃討究文術，驩甚，恨相見之晚。會桐城吴先生來京師，余疾馳告公，往謁，歸未移時，而公至，笑曰：「吾以文謁吴先生，先生爲加墨而攜以歸矣。先生所言與子言無異，察其意似甚快。」蓋公獻文諸貴人，貴人皆恝置弗答，鬱鬱無可語，聞先生言乃自壯也。公於朝鮮之役，既不以李公爲非，因曰：「左公非不知事變，越南之役，特徇時論，强言戰耳。故李公得謗，而左公得名。」吴先生誌公墓，謂公言時事多與人意合，蓋指此類。三十二年，余至京師，公弟卓生吏部以公詩鈔見示曰：「所得於灰燼中者，獨此耳。其文則無復有存焉者矣。」余未嘗見公詩，公文若干首，《杞憂摭言》一卷則固得而讀焉，大氐皆慨時事及自傷不遇之作。其獻某公文，言武職不得有所爲，而趨奉上官有如臺隸，激憤抑塞，而詞旨詼詭，殆與退之相近。余愛其文，而悲其意，嘗諷誦之，今亦不能舉其詞也。吏部爲公行狀甚詳，吴先生又誌其墓，公不死矣。既讀公詩，百感交集，爲書志狀所不載者於詩後，慰吏部思兄之意，且以抒余懷焉。武强賀濤書。門人衡水劉生乃晟與公同有事於巡漕，既歸，謂余曰：「王公數從乃晟問先生起居。言與先生游處時，往往更憂迭喜，恣意所欲言，以爲難得之樂。今雖久别，而兩人情狀猶時懸於心目間不置也。」嗚呼！懷舊之念，余亦未始不如公，而公則既死矣。劉生又言亂民初起時，王公理曉威喝，冀折其萌，或戒以禍將及我，不聽。久之，亂民執益横，公知不可爲，歎曰：「吾力弗能制，又不忍坐視，吾不知死所矣。」言之之明日而及於難。又書。

烈婦瓜爾佳氏墓表

烈婦滿洲瓜爾佳氏，讀書曉義理，年二十歸工部主事書元之子吉賓。莊婉敏勤，克舉所職，舅姑悦豫，媦族稱賢。吉賓劬學有大志，烈婦又時以立勳名、効用於世相勸勉，曰：「子且志其遠大，所當爲於家者我則代之。」及吉賓游學日本，乃益以家事自任，躬勞執煩，事無遺漏。舅姑喜，以爲如吾子在家時。吉賓既歸而病，病逾月而卒。烈婦事夫疾時殫力竭慮，至廢餐寢，已疲憊不可支，又哀其夫學成而未及施也，一慟而絶，救之不復甦，遂以身殉，光緒三十二年閏月二十二日也，年二十有五。工部君以聞，旌表如例。某月日合葬於某，吉賓之舅民政部主事淩雲屬爲表墓之文。女子從夫者也，既牉合爲一體，則宜仰承夫志，自門以内事，無洪瑣一埤益我，而代有終，俾其夫得脱然自拔其身以從事於外，而己之甘苦榮辱，則一視夫之所爲。其志專，其德恒，故有夫在則從之，而夫没遂以身殉者。夫從人而必身殉，雖非禮之所期，然其性之甘於從人，則於此可見；而先王順情制禮，亦即於此，而知其不可易矣。新學既興，謂女子宜求自立，與男子平權，此特即西國近俗爲言耳。西儒溯生民之始，以爲男子興立事業，必得女子任役之，使守吾所有，女子不能禦侵暴，必承事男子，恃其力以自保衛，爲主爲從，乃執之不得不然，不敢遽以男女平權之説爲信。而東國大師爲吾女子之就學者言爲學之旨，亦謂西國女多男少，且苦於生事之艱，女子不能盡受男子之庇，競欲自立以圖存，久之遂成爲風俗。中國之俗既與彼殊，故當守舊訓無改，絶域數萬里，而所言敘倫之理乃有合乎吾先王，知理之具於生初者，盡人而同。人道所由立也，烏得因一方慣習指爲萬國通義，而廢人道之常哉？今設學以教女子，才智將日益恢張矣，余懼舊訓之奪於新説也，故表烈婦之事，昌言其義，以爲之坊。

宗氏烈婦傳

烈婦任邱宗氏，父樹桐，内閣中書，烈婦其季女也。聰明柔婉，寡言笑，而至性過人。長兄不惠，仲兄病羸，既娶而没，姊早嫁，晨昏之職，以一稺女任之，事無缺失。父才高而性剛，既無所遇於時，鬱鬱不自得，恒發怒於家人，又多病，病不時作，烈婦委曲將順，父嘗爲之霽顔，雖病亦無大苦。烈婦之生也，父以二子不克家，冀復得男，既生女也，恚不使與諸兒齒，稍長，知其能稱我意，則又大愛之，寵異之於家人。家人亦皆自愧弗如，每欲借之以免呵責。而烈婦則時在憂懼中，憊心罷神，無一日得暇豫以自適也。歸河閒裘氏，夫名瑋，河南商邱縣知縣祖謨之弟三子也。歸數月而姑没，在喪能致其哀，及操家事，兩姒皆曰「勝我之先至者」。已而隨舅之官所，聞姊與父相繼卒，長兄病狂，又喪其子，亟思歸省以慰其母而不得，時時悲泣，不能自釋。未幾，夫病卒，歸葬有日矣，乃自經死，光緒三十二年某月日也，年二十五。無子，以夫兄子某爲嗣。某月日合葬河閒某所。烈婦有兩叔父，樹楷，内閣中書；樹枏，學部主事。赴至，學部輓之，謂其死爲不得已，而中書則以爲備歷人生艱苦，蓋既悲其死，復追憶其在室時所處之難而加痛耳。母曰：「死大善。」則更悲痛之極矣。予與宗氏、裘氏皆有連，而久在宗氏家，於烈婦未嫁時事知之最詳，故備列書汴帥，乞特疏請旌，其節烈已表暴於當世矣，固不俟予之贅述也。

焉。至其以身殉夫，則鄉人之官河南者既上其事於大府，而官京師者又以其叔父故同致

陳蓴齋先生墓表 代

川東道諸暨陳君遹聲蓉曙將之官，卜於光緒三十三年某月日葬其先君蓴齋先生於某所，而以德清俞蔭甫先生所爲墓志銘示某，乞所以表於墓者。先生好學而嗜古，尤喜聚書，百方購索，久而彌勤，或貶損衣食，以重賈求善本。所得既多，悉藏於先世所築授經堂，而課子其中，即蓉曙童子時讀書處也。蓉曙官翰林，以淹雅見稱寮友，其學蓋一本於先生。吾友武强賀松坡濤爲蓉曙撰《授經堂記》，稱美其家學，而侈言藏書之盛。其爲先生壽言，直比先生父子於漢之劉向、歆及近代高郵王氏，其推重如此。而俞先生亦言陳氏累世藏書爲越中冠，後稍散佚矣，先生能力復其舊。蓉曙在京師，得佳書必以奉親。先生則大懽，以爲善承我志。俞先生之意與賀君略同。某與蓉曙交最久，每與論國家事，輒慨然欲有所爲，曰：「録録無短長，吾父且嚴責我。」蓋先生雖不遇於時，而未嘗忘天下之憂，視時政得失，若利病之切身。鄉閭義舉，躬爲之倡。爲州縣學官十年，數以政俗所宜興革者言之守令。其教子，亦期以所學致用於世。蓉曙守松江，嘗一至官所，見庶政修舉，甚

喜。已而歎曰：「吾責效於汝者，所居官不能充其量也。」先生卒後，蓉曙以道員召至京師，直政務處，兼從事於練兵處、稅務處，所學於家者已推而彌廣矣。今又使巡川東，繼述志事，庶其在此。乃因其請，而取賀君所未及言、俞先生已言而未暢其旨者闡發之，俾揭於阡，俟來者之論定焉。先生諱烈新，卒於光緒某年月日，春秋八十有三，以子貴，封資政大夫。曾祖某，妣氏某。祖某，妣氏某。父某，妣氏某。取樓氏，封夫人。長子舜發，死寇難；次即遹聲；次沅；次遹成；俱監生。女四人，皆適士族。孫五人，訥，附生；詵，優貢生，候補知縣。誾，舉人，廣東知縣；諍，監生；竇善。

杜潤生先生墓表

先生諱霖，字潤生，武强杜氏。曾祖珍。祖鳳章。父金凱。先生喜讀書，冥心孤往，不逐時好，爲文質厚無雕飾，屢困於有司之試。學使汪公元方獨賞其文，選爲優貢生。既老，應秋試如初，卒不得志。選授邢臺訓導，年六十餘矣。在官十餘年告歸。光緒三十一年某月日卒，春秋八十有一，於某年月日葬於城東五里祖塋之次。配崔氏。子昌熙，增貢生。女二，皆適士族。孫志璜，廩生；志璟，附生；志璐；志珩。女孫三人。曾孫元恕；元憲。曾孫女六人。先生精力絶人，搜討往籍，窮日夜不倦。治《易》、《春秋》，繁徵約取，既博既精，羅列几案，皆二經家言，出亦必以二經自隨，舟車傳舍無閒也。桐城吴先生爲州於深，纂《深州風土記》，先生任訪碑碣，負糧懷筆，旁皇於積垣破冢之閒，爬抉土石，攘剔荆莽，而數百千年舊物終古無人省視者往往出焉。濤數問先生所獲幾何，以某種爲最善。先生爲分别言之，曰：「此舉不但有功於吾州，所益於吾學者實大。」其勤篤嗜古如此。先生雖壹力於學，亦嘗究心世務，欲有所待以自效。曾文正公督畿輔，令州縣舉才儁之士。濤隨先生謁文正，文正問吏治善否，民所疾苦，先生對甚悉，出所疏時政得失十餘事於懷獻之。既退，索其藁，曰：「獨可言之曾公，不欲他人見也。」其後有興革之令，每語人曰：「吾言見聽矣。」既不得志於時，則里居教授，而以所欲施於世者利濟我邦族。先叔父鐵君先生性伉爽，於人少許可，獨樂與先生共事，嘗稱以爲沈毅有謀，不畏難，不遠怨。縣有公事，亦倚辦治，書院之廢而復興，其功尤著。從政門内，黽勉孝恭，宗族取法，里黨慕效，尤謹祀先之禮，家貧不足於衣食，而捐田十畝爲祭田。其在邢臺，課士有常期，經先生指授者皆以學行見稱。既歸，鄉時徒友益親附焉。自吾幼時所聞見，武强故多隱居宿儒，張衡庭先生文珠號稱博通，多士景附，其子君實先生有聲，從子星垣先生有光，又各以家學奬掖後進，學者翕然歸之，吾家受業於張氏之門者前後數十人。杜氏則錦巖先生如阜，荆山先生如川，與張氏竝稱，吾師溯鄒先生法孟，荆山先生子也。先生爲吾師，族兄亦各授徒鄉里，吾家從杜氏學者，亦前後十餘人。吾師宦游遠出，既歸而卒。近三四十年先生獨爲鄉人所宗仰。嗚呼！道咸以來，一縣之中，耆儒碩德代謝迭興，及門之士皆得守師法以遞禮，於七八十年之閒久而弗墜。先生没，而諸老風流盡矣。鄉人及見當時之盛者，或猶懷念而不置。時移埶易，恐遂湮没而無聞，故書其事刻之墓碑，以詔來者。雖然，新學既興，少年皆厭薄老成，以爲不足稱道，後之觀此碑者，果有追溯先正之遺風餘韻、低徊而不忍去者乎？蓋非濤之所敢知也。

送徐尚書序

滿洲之地爲行省者三，而各統以將軍，時遷埶殊，舊制不足以控變，乃改設巡撫如内地，而以總督兼轄之，將軍故所掌者隸焉。民政部尚書天津徐公實首膺東三省總督之命，竝授爲欽差大臣。濤在保定，上書稱賀，以爲攝乎兩强國之閒，其地荒僻而遼闊，其俗蒙昧而苟媮，當死亡掇拾之餘，赤子龍蛇，竝域而處，藏納污垢，禍且萌芽，捄之無方，所患滋甚。將抗稜而起癈，必改向而易趨，體大事艱，以畀東伯。濤將躬親謁送，聞公偉論，展我宿蓄。既見公，公詢以東事。濤曰：「公意云何？」公曰：「吾政不修，外侮且至，既劫於外，奚暇自治？」因具言其所欲設施者，完窳塞罅，破荒革頑，鍼石粱肉，相所宜施，後先循節，疾徐中程，涵育萬有，物具益該，無有遺漏，凡吾耳目所經及所未經，思慮所至及所未至，無不探情以出，取懷而予。雖欲有所建白，竟無一事可假以進言。退而自思，終不敢默，乃取今日所不暇謀，而爲異日之急務者，爲我公言之。列國以通商故争海權，海之所包，皆其權之所及。今則將趨重太平洋。太平洋北路當我滿洲，列國所屬目也。故廣闢通商之所，受列國之灌輸。公既至，試行今之所言，數年之後，制定政成，遐邇帖服，民物之歸繦至而輻輳，其繁衍當不減津海、江海、粤海諸關。雖然，商業之贏縮，視海權之弛張。朝鮮既非我有，若旅順、若大連灣，日本復得而私據之。自朝鮮東行，左轉逾混同江而北，海岸萬餘里，則舉而棄之俄羅斯。太平洋之權已見奪於日、俄兩國，則權之在我者無幾存。權不我屬，雖日興月盛，亦祇歸利外人，而我不能與之角勝，可憂孰甚焉？公謂内治外交竝重，而相資以爲功。今所以治吾内者果能如意所期，則吾力既充，故當推而致之於海，以求信吾權，與羣强争雄於海上。公雖未言，吾知其蓄謀於中，將待其時而一發也。儒生之論闊於事情，故不敢言當時所宜施爲，而責以異日可期之效。

書左文襄公年譜後

義寧陳右銘中丞爲直隸布政使時，濤嘗訪以幕府人才，中丞首稱今山東提學使湘潭羅公，以爲知兵能古文，所纂《左文襄公年譜》言兵事甚精。時書甫脱稾，猶未栞行也。後十年，公守保定，始得索而觀焉。其言兵分四事，佐湖南幕爲一事，東征爲一事，而西征則關内外各爲一事，皆具事之本末，而自爲一文，於西事尤注重焉。自文襄始受命西征，至功成還朝，其籌畫之見於章奏書牘者，既擇精提要而備載之矣，而公所撰輯，洪贍堅重，一如譜所載文襄之文。昔趙充國降服西羌，言兵事利害及屯田諸奏，翔實矜慎，一洗賈、鼂浮夸之習，於漢文中爲最知體要。班氏論次其傳，亦即仿效之，而其文乃與充國諸奏無異。文襄勳伐大於充國，而謀略則同，公所爲譜文如文襄，與班《傳》之仿充國諸奏亦同，惟其有之，是以似之。陳中丞稱公知兵能古文，可謂知言矣。公又以所爲《王壯武公年譜》視濤，曰：「壯武中興弟一名將也。」濤嘗以爲湘軍之興，壯武與羅忠節公、李忠武公、勇毅公偕以俱出，望實相埒，而近日士大夫稱述壯武乃不如其稱述羅、李。蓋羅、李之軍夾江上下，當賊要衝，又日周旋於曾、胡兩公閒，其事功學行多見於曾、胡章奏及他所著，文人喜讀曾、胡書，故人知羅、李事特詳，壯武獨提一旅，别曾、胡遠去，轉戰於江西、楚越之交，其事之見於曾、胡書中者視羅、李爲略，故聲聞之傳播，不如羅、李之博且久。公文久見重於世，既編《壯武年譜》，推闡功行而光顯之，其聲聞且隨此譜所流布而洋溢焉。而人之樂讀其書者，據以衡量當時人才，亦將以弟一名將之稱爲不可易。李習之謂人多執於兩漢故事，以班、范之文爲人所好耳，不其然與？世之矜言功業者乃猒薄文字，而斥習此者爲無用，彼惡知功業之必藉文字以傳，而文字之任又必屬之能者哉？桐城吴先生傳《深州風土記》，自謂篇篇成文。公所爲兩譜挈大拾零，捃摭遺佚，至繁博矣，而融以精意，經緯成章，如吴先生所云。因各論其大旨，以歸重於文，而書其語於左《譜》之後。

上徐制軍書

自旌節出關，時縣一新滿洲於心目中，引領東向，日月以冀，而由居蓮池，隘於聞見，所以締造而新之者，究不知其方略何如。竊以爲内治之術，但使所設司道官舉其事，人堪其官足矣，外交則頗不易言。日俄嘗以其戰争之力據我土疆，已而還我，其執必將攘我利權以自償其勞，不滿其欲弗止也。詭謀邌出，剛柔兩窮，而議者乃執其不諳理執、不切事情之高論以譏諷之，濤愚懦，不敢附和其説。所欲進言於左右者，惟在内交。公嘗與政府約許以便宜行事，不爲部例所拘。雖有成言，恐難深恃。若忘息壤之盟，興事造謀，格於吏議，仍當婉與辨論，無與忿争。婉論則事理愈明，不忿争則瑕釁不作，苟無瑕釁，則我之理勝，可以恣所欲爲，此曾文正内交之術也。南皮相國、項城尚書皆負一時重望，爲國家所倚賴，今竝召至軍機，尤宜禮下之毋抗。將帥在外，未有與近臣不和而能成事者，况荷殊寵握重權如我公，今日尤易叢忌疾乎？故爲公計，莫若讓善巡撫，而歸功樞臣，有事則咨焉，有疑則質焉，使不忌疾我而贊助我，以屈爲信，吾事集矣。自古任事之臣，爲國家開物成務，其卑躬降志，委曲以求集事者，蓋未嘗不如是也。濤過蒙眷睞，以衰疾不得拾補遺闕於左右，故敢以愚妄之説進。伏維采納。

題文學館藏書記卷首

諸君既珍愛館所藏書而各爲之記，都爲一卷，就質於余，或致慨於古學之就湮，或欲防新學之流弊，皆兢兢焉以保存舊書爲念。而憤疾之甚者，恐舊書之終不克久存，至爲偏宕之辭，謂苟能自立，不必藉力於書，而以書之存不存爲不足輕重。持論不同，詞皆壯偉。嗚呼！舉衰病殘廢之夫，處之無人過問之地，聚閭巷枯槁之士，相與講世所唾棄、指爲朽敗無用之學，人之非笑之也蓋久，諸君不自斂抑，乃張大而夸炫之，是以人之非笑爲未足，而益自章其醜也。諸君意氣自豪，余心滋戚矣。《記》凡五篇，爲之者陳獻廷嘉謨、齊蔚卿文煥、張獻羣宗瑛、吴迂農之沆、王中航汝楫也。

誥封榮祿大夫吴公墓志銘

公姓吴氏，諱繩曾，字墨賓，號正齋。其先江西人，元太子少師、後軍都督、武昌總兵官文盛始遷河南商城，生三子，其一子遷光州之固始，遂爲固始人。而固始之吴特著，累世以儒學顯。曾祖玉森，舉人，户部主事，妣氏孫。本生曾祖珣，貢生，山西霍州直隸州知州，妣氏任、氏姜。祖貽植，貢生，候選同知，妣氏祝。父嘉孚，貢生，候選布政司照磨，妣氏熊。本生父書升，拔貢，山西候補直隸州州判，妣氏元。公熏濡先訓，益自振厲，期爲有用之學。咸豐閒捻逆擾河南，張勤果公爲州於光，練兵禦寇。公以諸生應張公之招，遂參戎事。治辦糧仗，軍實無闕，隨以攻戰，英果絶倫，以功保知縣，加運同銜，賞戴花翎。公顧不自喜，俯首就有司試如初。同治甲子舉於鄉，文藝精美，達官貴人皆以弟一人相待，久之不得志於禮部試，而以前軍功所得知縣，選授南皮，遂之官，調静海。以本生父憂去官，服除，署衡水、清苑、曲周三縣事，補授交河。公性嚴重，思慮縝密，精力過人，治事、省文書恒徹晝夜，欺誣屏絶，隳舉紛理，有利於民，不憚艱鉅險危。南皮城久圮不修，完而新之，醵金庀材，民不煩擾。静海地污下，築堤捍河，縣無水患。在曲周、交河，躬禽巨盜，姦猾屏迹。嘗薦卓異，卒以性剛忤俗，因事奪官。公既思效用於世，局於州縣，不克大有所爲，輒有去志。既罷，遂浩然自得以歸。居數歲，張勤果公巡撫山東，强起公以治河，有效，奏復其官，留以自助。公慮吾志之終不克伸，乃謝去。自是不思復出，而訓課子孫，必使竟吾志事。子四人，篤孫、籛孫、笈孫、篔孫。孫三人，汝翼、迺翼、成翼。篤孫監生，使理家政。汝翼附生，早卒。成翼幼。其三子及迺翼則皆縱使游宦，而督責之益嚴。籛孫舉人，從項城袁公治兵，以道員總辦直隸警務，自創設巡警以來，直隸獨稱美備，爲他行省所取法，升京師外城總廳廳丞。笈孫以同知從事留京營務，調民政部，由主事升員外。篔孫以縣丞官山東，洊擢知府。迺翼舉人，江西直隸州知州，調法部，以員外用。皆有幹略，見稱寮友，吴氏益光大矣。公罷官後寄居保定，居二十餘年，光緒三十三年八月二十九日卒，春秋七十有八。以子官封榮禄大夫。配劉夫人，婉恭勤順，婦職克供。繼配錢夫人，明義理，教子有法。女三人。孫女五人。曾孫祥燕、林燕、譽燕。同光以來，畿輔廉能之吏多湘淮舊人，結知曾李，得是藉也，故能迴旋展布，邀上考，取盛名。公所厝注，一如古循吏所爲，視同時號稱廉能者，固無多讓，而孤特獨立，無上官之倚畀，無寮寀之游揚，未究厥長，遽擯不用，此可爲扼腕者也。然君子之存心救時濟物而已，苟用吾術以普利天下，其功固不必出乎己。公雖屏處不與世接，而子若孫襲訓秉教，以少壯之年服官京外，聲績赫喧，其爲世所倚賴，豈有既乎？公之志蓋可大慰，又奚憾於其死哉？將以某月日返葬先塋，廳丞屬濤爲銘墓之文，銘曰：

猗嗟吴公，命世之豪。文武隨用，乃舛所遭。宰邑惟六，苗裒荼蓐。疲氓飲德，匪藥而瘳。浩浩江河，縮爲潏潦。猶攘詬謗，擠賢掩勞。吾身則屈，志不從降。子孫多才，木斵石礱。驅應世需，桷樟璧珙。展足奮翮，釋我桎梏。所闕苟彌，雖死無瞢。後且滋大，始基惟鞏。吾言有徵，銘識其冢。

寶慶府知府饒陽常公墓表

公諱如楷，字司直，饒陽常氏。曾祖麟書。祖鳳儀，候選州同。考際宸，束鹿訓導，贈如公官。饒陽多富室，相矜以侈靡，而遨放自恣，常氏尤以貲雄，而公幼而静默，既長篤志於學，里俗所好不好也。以舉人考取内閣中書，初入直，訪事於其僚。其僚不以告，乃博搜簿册，而潛究之，稠人會集時無一語，及觀其所爲，雖老於掌故者不能，衆驚服，有事輒就咨焉。性伉直，不能自貶屈。故事中書謁諸王，屈一膝爲禮，公獨揖之，同列皆引以自壯，後遂沿用爲例。嘗以公事謁某相國，再往，閽者不爲通，公怒叱之，擲牘而去。其與朋好遊處，尤自攝束，不隨衆爲縱蕩之行，由是名重京師，諸公貴人遇之有加禮，而忌疾之者亦衆。軍機處選章京於閣部，有讒於當道者曰：「常某有狂疾。」遂不得與。某尚書以譯署章京相强，公以爲衆所争趨，謝不往。遷典籍，以與修實録、玉牒方略，保知府，在任候選道，以母憂去職。服除，弃其所居官，以知府候選，而選官時恒不肯詣部，家居十五年，乃選授寶慶。爲治嚴而不苛，其決事不動聲色，務以理屈人。諸生與武人鬨，聚數百人愬諸郡庭，公曉之曰：「此邦江、劉、二李何如人？而若輩所爲如此，吾爲若輩羞之。」諸生愧謝去。先是，沅州應府試者不悦於知府，羣毆之幾死，遂興大獄。當諸生聚愬時，郡人聳懼，慮有沅州之變，而公乃以一言解紛。由是士民畏服，任所推施事無不舉，郡中稱治。居二歲，以光緒十四年二月十八日卒，春秋六十有一。家故饒裕，而公樂振施，居官廉，既卒，無餘財，粥衣物，喪乃得歸。既歸，粥田乃葬。配劉淑人，後公六年卒，合葬於所居千民莊之東北原。子熙廉，舉人，浙江知縣；熙庸，歲貢生，候選府經歷。女二，適任邱進士、内閣中書、山東同知籍忠宣，博野舉人蔣葆瑚。孫堉琦，增生；堉瑛；堉璋，副榜貢生，陸軍部七品小京官；堉瑄，堉珍，皆附生；堉瑞；堉琳。公家居時，余每過其家。公恒默坐一室，或手一編，或臨摹古碑刻之，其旁舍則二子擁書踞几，羣兒環坐於旁，誦讀之聲不絶也。吾家與常氏世通婚姻，余於公爲兄弟行，而公長余二十一歲，余嚴事之，時從考德問業，退而與二子游，吐懷愫，考文藝，互慰交驩，久而不猒。公既卒，熙廉繼没，余亦久不過常氏，迄今二十年。獨堉璋游京師，時與相見耳。堉璋通古今中外學，曉世務，能文章，其成就殆不可量。余喜常氏繼起之有人，而愴懷舊遊，乃益不能自釋，熙庸以堉璋所爲公傳走書抵余，屬爲表墓之文，既爲敘其治行，因述余酬接其祖孫父子間者，以致吾私慕，而攄今昔之感焉。

復徐制軍書

月初奉到手書，拜登厚貺，慚悚莫名。施及亡弟，尤以爲感。籌東政策於官報中獲讀大疏，粗知梗概，既蒙詳示，益得窺見精深。夫因事設官，即以官興事，官制既定，萬端千緒皆可聽我指揮。所難者惟在得人耳。濟時之才世不多覯，儲之學校，亦非旦夕所能成，即見所委任者策厲之可也。公謂來者雖衆，中駟爲多，且不盡可用，宜加淘汰。蓋恐羣才之不足恃，然既云淘汰矣，則駑駘之資、狡憤之氣擯不得與吾事，其供我驅策者，皆可稱爲中駟者也。果皆中駟，雖有遲疾，無不可致千里者，况以伯樂相之，千里馬終當一遇，而以王良、造父御之，中駟皆可爲上駟乎？滿洲爲列强所注目，羣思攘利其間，幾使我有不克自主之埶。日本駐兵間島，狡焉思逞，尤爲公義所不容特。主人不問，故彼聲生埶長耳。既戢日今我起而詰之，不少退讓，彼固難强詞以辨，且恐取忌列邦，理絀形格，其術自窮。既戢日本之驕心，列邦雖强，誰肯甘爲戎首？滿洲固我之滿洲也，主權一無損失，而內地稽誅之寇，草芟禽獮，又將一掃刮絶。若更以向所獻内交之説行之，則提封萬里，皆康莊矣，又何險阻之可虞，而顛蹶之足患哉？定官制，造人才，禦外侮，平内患，公所言數大端，振裘絜領，若網在綱，執而行之，無餘術矣。而濤嘵嘵不已者，特繹公本恉而推言之，非能有所補益也。武錫玨以文字見知，自當以文字爲報，若委以庶務，使拓其才識，因以益治其文，則所恃以爲報者，當更有據。安平弓均在奉已久，從事學務，名譽甚美，而其志乃欲學爲政，請試以事以觀其能，而量用之。

題行年七影圖

太倉錢公以儒術治吾州者六年，被誣罷歸，州人白其事於大府，奏復其官，而公終不肯復出。公歸後，世變益急，新學勃興，士大夫皆舉夙所誦習與其傳襲於高曾者一切罷棄，而汲汲於所謂新學，冀有所指取於世，以夸己而駭俗。公於是時息影田廬，保其所蓄，志不遷奪，泊然有以自得也久之。以所爲《行年七影圖》徵文，其圖自少至老，歷記所遭，而追念先人者凡五。公之祖、父皆膺疆寄，樹名績，爲世所艷稱，圖所識顧莫之及，而獨有感於家庭骨肉欣戚之故，以永孝思。其二則皆好古者之所爲也。循其旨趣，殆無一不與俗所鶩者相悖，其賓而不用，既賓而不肯復出也亦宜。夫變舊法以求自强，固捄時濟世之士所急起而圖者也。然當新故厭欣之際，人心浮動，猋舉雲幻，莫測所歸，苟無純篤廉退之人參與其閒以閑制之，恐曚進冥索，誤而旁趨，既失其本來，而於所營求者未覩其效，而弊且環生也。余私憂之久矣，觀公所爲，如救沈疴之遇岐拊焉。雖然，諱言疾者多忌醫，儻以其術播之人人，懼公又因此而得謗也。

古文四象序

道極於文，而爲文必取則於古，景躡轍蹈，其義法也。義法由體例而生，故編輯文字者，率序次體例，而彙其類以別部居。桐城姚氏及曾文正公之説尤號爲精審，雖部所統攝，猶未能居其所而止而不遷，而文之體例，要自是可指而名。求義法者便焉，此編輯之美善者也。至舍義法而求之精神，則其人之性學才識隨所感觸，各肖其中以出，而不自知無定形、無常位，冥合之可也，烏能據以起例，而條分流别，示人以所由入之途乎？故從事編輯者莫之及焉。曾公既變通姚氏説鈔經史百家，又因姚氏以陰陽論文之指衍爲四象，舉數千年與時變遷不可究詰之文，一以所取象類之，殊式異貌，向之分隸諸部者，皆得雜厠其閒，相遇以天機，不復知其色物，九方臯相馬之術也，此精神之説也。公嘗自謂是編失之高古，夫非猶是鄉者所纂録之文乎？而此獨病其高古，豈以屏舟車而御風而行，非有道術之士遺脱凡近，游神太空，未易强而幾與？雖然，道極於文，不騖其高者古者，道固不可得而傳，姑縣其格，以爲招能者從之，俟焉可耳。公手定本，世所未見，冀州趙衡湘驪將依桐城吴先生所寫目次印行於世，而屬余發其義。余乃述先生欲傳此書之意而序之。

歐太淑人墓志銘

太淑人姓歐氏，年十六歸吾師桐城吴摯甫先生爲側室。嫡夫人莅家嚴厲，嫡女有性驕使氣，既寡而居母家者，朝夕接酬，若履險危，如是者三、四十年。既卒，且葬，子闓生來求所以傳太淑人者，曰：「吾家事子所知，吾不敢祕。吾母處人所不能堪之竟，歷數十年之久，無愠色憤詞。闓生六、七歲時，耳目所觸，意輒不平。吾母訶之曰：『汝，兒子，當讀書習禮義，我能安，而汝不能安邪？』其有容而善養如此。儻不敘所遭直，使顯白於世，則吾母之德弗章。」已而泣曰：「寧使母德弗章耳，其事闓生不忍述，雖吾母亦不欲暴其事於人，使從而議吾家之短長也。」濤既敬太淑人之明大義，又悲闓生之意，乃摭它懿行爲志墓之文。太淑人初不知書，以教子故自課，久之遂通文義。吾師數詔人以新學，太淑人聞而好之，曰：「固宜然。」吾師喜交外國人，凡所交，太淑人必與其家人往還，訪求外國事，嘗欲徧至薦紳家，説其婦女，如西士之强人入彼教者，以興女學，而區畫其規制甚具，遂欲施行，以無和而助之者而止。其後新學益興，人漸知女子之當教，乃歎太淑人之蓄志於俗習未改之日，其識爲不可及也。吾師不言有無，嘗爲二州、都講蓮池書院前後三十年，所入悉兄弟戚故取用立盡。太淑人不名一錢，無私藏衣服，節約如里居時。吾師卒後，闓生編譯書籍，講授諸學校，又應山東巡撫今直隸總督楊公之聘，用益饒，太淑人居處服御，不改其舊，而輕財好施予，周卹族姻，惟恐不徧。聞國民捐之説，大義之，曰：「是盡人所宜爲也。」出五百金爲女子倡。又命闓生以重金助安徽築鐵路，而振水災。光緒三十三年某月日卒於濟南，享年五十有四。嘗受太淑人之惠及驚服其才識而義其所爲者，皆流涕太息。而英國某女士則以其國頌祝之詞誄之曰「天上人」。日本文學士某亦稱爲「文明國貴婦人」。嗚呼！太淑人蹈道委命既比於閨修之君子，晦匿而不有其名，而其所自表見乃能動俗聳衆，雖新學中所謂志士引所宜任爲天職以振發懦頑者，無以過焉，此可謂知學矣。其葬以某年月日。濤既序次其事，而屬南皮張宗瑛爲之銘，其銘曰：

陰教塞晦婦失才，猗淑人起抉翳霾。西闉東闓鍼引磁，日月爛幽光窔宧，收熱歸土吁可哀。

外務部尚書袁公五十壽序 代

光緒三十四年八月某日爲太子少保、軍機大臣、外務部尚書項城袁公五十誕辰，天子既寵嘉之，錫以祉福，公卿大夫士亦相率稱慶於其家，而外國客與焉。某則以職於吏事，不得厠於稱觴者之後，然嘗爲公屬吏，與聞軍國之謀。其謀之大者，在用外國法自强，因述中外國埶，而抉其盛衰之由，與夫今日所頒行，效已驗白而後可收其全功者，爲祝辭以侑觴。人世交際之道，有施有受，施者推所有以與人也，與人而不取於人，久之而其術將窮；受者取人所有以自益也，以人益我，則恣所取以適吾用，而致行有功。海西諸强族當中國盛時，蒙昧未啟，埃及其施焉者也，希臘受之，爲希臘。羅馬又受之希臘，而爲羅馬。然有所受而成國，而不能更有所受以持之，則其道亦終出於施。施者衰而受者盛矣，後起諸國已受羅馬之薰炙，而東征諸役，復濡染於東方之風習以歸，其後千百年間，求治益急，競起偕進，相師法無已時，以迄今日。而後起諸國，其治强遂十百於古所稱名邦，以所受者多也。中國聖人首出，法制明備，足供衆求。而異族環居，鄙無文治，故其道利用施，即有革興，移易其舊而增損之，未嘗有所受於外也。今列强内向，羣挾其術略、技藝中國所未嘗聞見者以臨我，我所固有不足與之相持，既窮於施，道將在受，埶迫機發，待人而行。

公抱濟世之才，應時以出，朝廷遺之鉅艱，自爲疆吏，至領外部，秉樞要，一以新政爲己任。法來自外，府儲而海匯之，變施爲受，公謀居多。夫西國之强之由於有所受，固也，然彼之受之也，銖黍以積之，賡續以成之，譬之居室，由富美以溯完合，遞推而上，已在高、曾以前矣。今我所受於彼者則萬端千緒之所經緯、窮歲累代之所構造，一旦而畢集吾前，其搜訪之勤，貯蓄之博，已超越乎西人，推而行之，庶政更始，民氣浡興，其收效亦視西國爲速，後起爲雄，彼國固有明徵矣。而猶謂我所受於彼者，終當讓美於彼焉，豈明埶達理之論哉？某繼公之後，代匱畿疆，跡躡轍循，益曉然於公意之所厝注，而以施受之説稱道於賓寮之前者，則不獨章公偉略以贊協恭，而自附於規隨之列，亦欲外國客聞之，俾知中國有人，愈思獻所有以助我新政，不使一國有獨行之善制，一人有獨據之技能，而竝泯乎施受之跡，則大同之風庶幾可見，而公之功亦遂於是告成焉。此尤稱慶之賓寮所同聲頌禱者也。

外務部尚書袁公五十壽序 代

光緒三十四年八月二十日爲太子少保、軍機大臣、外務部尚書、前直隸總督項城袁公五十誕辰，畿輔人士食德已久，怨公之去我，而喜其所施彌廣而效且彌大也。其官京師者相率稱祝於公之邸第，以致其私，而之洞與傅霖爲之詞。自海國互市通好，西方之風習遂東，其政治、藝術實足以拓知識而致富强。咸同以來，爲國任事之臣輒仿效其所爲，用自附益。之洞在粵、在鄂，亦嘗竭蹶以圖，然前後數十年閒，所仿效者特其藝術耳，於政治則尚守吾舊，未議革而更之也。變法之詔既頒，在執諸公乃條舉西法之利我用者以聞，而觀望遲回，猶未敢輕於一試。公督畿輔，乃毅然爲之無所顧，博采精研，破愚起懦，百端竝舉，厥效大章。朝廷取公所已爲者，風天下四方踵武，凡所興作，諮而後行，或借才以舉其事，故論者咸謂法之變倡於公，而收效始於畿輔。畿輔人士相與慶幸，傳霖久直樞廷，得公章奏而反復之，亦未嘗不歎其謀國之忠、任事之勇之有過於前人也。法之變也，與天下更始矣，而國體則仍其故無改，至考察政治之使四出，乃思公權於民如東西國所謂立憲者，其端實自公發之。使歸報命，公以疆臣與議，遂定大謀，於是有憲政編查館之設。列國言政治之書日以充積，研求其理者茲益多，其憲法號稱最善之國，則更遣使究其法所由行與行之之效。而吾國通曉世務者，又各據所聞見以爲言，羣籍燦列，衆説雜投，釆而用之，綴輯整齊，規條可立具而施，行之遲速，則以國執民習與諸國不同，有宜審計於先者。集思詢謀，久無成議，而海内喁喁期望，皆以爲非公莫屬，天子亦以公能斷大事，召入軍機。未幾而廷議遂定，衆望已塞，人心大安，公之功於是爲大。唐孔戣自廣州刺史召爲吏部侍郎，韓退之爲廣人頌戣之德曰：「海嶺之陬，既足既濡。胡不均弘，俾執事樞。」蓋言廣人不忍戕之去，而又惜其在廣所施之不遐也。吾鄉人士於公之去畿輔，且怨且喜，即以其情爲祝嘏之辭，意乃類此。而某等猶有不能默然者，立憲之期既定，前此所營度，後此所維匡，其難且倍於今，所爲非貫徹事始終，參以機權，貞以定力，安能無躁無厭，不震不擾，以要其成？某等耄無能爲，故屬望於公者彌奢，而康强壽耇之祝，乃益不能自已也。

兵部郎中永年武君墓志銘

君諱用章，字某，永年武氏。其先太谷人，明洪武時有名文舉者，以進士官刑部主事，始遷永年。曾祖諱大勇，武生。祖諱烈，諸生。父諱澄清，進士，河南舞陽知縣，有能名。皆贈通奉大夫。曾祖妣張，祖妣趙，前妣李、妣李，皆贈夫人。舞陽在官時，君侍母理家政。舞陽告歸，入貲爲兵部郎中。已而以親老弃去，里居養親，不思仕進，而益肆力於學。其學無所不闚，而於鄉邦故事尤所究心，以爲學以致用也，既不爲世用，吾將用之吾鄉。自郡縣志外，前史所紀録、文人所編纂苟有涉於其鄉，無不搜輯，其習尚之留遺於世族者，往跡之傳播於父老者，以及風謠鄙諺街巷談議，亦皆周咨博訪，燭照而籌計之。永年廣平附郭縣，其視郡事若荒蕪之田之待耕，瘝疾者之待我而起也。性强果英斷，勇於有爲，不畏難，不避謗，而思慮縝密，罔有遺漏，守令皆信任之，郡縣事一以委君，士民大和，惟君言是聽，所爲皆立辦。同治閒捻匪擾畿輔，君練鄉兵爲守禦之策，賊不入竟。光緒初大旱，振救災氓，親執煩辱，憊心罷神，數閱月無怠容，所活以萬計。其塞決河，立水中督功役，晝夜不息，數日而堤就，人尤服其能。橋梁倉庾及一切善舉之剏新修舊，皆躬爲之，而手定其章約，一身百役，事立效章，而書院爲尤盛。在事十餘年，歲入既加於前，乃益拓其規制，生徒日衆，術業日進，所聘師若今江蘇按察使大興陸公鍾琦、太常寺少卿寧河高公賡恩，皆畿輔俊彦，所造士亦多貴顯，知名於時。戊戌、己亥閒，君年且老，精力亦以積勞耗減，遂閉門養疴。而繼君後者有疑難，猶就決焉。君親没後，再至京師，郡人皇然如失所依。及君復弃官歸，則又大相驩慰，以一身爲郡人所信仗者三十餘年。三十三年某月日卒，春秋六十有四。君學問淹貫，人始以畿南文獻歸之，後遂倚爲一方保障。既卒，郡人走相弔曰："「吾屬無所庇賴矣。」配李夫人，繼配傅夫人。子敬緒，舉人；繩緒、伊緒，皆諸生。女二。孫某某。君有弟早卒，以繩緒後之。變法以來，百端竝舉，州縣所宜興作，將須之規，則聽民自爲，然拘儒牽於舊聞，既難强與從事，而輕鋭少年於法政粗涉其藩，亦何能遽責以負荷？故自治爲衆政之本，其制未立，恐他政將有所沮，格而不行，而詹顧紆回，憚於一發者，得人難也。爲人所信仗如君，豈非世所急需者乎？而不能少待以死，此望治之君子所同爲歎憾者也，豈僅其郡人之私悼痛已哉？敬緒以宣統元年某月日葬君於某，徵銘於武强賀濤。銘曰：

胡儲之多，而施不遐。世方我需，不竢則那。匪厭而避，生與時畜。最所已襮，是用歎嗟。

馬太恭人墓表

桐城吴熙甫先生汝純有良配曰馬太恭人。先生於兄弟爲季，而太恭人君姑同産子也。幼習於吴氏，既歸，舉家呼爲小妹，姑兒子畜之。太恭人亦致孺子慕於姑，朝夕不去側，起居所便，疾病所需，輒應念而辦。熙甫先生高才好學，以羸疾不能自樹立，仲兄游仕畿輔，隨以遷徙。居恒抑鬱不自得，太恭人悲其志，時慰解之，而省視加謹，一如侍先姑時。熙甫先生既没，久之盡室歸桐城。性仁慈，既率其性以自盡於姑與夫，姑與夫没，乃壹心力以鞠育其子若孫。惻焉憫焉，若風霜厲疫之獨中於吾子，而勞苦憂恐之交困之也；若居室所恒有不足以適吾子之體而稱所懷也。其於孫也亦然。自始至終，歷數十年，仰而事，俯而畜，蓋無不竭其誠愛，窮力所能，而未嘗一日自惜而謀自安焉。事神禮佛，張畫像於屋壁幾滿，拜跪祈禱，久而彌虔，冀有所感，格妥先靈，而降祥我後也。光緒三十三年某月日卒，年五十六。子千里。女適邑人姚某。孫同。女子仁慈之性得於天者獨多，將以保幼穉，使遂其生也。而性所彌綸，事其親以及夫之親，委曲順從，亦往往出於至誠，非男子所能及。而欣悚於禍福之説，屈身抑志，妄希冥漠不可知之酬報，其事亦多出於女子。世以其溺没而不知返也，或以迷信譏之，又烏知所謂迷信者，乃其仁慈之性之出於至誠而不可解者哉？將以某年月日葬太恭人於某所，千里乞表墓之文於濤，濤敬太恭人能充其所得於天者，不使有遺力餘憾，爲揭其義於墓，俾世之人衡度其閒，而無爲過高之論也。

上徐尚書書

久未肅牋左右，疏野自外，懼與慚并。及公以郵傳部尚書内召，以爲密邇京師，時或得聞謦欬，則又私自喜，幸謹先馳書奉賀，獻所欲言。郵傳義主交通，所以統中外遐邇，貫輸挹注，而同其風習也。變法以來，興革之事以次推行，而西北一隅猶樸拙自安、不思變易者，則交通未便，無以拓民耳目而啟其智識也。故鐵路之敷設，惟蘭州爲最急。大部統籌全國路綫疏言地理學有三，政治與兵商竝舉。既以政治、地理擬定軌樞，及分幹、分枝之路綫矣。至論建築，則略政治不言，而衡量兵商，卒歸重於商業。以商業之贏縮，定築路之緩急，於是邊徼辟左，政治、地理所視爲最急者，乃不得不退居從緩之列。其預備立憲按年籌備要政疏内，又僅於弟四年、弟五年測勘由西安達蘭州、由蘭州達伊犂路綫，而何時啟築遂不載。於九年期内，似更置爲後圖。大部深犖博攷，其言緩急難易之故，固不能遽易一説以難之。然當預備立憲之時，不可不加意政治。愚計以爲宜暫緩所急，勉爲其難，而并力於西蘭一路，庶使西北之民振積破愚，知所當任，以奉吾期約，而無異政、異俗之虞。濤蓄此意久矣，欲陳之而未有路也，聞公既至，乃急遽言之。船政、郵政皆領於部，部權所在，豈容久假不歸？宜及時收回，以全政體，津浦、粵漢及鄂境川漢各路，雖有督辦大臣，要亦部所有事，其籌備之次第，應預爲咨報，而列於部所擬籌辦條内，不應置而不問。公接管部務，雖不肯執己見而反前所爲，亦豈可循成説而不思改計？望垂省愚妄之論而留意焉。濤仍在文學館，蓋三年於兹矣。在新世界中講論舊學，又無成效可言，自愧殊甚。

吴先生點勘史記序

《太史公書》綴輯舊聞，既創爲記敘之體，而敖睨古今，揮斥萬有，孤行其意於若隱若見之間，乃一如諸子所爲，故其體史也。後人名其書爲《史記》，實則以其文鳴不平於姬周以後，劉子政、楊子雲、班孟堅稱其有良史才，以爲善敘事理，又以爲實録，其於論史盡矣，而未爲知史公。至韓退之儕其書於莊周、屈原、司馬相如、楊雄之列，而上與諸經相衡量，乃歸重於文，不以史稱矣。然自漢以來歷二千年，史家既沿用其體以爲例，莫之或踰，而文士代興，殫知竭才，卒不能入其堂室，則以史有法可據，文無定執，而其妙難窺也。歸熙甫、方望溪以文字之説發明其指趣，乃稍有涂轍可尋。其後知文者各有平議，而桐城吴先生研説之尤深，章疏句櫛，鉤玄闡幽，益精以備。其參攷異同，訂正譌謬，亦惟取適於文。至是而文之奥窔乃大豁露，去其蓋障。先生子闓生掇其説之散見諸本者彙鈔之，附歸、方及諸家之説於後，印以行世，而屬濤爲之序。濤嘗以謂《左氏》傳經也，舍經以求之，而左氏之文乃見。《史記》史家言也，離史以求之，而史公之文乃見。以其説質之先生，先生是之。今觀先生所點勘《史記》，固言文不言史也。其於《左氏》亦有點勘本，闓生能文章，克承先志，《史記》既出，當更出《左氏》以示學者，使知古人精神寄於文字，文字之不知，精神之莫喻，而欲求古人於故籍，託名經與史焉，無當也。

旌表節孝王母賀太孺人墓表

河閒王氏旌表節孝賀太孺人者，封朝議大夫諱鈞之弟三子婦，附生贈文林郎諱升瀛之室，而武强刑部主事賀濤之姑也。年十九歸王氏，以禮承夫，能助所事。居三年而夫没，適仲氏生子冠唐，遂畜以爲子。其後供婦職於舅姑者二十餘年。舅姑没，以母道教養子孫者又三十年。年七十有九，以光緒三十一年某月日卒，即以其年某月日祔葬文林君之墓。深澤王氏姑於先姑爲妹，先姑卒後四年，命濤曰：「吾失父母時，數歲耳，鞠於兄嫂，吾姊有勞焉。吾無以報，且愧且悲，汝其爲吾述吾姊性行，鐫碑墓上，以志不忘。」濤敬諾，因泣曰：「吾母卒時，濤年十一，一弟兩妹，小妹猶在抱。母卒之明日，叔母亦卒，生子纔數日。先姑護視羣兒，閔焉勤焉，至廢餐寢，而未嘗自惜其勞。繼母來歸，叔父更娶，羣兒有母矣，而不能恝置如故。濤兄弟稍長，則又以學行勉之。壯且老矣，而訓飭獎慰如故。」姑曰：「然，吾知之，汝益不可無文以記。」濤白其事於父母，父曰：「汝先姑所施於吾家者既如所言矣。吾最後與相見，老病已甚，猶殷殷然以吾家事爲欣戚也。吾思念之不能忘，汝姑之志，猶吾志也。」母曰：「吾始歸時，汝先姑輒爲言治家之道，歷久而所言彌切，吾甚感焉。汝其以姑所命汝者抒吾懷。」於是索事狀於王氏，冠唐已前卒，其弟冠陶爲述其略曰：叔父亡，叔母事吾王父、王母甚謹。王父嘉叔母之苦節誠孝，科爾沁忠親王督師過河間，爲言於王，王特疏以聞，旌表如例。王父卒，叔母益日夜侍王母不去側，王母之吾父河南山西官所，必以叔母從，蓋亦不欲叔母之須臾不在左右也。叔母性仁，既子吾兄，冠陶及諸姊皆樂依叔母，以育以訓，吾母亦一聽叔母所爲不問。諸姊已嫁，有疾必往視，死則爲之斂乃歸。邵氏姑家貧，攜諸子居吾家，叔母兒畜諸子，自孩提所需以及昏嫁所宜備，悉爲營置，諸子遂皆母吾叔母，而無求於其母，雖其母且忘諸子之爲己子焉。其治家儉能中節，勤而有條理，族姻或取以爲法。孫兆奎、兆蘭。孫女適饒陽副榜貢生、陸軍部七品小京官常堉璋。曾孫某某。濤既得事狀，並取所受於吾姑及吾父母者謹綴輯成文，請命於姑，將求書於能者，召工刻石，以歸兆奎、兆蘭，俾建於墓。

饒陽常君墓表

君諱熙敬，字冠卿，姓常氏，饒陽人。曾祖諱鳳儀，候選州同，妣氏某。祖諱翊宸，副貢生，妣氏某。父諱如松，贈奉政大夫，妣氏某，贈宜人。君少好學，工制舉之文，癸酉科選拔貢生，入貲爲國子監助教。國子監并於學部，改書記官，而助教秩滿，以主事用。年六十三，以光緒三十四年六月二十三日卒於京師。明年宣統元年閏月十七日，反葬於所居東北八里祖塋之次。君家故饒富，後漸衰，所遺産不足贍其家。贈君没，乃弃其所官之國子監助教，而訪族姻於浙、於湘、於蜀，三年無所遇，乃歸，而産耗且盡，獨高門大屋存耳。君痛刬除舊習，與兩弟異爨，而獨奉母以居。母卒，傾所有以治喪，益困，他所營度，無以自給，乃復如京師就其官。君始以不時在京，故助教闕人，輒度君而以次進補，如是者數矣，前後歷二十八年，至是乃得之。君時已老，僚友皆後進，無不以前輩成德相推，祭酒亦重其爲人，充南學管學官，再管監照房，隨祭酒辦順天鄉試於河南。所入稍豐，而衣食裁足，外悉以償夙負。既改書記官，貧乏如初矣。雖例得遷調，而衰病不任職，遂困頓以終。君性孝友，歸自蜀，不復離母遠出。母病痿痹，率妻女晝夜不去左右者數年如一日。兩弟告匱，輒分所得以給，苦樂必與之均。所施於鄉，官民悦服。民憤胥役之侵擾，將毆之，君恐變生，言之官，痛懲胥役，而議設保甲局，縣有徵發逮捕，必謀之局，所官善其策，民賴以安。嘗主獻縣鹽商，今吉林提法使吴公燾時爲縣於獻，傾心待之，言無不聽，雖他公事，必諏訪焉。而吴公弟、今廣東惠潮嘉道煦過獻，亦嚮慕君，納交而去，由是聲聞遠播。君去後，商人猶假君名以應事。變法之初，君已至京，縣有興革而疑不能決者，輒思君不置。蓋君之才德爲人所仰賴如此。惜所居官無以自表見，而迫於生事，奔走四方，又不克久家居而竟厥施於鄉里也。娶某氏，無子，早卒，贈恭人。繼娶張氏，封恭人。子堉蕙，癸卯科優貢生，即以是科舉於鄉，肄業京師大學，吏部以知縣揀發廣東，而大學留以卒業。今充陸軍中學教員。女三人，余次子葆真娶其長女；次女適河間王兆蘭；其季歸余弟三子葆良。孫錫光。孫女三人，皆幼。堉蕙請爲表墓之文，乃爲敘而歸之。余少時讀書常氏，常氏已衰矣，而子弟猶競尚華靡，日以酒食相徵召。君獨閉門治舉子業，而君之族叔父如樾藹庭則好古書,搜訪甚勤,余時與諸少年嬉遊,内實親此兩人。其後藹庭購書益多,遂寢饋其中,不與人接,其所造於古者亦日深。今藹庭死且六七年,無主後,書之存亡不可知。而堉蕙則已能自成立,將再興其家,余幸君之有後,乃更不能不爲藹庭悲矣。始藹庭以身後之文見屬,余未即爲,而君於諸常中所最親善者惟藹庭,故綴此以明不忍死友之義,儻亦君所樂聞者乎?

古餘薌閣詩序

南皮張宗瑛以所爲叔父暨叔母慕夫人事略見示,并出夫人《古餘薌閣詩》,屬爲序。余既卒讀,敬夫人之節,而大其志與才,乃爲之言曰:古者先王之教,男政位乎外,女政位乎内,既取事之在門内者責之女子,而閑制之使不得與聞外事以爲禮。故論女子之質性,而别其才不才,必以施於内者爲斷。雖有聰敏好學、能以論著辭采自見,亦惟述職守、抒情愫而已,他不及焉。其可與言國家事者,自《春秋傳》所記,歷代史家所載不過數人。豈其知之不逮哉?束於禮、習於教,以爲門以外非我所敢知,而莫之綴意也。夫人所爲詩多詠古之作,其於古事乃能指摘是非,而權以己見,確乎有當於事理、若可據以施行者。心志所蘊結,求通於書籍中,而自濬發之耳。既以禮所未嘗强者全其節,而濬發心志,又不待教而能，專壹之性情，高遠之識量，有非古所稱賢且才之女子所能及者。詩以人重，固足傳矣，况其詩所陳列有足以激發人之志氣者哉？士君子遭不虞之變，據兩可之境，藉口於禮所不禁而自便，事非我責，而恝然置之者，觀夫人之事略與所爲詩，可以愧矣。

南皮張君傳

君諱元翰，字達生，號良甫，南皮張氏。曾祖恪，舉人，館陶縣知縣，妣氏高。祖曾魯，廩貢生，候選訓導，妣氏戈、氏馮。父嗣陶，舉人，萬全縣教諭，妣氏劉。君性孝友，喜讀書，家貧，教諭君假館於外，而王母病痿痹，君侍奉甚謹，歷三年不變於初。王母卒，乃一志於學，與弟元來以文行相切劘，兄弟閒自爲知己。以舉人官獲鹿縣教諭，未幾改知縣。而教諭君卒，服除，乃奉母待缺河南，署澠池縣事。縣境比歲荒旱，又有風雹之災，君至則以狀聞，請蠲租，不許，再請，令發常平倉振之，而收租如故。君既不獲請於上，則除官所資民力之米豆四千斛，茭藁百二十石，以及絜、醪、酒、肉、麪、糵、醬、鹽、豉、茶、紙十餘事，以損己而寬民。天子在西安，轉輸不絕於途，皆仰給所過縣。澠池故事，用民車有大運、小運。小運者，以官馬九十四畜之民，有事則以官錢僦之。用馬在九十匹以上爲大運，其費則取之民。而小運僦馬之費錢以五百爲緡者，僅日出八十緡，得車八兩，馬二十四匹耳，不足用，則益以私財，多或至數百緡。官苦其累，輒以小運爲大運。君曰：「此巧取民財也。」獨仍故事無改。天子東還，供張辦而已，法外脅求，皆拒不應。故中牟、靈寶、孟津、偃師、新安、宜陽諸縣皆以征調苛擾，聚衆爲變，而澠池獨晏然無事。君奉法不撓屈，疾之者多，又數拂上官意，而河南守某以屢有求於君不獲，怨之尤深。縣大猾崔鴻升横行無忌，其黨羽多爲之耳目，把官吏長短，官不敢誰何。君捕治，盡得其不法事，以死論。守所信之巡檢某，嘗爲君所斥，乃取賂於鴻升，而搆其事於守。守過縣，使鴻升妹詣守自言。守責君故入人死罪，君抗辨，縣人恐鴻升不死，而君且得罪也，聚千餘人守行館門，言鴻升當死狀，守懼不敢詰，乃已。而守意終不快，乃摭他事誣君。大吏使人驗問，因以代君。代者承守意，欲窮竟其事，終不得毛髮私，縣人又争具狀保君無他，乃使權寧陵。君以捕盗著聲寧陵，賊渠華三聞君且至，自縊死。君又連得巨姦，盗風頓息。縣有歲報秋災緩征之例，而所征則官私有之，歲得千餘金，沿用且百年矣。君曰：「此巧侵國帑也。」遂除其例。拒法國教士安西滿、楊熙凝無禮之請，而杖其徒張錫庚、吕明禮，自是吾民之入彼教者不敢藉外埶以陵暴鄉里。君爲治，苟利於民，雖破成法、忤當道不卹也，而不多教條、廣施設以收虚譽。嘗獨行村落閒，周歷博咨，故民隱無不知，而所患苦皆立聞。尤勤敏於聽斷，自朝至夜分不倦，案無留牘，獄無寃民。及卸寧陵縣事，奉母居汴，旋有事於歸德，未歸而母卒。先是教諭君卒於官，君在京，未視含斂。及母卒，又不在側，大慟，日夜悲哭，遂得疾，越百餘日死母柩旁，時光緒三十年某月日也，年五十有三。君既兄弟相友愛，弟病，禱於祖考，請損己年以益弟，不效，泣曰：「吾誠未至也。」弟才尤高，所論著甚多，早卒，書未具，君引爲深痛。君好爲詩歌，而不自愛惜，其藁皆散佚。轉饟甘肅，有《軺車日記》若干卷藏於家。配湯宜人，能勤苦以教子。子宗瑛，附生。宗薦，候補縣丞，以後君弟。宗芳，游學日本。宗蘧、宗藺、宗萇皆肄業旅汴中學。孫去病，方進。論曰：君卒後，鄉人官河南者及澠池、寧陵兩縣士民皆狀君行義上之大府，大府請以孝行旌，詔可，宣其事於國史館，列入《孝友傳》。而榮城孫先生葆田表君墓，東阿周君雲爲墓志，亦皆稱其孝特詳。宗瑛能古文，觀其所爲《先考行狀》，君固從政才。而朝廷所褒奬、士友所傳述，乃獨暴其名於倫紀之閒，豈非先王之德教漸漬於人者深，經數千年而猶能守而不改乎？此中國風尚之尤爲可貴者也。然君之政蹟，亦有非今所稱循良之吏所能及者，余故采輯其事爲傳，爲世之從政者告焉。

賈星垣先生墓志銘

先生諱拱宸，字星垣，姓賈氏，鹽山人。曾祖永禄，妣氏馬。祖魁元，以孝義稱，妣氏趙。父萬齡，貤贈奉政大夫，妣氏岳，貤贈太宜人。先生聰穎耆學，遇事勇決，有謀略。家貧，十餘歲時即躬執煩勞，一身百役，而以餘力治書，所爲詩文能驚其長老。既入學官爲弟子，學使至，輒拔冠其曹，而試於鄉，則終不得志。且老，乃例貢成均。於學無所不窺，而覃索甚苦，所讀書輒以細字雜識諸説及所心得於行閒，滿則别紙書之，斷箋碎簡重累卷册中。善講解，聞其説者，如幽得燭，争欲執經門下。以其學教授鄉邑者餘五十年，所成就甚衆。同治七年捻逆擾畿輔，邑人多就問捍禦遷避之計，其願遷避者，告所宜往，而爲籌車馬糗糧之費。某村完砦以守，先生令撤民屋之竝砦者。主者執不可，先生曰：「砦垣卑，留之是梯賊以入也。」遂盡撤其屋。賊至，不得入，猶乘屋址擲瓦礫砦中，賊去，令避居砦中者計户出口，盡復其所撤屋，人皆感服。有兵數百突據某村，鄰村以爲賊也，合大衆圍之，將竝殲村民。先生知爲兵，獨馳入，索弁目所持官牒出諭衆，衆不聽，乃決圍出兵，大禍以弭。先生自爲諸生時，名已噪白，邑人劉南茳先生號稱博學，爲時大師，邑子無當其意者，獨奇先生，引爲文字交。而孫蓮塘侍郎嘗語人曰：「以賈君之才，而無所資以進，吾輩之過也。」濤在京時，鹽山官京朝者十餘人，皆稱先生爲耆儒碩學，而自以爲不及，其爲邑中前後輩所推重如此。而諸公皆早達，先生獨以諸生老，豈非所謂命邪？然先生不出里閈，無師友之助，而能以所自得於古者啟迪後進，以成其才，未嘗援結官力，假尺寸之柄，而能以一身當艱鉅，排解鄉里之難，其功德所及，較致身通顯、有權埶可憑藉所推施於世者，雖不無廣狹之分，而所推施之爲名爲實，民之霑被之而如所跂待者何如，則有不能遽爲論定者。先生卒於宣統元年三月二十六日，春秋九十。配張氏，繼配劉氏。子恩紱，舉人，揀選知縣，勇於有爲，讀書有特見，能發明新理，庶幾纂先生之業而益大之，今充貴胄學校教員。女三人，皆適士族。孫榮珂、榮光，皆肄業陸軍學校；榮睿、榮興。孫女二。恩紱將以某月日葬先生於某所，徵銘于武强賀濤，銘曰：

朝患無人，野患無士。士不見遺，野奪所恃。濟世有才，足不出里。恂恂學徒，玖以報李。水軼火歕，不禳而止。體儒蹈俠，迭用無已。士知所向，民保頂趾。與諸在位，百僚君子。以次論功，或莫我齒。作爲銘章，藏墳之址。

吏部侍郎張公傳 代

公諱仁黼，字劭予，姓張氏，河南固始人。好學，有濟世之略，而以宋儒義理之説爲歸。自入翰林，平進至卿貳，所歷皆能攄所蓄以行其志。變法令下，改刑部爲法部，而推其聽斷之權，歸之大理院。公既掌大理，又貳法部部院事，所當分合析之，使各協於理埶，參中外之制，而揆其宜，即所已行而圖其究竟，舉要挈綱，慮及纖悉，所定規則多出公手。

而於修改法律尤兢兢，以爲法之所在，内治外交繫焉，偏而失中，動多阻格，又安得强爲去取，斷以己意，而急遽行之而不顧乎？在兵部、吏部，滌垢櫛紛，寮屬奮職，吏胥失其權。凡言天下得失，必本於所學，以求事理之中，而不苟爲異同。嘗劾崇厚與俄羅斯定界之罪，請斬之以謝天下。甲午朝鮮之役，封事十餘上。俄與日本戰於遼東，陳所以應待之策。書皆留中，而數召對，使盡所欲言，多見聽從。庚子議和後，列强所索償於我者費無所出，於是有丁口税之議。公面陳其不可，其事乃寢。公既爲顯皇后及德宗所知，以大理院卿特詔，與王大臣會議要政於朗潤園，所陳説能悚衆聽。其論憲政及其推施之序，條分理順，燦然秩然。憲政館博稽精覈，日從事於編纂，久而後決者，莫能外也。公之學切於爲己，不標講學之名，而嘗以所自律者教人。直上書房十五年，貴胄循循矩矱，聽講授如諸生。舊時肄業太學者率竄名六堂及南學以取既稟，而無教學之可言。公爲司業，嚴爲甄録，課以實功，學者委心承教，宿弊以除。視學湖北，訓士尤勤，屏除故習，勉以返躬之學，而以朱子《小學》、《近思録》爲始學之基。諸生有善行或不謹，輒譜記之，而據以勸懲。即舊有之經心書院而拓其規模，廣置書籍，爲延名師，或親往講解，由是學者靡然景從，士風大變。其校文亦以所學衡之，典試江西、四川，號稱得士。家居時，出所藏書九千餘卷與縣令，謀建詁經精舍，與邑中子弟孿求經史及政法詞章之説，窮日夜不倦。其後朝廷創立學校，郡縣罔知所措，而固始獨先舉行者，以公倡之於前，而邑人智識於學所當務已能通澈而無障塞也。其在京師，亦樂延接士類，凡所薦達，皆樸學有用之才。公既以所學自効於時，而内行彌篤，其孝尤爲士大夫所稱。咸豐閒粵寇圍縣城，公年甫十歲，父外出，而王母病，公左右侍奉如成人。圍解，出入危險，爲求甘旨、藥餌，人嗟異之。官京師，自給如寒素，不足或益以稱貸，而歲時必致親所須及所好之物於家，衣服則又必己所審視而夫人手製者。父卒後，母年益高，數請告歸。後夢母病，遂移疾不出。母没，以毁致疾，未幾亦卒，時宣統元年某月日也。公在家，閉居一室，左右圖史，歌嘯終日，蕭然若無意於當世者。及直所當爲，則勇往無避忌，或出所有以益其資。新政既頒，且革且興，沓至迭起，尤竭力殫財爲之。人或勸其少息，曰：「吾學固如是，在朝在野一也。」著有《簡菴文集》若干卷。某在翰林，與公以道義相規勸，署兵部尚書，而公爲侍郎，與相諮議，備聞公爲學要旨、經國遠猷。公卒後，公子瑋游學英國，以書及事狀來乞不朽公於無窮，因述所素得於公者爲之傳。論曰：道咸之際，唐確慎公、倭文端公、曾文正公、吴竹如侍郎倡性命之學於京師，誠摯篤切，各有孤詣，爲朝士所宗仰。而曾公遂以所學蔚爲風俗，用挽世運。諸公既没，數十年閒士大夫漸不以學問爲事。變法後，相與詢攷政治，繁徵遠引，立見施行，其學乃益歸實用，然稍騖於功利，去向時誠篤之風彌以遠矣。公奮發振厲，不後時賢，而獨以爲己之學持之，不敢張皇目前，致涉虛誕，使得竟其志，所成就當更盛美而無瑕纇。而公遽卒，某忝竊高位，輒思與羣才馳騁，以自表見於維新之世，而不知非其任。公長往矣，誰復指摘我而糾正之者？故公之没，余悲之獨深，而於公嘗所稱誦懔懔焉，不敢一日忘也。

孟宜堂先生墓表

先生姓孟氏，諱憲春，字端甫，宜堂其號也，直隸永年人。永年爲廣平附郭縣，於滹沱、漳、滏閒諸郡邑號稱文明，士務進取，科甲仕宦接踵比肩，各用所能自奮，而宿儒耆彦不獲見用於世者，亦能以學行爲後進倡，先生其最著者也。先生喜宋儒之説，用自修敕，里居教授，徒黨樂從，而先生之子今學部右丞慶榮漸漬於家教者尤深，自有知識，出入作息，不離繩尺，耳目不雜，心無越思，遂以有成。及乎置身朝列，先生猶手書訓警，無小大、無公私無不言，其詞甚厲。嘗一至京師，右丞朝夕在側，趨奉唯諾如兒時，有事請而後行。居歲餘，不與人相聞，人亦罕見其面。由是僚友益重右丞，而羣推其家法，因想見先生之爲人。濤嘗與右丞俱出武昌張先生之門，又同官京師，見其學不鶩華飾，在官能勤所職，數稱之，而右丞必曰：「吾何知？遵父教耳。」濤嘗以事至廣平，其縣人稱述諸顯貴亦不如其稱述先生。右丞嘗主定州王合之刺史家，病，先生往視，所攜卷册甚多，終日觀覽不輟，視之，皆朱子所爲書，章乙句絶，參以箋記，丹黄滿紙。刺史語人曰：「純儒也，宜有賢子。」刺史固博學、好文章、喜納交賢儁者也，而傾服如此。嗚呼！自古賢人君子獲爵位於朝，既以其官榮其先人，而自述祖德，及朋好善爲文辭者之銘章，更能闡發微隱，故其先人雖辟世退處，而無不有名德可稱論者，以爲子孫之賢，足以光顯祖考，而未嘗不致疑於所言之非實。夫樸學闇修之士，宜大而窒，後且驟興，理固然矣。而敦厚之資性，與夫通明淵深之志識，亦實足以孕育英俊，而培灌而淬厲之，繼述之才，成於教養，衡以實至名歸之説，收效於後，與及身而能自表見者無殊也。今乃因祖考之名以有賢子孫而著，遂不審子孫之必有所自，而妄意其推美先人者，爲世俗頌禱之詞，抑豈探本之論哉？觀於先生父子間，可曉然於其故矣。先生以光緒二十八年某月日卒，某年月日葬於某，右丞乞桐城吴君闓生志其墓，其世系、行義具在志中，兹不復詳云。

饒陽劉君墓表

君姓劉氏，諱維藩，字傑人，饒陽人也。饒陽諸大姓皆明永樂閒遷入，劉氏獨爲土著，族譜燬於火，不可考其世系。有兩塋，其始葬新塋者諱九講，今劉氏皆其子孫也，因奉以爲始祖。四傳至君之曾祖服休。祖登雲。父成文。饒陽俗好賈，其富者亦多以賈起家，而未嘗自襲其世，不幸見欺，家隨以落。君先世務農，已而經商，家稱少有矣，至君乃益擴而大之。君天性於商爲近，取與不苟從衆，而利輒倍蓰。其論諸商所厝注以爲宜然，後無不然，由是人皆歎服。領其財爲之經紀者，雖遠出皆受約束不敢違。同治建元，君曰：「新天子即位，太后聽政，祝嘏、大婚之禮將相繼舉行，居所須貨以待，致富之道也。」乃輦金如京師，居地安門内，招集良工，製佩袋及假以緣飾之物，摛素裂紈，璧銜珠裹，窮極技巧。人得其貨，輒相誇示，京師業此者無其比。遂通宦寺，交中貴，以供内用。慶典既頒，自掖庭服御以至離宮別館，凡器物待以華潤者，無不於君所求之。而宫廷錫予、宗藩戚里所獻納，亦皆取給焉。不數年，而其利百倍。管其業者雖所執微末，亦歲得千金，而君家遂大富。光緒初，饒陽富人有襲君所爲者，一躡故迹，而朝廷已懲前此之浮靡，崇尚節儉，所儲不售，竟損其資以去。所業同，所居之地同，而功效相反者，君所爲先乎時，而襲之者後也。太史公論貨殖之要，以爲既饒争時，蓋時之所趨，如風動物，控乎物，物或我違，乘乎風，而物乃隨我轉移而莫能遁。陶朱公與時逐，白圭樂觀時變，而趨之若猛獸、鷙鳥之發，故言富稱陶朱公，而言治生祖白圭。近世以商爲學，取環海萬國水土所殖、都會所聚與夫民情謡俗以及其國之政俗，糅合而參校之，探其始以究其終，推其執以窮其變，大莫能外，細入無倫。其學蓋浩博無涯涘，而要其歸亦不越乎投時所好、應時所需而已。君生長閭巷，未嘗讀書習世務，而觀其所爲，深於學者或無以遠過，其才識蓋有獨得於天者，惜不生於今之時也。君卒於同治六年某月日，春秋八十，葬於祖塋之次。配何氏，後君若干年卒。子鴻圖；壯圖，後其兄維楨。孫元勳、元善、元興。邑中富室於所立業既自弛其負擔，而習於華靡，咸同以來稍衰歇矣，君家於諸富室爲後起，而能勤所事，以儉自持，設立規條，可永法守，故所根柢獨深固而不可搖，邑人至今慕效之。夫商賈之業，邑人所素好也，而慕君所爲，又克刮劘舊習，一旦振而發之，其能角逐於工商之世無疑也。吾嘗惜君不生今世，庸詎知其身已没，而爲所衣被者乃更將收效於數十年後哉？壯圖子元輝請爲表墓之文，乃書此以戒其子孫，勉其邑人，而觀異日之效，以徵吾言。

王普齋先生墓表

先生諱敬照，字普齋，一字麗中，山陰王氏，徙居會稽。曾祖鐸，以孫植爲安徽巡撫，封光禄大夫。祖江，諸生，汶上知縣。父棟，精形法學，有述作。先生以子官封資政大夫，上及兩世，皆贈如先生封。先生性好學，於書無所不參究，而贍於文詞，以律學佐吏治於燕趙閒者三十餘年。自在官者不習律例，聽斷必求助於人，而應其求者又皆不治他學，不能辨析律文，而深探其意，故獄成而輸，其詞不備，苟非有大疑難，固不得不據爲信讞而條詰而概卻之，吏治所以日壞也。先生既通敏於學，奏當上，輒見賞於當路，所佐職辦，而先生亦以此得名。先生性剛直，有幹略，不可以市道交，而爲知己竭知力無隱，由是忌之者衆，而慕其名而欲使爲己用者亦多。司道以下，交致書幣，每以能得先生爲幸。而正定守蕭公世本故以翰林居曾文正公幕下，號爲達治體、能文章者也，知先生尤深，事無大小，諏度以行，與爭是非，輒黜己見。他出，則凡所有事一屬之，而聽其所爲。先生感其意，由縣而州而府，隨以遷徙，無閒始終。捻逆之亂，大順廣道王公榕吉以防運河事，馳書招先生。先生夜治文書，晝出巡視，理紛鎮猝，兵民偕盡其力能。事平，當以勞得官，先生棄去不顧。總督李公秉衡、巡撫任公道鎔及崧駿公、漕督松椿公，先生嘗主焉，皆重先生。及擁疆圻，再招，不往，遂終從蕭公游，以至蕭公之没。先生寄居保定，其治家有條法，爲遠近所稱。配郭夫人，生子恩紱。繼配沈夫人，生子縉績。兩夫人皆能體先生志以理家而教子。蕭公既没，先生遂不復出，家居課子，屏絶交游。時桐城吴先生都講蓮池書院，先生獨敬禮之惟恐不及，使恩紱受業於門。吴先生重先生之爲人，數聞其家法，而喜其諸子之多才也，以弟女妻恩紱，以兄女妻縉。其後恩紱以舉人官河南知縣，署太康、洛陽縣事，有能名。縉充直隸巡警總局檢事長及陸軍軍事警察，由州同擢至直隸州知州。績以軍學授副軍校，留陸軍部軍制司行走，皆蜚聲北洋。初，蕭公謂先生曰：「子之才德，鬱而不張，三子皆英物，必能榮子身，以顯子之名。」至是而其言果驗。郭夫人生女一，適孫霖若。孫豫立、嵩立。孫女四人。先生就養河南，年七十四，以宣統元年某月日卒於洛陽官廨，喪北還，浮厝保定八里莊新塋，將以某年月日與郭夫人合葬，恩紱乞爲表墓之文。先生嘗言：「吾性不諧俗，好我者少，而蕭公、吴公獨引而近之。既爲二公所知，則我之志操已著，雖舉世笑侮何傷？彼得時榮名，而有道之君子或反賓而弗與，吾所恥也。」其言如此。予既表先生志操，并述其言，士之孤行己意，所如輒阻，終其身無所合，而能邀有識之激賞者，可以自壯矣。

王氏妹七十壽序 代

吾季妹撫有深澤王小泉主政之室五十有餘載，宣統三年，年七十，皃加豐，體加健，孫曾濟濟，家益盛昌。子孝箴將以某月日稱慶於家，其伯兄年八十七矣，爲之祝曰：吾妹之功在王氏既久而彌著，而王氏之世德累仁，委祉於後者，亦遂躬迓而享有之，此王氏所宜驩欣而頌禱者也，余弗暇及。余兄弟及同祖兄弟凡五人，余爲長；姊妹及同祖姊妹凡五人，妹爲季，今獨余與妹存耳。諸弟皆强敏能進取，而未獲竟所施，余少多病，性儒緩，不思自見於世，而獨假以年。桐城吴先生嘗以文壽我，引我心無事之言以爲致壽之由，理或然與？主政君講性理之學，不樂仕宦，而施政於家，以婦職責吾妹甚備。吾妹拮据以圖，罔間晝夜。主政君没，益加勤焉，以視余之遺外物累，志專養生者，則有閒矣。然妹性故坦夷，順施無忤，已過不留，事雖多，猶之無事也。既老，乃更委家於諸婦不問，而日以薄故小物自嬉，其指趣蓋與余同。故余以所自得祝吾妹，而欲吾妹亦以所自得參之吾言而自祝焉。孝箴言：「嘗奉母乘火車至保定，遂游京師、天津，盡驩而歸。既歸，而母志益𢡃遂。」余方息偃閭巷，不問外事，而以能自娱樂爲得計，聞妹所爲，乃爽然自失，異時將擇日束裝，偕吾妹挈兩家子弟入通都大邑，觀新政俗，以振我已衰之氣，而益永吾年，此又推吾養生之説，更進其術，而思與吾妹交相勉而互爲祝也。余所欲言止此，妹倘以斯言爲然，則請引壺觴酌我，我久不飲，且爲妹醉。

王母賀太恭人七十壽序 代

深澤王氏，邑之望族，其治家條法與吾家風旨略同，道光以來，世通姻好，王氏女歸賀氏者二人，賀氏女歸王氏者五人，兩姓相懽無閒也。而吾姑之在小泉先生之室，其賢聲尤溢于内外家。宣統三年，姑年七十矣，外弟孝箴勤生將以十月十日觴客於家以慶，吾伯父既爲文壽之，吾同高曾之昆弟及昆弟之子，亦莫不因敬慕之誠私達其懽忭之意，而以其詞屬某。某王氏甥也，知其家事爲詳，謹即所見聞綴輯之以侑觴。小泉先生性行嚴峻，以禮法繩其家人，吾姑承順其意不少違，巨細躬親，家無廢事，而於事親尤兢兢。姑既早世，舅久病，意有所忤，累日夜不怡，而於家人則二十餘年無責望之語。嘗曰：「幸有賢婦，得少釋愁苦。」吾家之往王氏者，見其所爲，歸輒舉以戒其婦女。諸父、諸母聞之，咸歎曰：「自其未歸時固知其能如此也。」小泉先生窮經嗜古，不治他業，諸子循守之，無越思，蓋近今所謂學術，固先生所不及料也。先生没十餘年，世運驟遷，學術因以轉移，吾姑命勤生促諸孫出就外學，久之皆能專所習，以取時譽，羣從子弟踵而相從，而王氏之風旨遂改其舊。先生通儒也，使目睹今之世變，必不復堅守初志，以戾乎時。勤生可謂善繼述矣，然非承母教，亦無以啟其機焉。由前所稱家庭庸行，賢女子多能之，此人所共知而交頌者也；由後所稱，則識時務之俊傑之所爲，非女子所能參與，而世俗論女職者，又孰能識其深遠而推大之哉？今王氏子弟壹力向學，行且有成，而吾姑體氣康强，有逾少壯，故即祝嘏之日，特具其說以示衆賓，使知王氏必當益興，而吾姑之受祉延釐，乃有其功而食其報也。某游宦山左，不克侍宴左右，吾家奔走其閒者，既獲躬贊盛禮，宜更思其致此之由，而則而傚之，無使賀氏有愧於王氏，則吾姑之教所施被者彌廣，而其期望吾家之意不益可大慰乎？

附録

賀濤傳

畿輔文學傳稿

賀濤，字松坡，武强人。父錫璜，字蘇生，號古漁，同治三年舉人，以候選知縣官故城訓導。孝友敦謹，有學行，歲饑，出粟賑鄉里，創醵金法，倡修歷亭書院，喜表章鄉邦文獻，在武强訪劉謙遺著，在故城建明代馬中錫祠，印行《賈氏叢書》及《明儒學案》，爲振起人才之首務。既解組歸，故城人愛留之，錫璜亦不忍舍去，遂移家於故城之鄭鎮，年八十九卒。濤少承家學，與弟沅以文字相砥礪。同治九年同舉於鄉，考取國子監學正學録，改官大名縣教諭。光緒十二年又同成進士，以學使案郡至大名，不及殿試而歸。桐城吴汝綸知冀州，邀之主講信都書院，因調署冀州學正。十五年殿試，以主事分刑部，仍兼冀州講席，凡十有八年。既以目疾歸，漫游京師、保定，中丞陳啟泰、太保徐世昌争延主其家。大總統袁公督直隸時，創文學館於保定，屬意於濤，曰：「濤不至，則館可廢也。」再三强之始應，未幾濤以疾去，而館卒廢如其言。初，汝綸倡爲桐城古文之學，其牧深州時，見濤所爲《反離騷》，大奇之，遂盡授以所學。及武昌張裕釗北來，方講保定之蓮池書院，汝綸復使往受學於裕釗，裕釗歎曰：「北游得松坡，不負北行矣。」濤之爲學，以文章爲諸學之機緘，讀古人書，必孯求其文字，既從吴張兩家學，益摶精於古人之文，自周孔以降，若左丘明、孟軻、莊周、太史氏、韓氏之書，心維而口誦之，通微合漠，盡得古人著書之意，於姚氏、曾氏義理、考據、詞章三者不可偏廢之説，尤必以詞章爲貫澈始終，而兢兢於歸方姚吴數大家之評識，日與學者討論義法，不厭不倦，又大聚古人之書，有所編輯，以爲文章大觀，而補姚氏《類纂》、曾氏《雜鈔》所未備。嘗答友人論文書云：「辱書以文事相質，以謂多讀書曉世務則理富，理富則文有質幹，而義法自從，不必斤斤以學文爲事。子之言誠當矣。雖名能文者，不能外子所言矣。雖然，以濤所聞，文之能事猶有未盡乎此者。齒唇蹙齃，曲脊跛足，枝於指而癭於項，固不良於用，不美於觀矣。官體肢骸不失其形，所以辨臭味聲色而任提挈戴負者，舉肖所職，以呈其材，則凡名爲人者皆然也。然而閎隘、伉爽、魁猥、舒急、都鄙之相去而相反，倍蓰十百，乃至不可計數，泄於面顔不能自閉遏，卒然遇之而能辨者，則精神意象之爲也。執子之説，以爲文誠具其形，且可適於用矣，而文之是非高下猶未定也。古之論文者以氣爲主，桐城姚氏創爲因聲求氣之説，曾文正論爲文以聲調爲本。吾師張吴兩先生亦主其説以教人，而張先生與吴先生論文書乃益發明之。聲者文之精神，而氣載之以出者也。氣載聲以出，聲亦道氣以行。聲不中其竅則無以理吾氣，氣不理則吾之意與義不適，而情之侈斂，詞之張縮，皆違所宜而不能犁然有當於人之心。質幹義法，可力索而具也，聲不能强搜而得也。冶金以爲鐘，斲桐以爲琴，截竹以爲管，依古譜而奏之，伶人樂工，蓋可學而能矣。至於感陰陽，動萬物，而辨治理之盛衰，則伶倫夔曠之外，蓋無幾人。以其神解妙會，無法之可傳，不能據成迹以求之也。後之學者，將取合乎古，必取古人之文長吟反覆，而會其節奏，其徐有得也。含而咀之，毋操毋忘，薰炙浸灌，而漸而進焉，以契乎其微，而幾於自然。然後吾之氣與古人之氣相翕合，而吾之文乃隨其意之所嚮措焉而皆得其安。此之不能，羅列纂排章摹而句仿之，其精神意象豈有合哉？子且謂多讀書曉世務，不求文而文自工，何其言之易乎？三代之後，文莫盛西漢，而韓退之所稱道者，司馬遷、相如、劉向、揚雄而已，賈生之洞澈今古，鼂錯之綜覈事物，董仲舒、匡衡、劉歆之通明經術，其才學蓋不下數子，其文亦且非後世所敢望，而退之獨未嘗道焉，亦卒不能與數子竝，其離合深淺出入之故，當有別之於微者，而顧可易視之乎？子嘗有志於斯世，欲樹功名以自見，以子之學行，子之志其庶幾矣。若舍其所志，降心而學文，則請無易視茲事而忽鄙人之所言。」濤既精於爲文，以謂國之積衰，由於人才之消歇，欲起而振之，必有賴於文學，而又深喜西儒學説，欲以彼國之法匡我之所不逮，乃作《國勢篇》，推世界進化之理，以啟吾國改革之基。及新學大興，舉國若狂，詆毀中國文字，必欲盡滅絶之而後快。時汝綸之子闓生方游學日本，乃爲書以勖之曰：「去秋讀惠書，承知游覽東國，欲徧交其賢士公卿，而周知其政俗術業，以廣吾學，甚盛甚盛。後又得所爲論説數首，文辭益高，人咸謂遠游之效，濤則以爲得力於古者愈深。新學方興，而吾道有賴，至爲慶幸。往者時會未至，有言新學者輒爲世所詬病，今朝廷欲以外國學制育才，而取其政藝之説試士，學猶未立，而趨時之士，或走四方以求師，争購西書，惟恐不及，民智漸開，世運可轉，此固憂時者所深喜，其憂之尤深者乃又喜而繼之以悲，何也？朝廷既倡道天下以新學矣，中國之書雖未遽癈，勢必有所偏重，其修舊業者不過如胥吏之考故事，幕賓之讀律法，俗儒采集性理之説耳。先聖昔賢之所撰著，通人志士之所編摩，其精神意趣多寓於文字之間，文字至深難知，以世知重之而好者之多也，而能之者乃僅閒世而一遇。今乃以胥吏之故事、幕賓之律法、俗儒之性理當之，吾恐秦漢以來知文之士，遥承迭嬗流衍於數千年之閒，幾絶而復續者，將遂掃地以盡。夫西國之學，今勝於古學者，皆用見行文字。數十年前好古之士乃兼習臘丁，今則學者皆習臘丁，其好古者乃遞上而及埃及，而於古希臘及羅馬人所著書尤加愛重。新學日益興，好古日益甚，彼豈侈爲淹博，視同玩好，以供耳目之娱哉？亦以今日所𢭏獲之理，或由往籍所論載，遞推旁觸而得之，故紬繹之而不能窮其藴也。今中國之學百不逮古，而於古人之書反淡漠遇之，聽其廢墜而不爲之所，豈不大可悲乎？吾師逆知其將然也，故於士狃舊習時，輒以新學啟迪後進，既知變矣，則又急起而持之以防中學之廢。大賢閔世之苦衷，固學者所宜深體而急圖者也。雖然，人之才知至不齊也，向無他説之奪所守，而能與於斯事者曾無幾人，今方汲汲焉惟新是謀，其於舊業雖欲不爲胥吏、幕賓、俗儒所爲，不可得也。閎博通敏之才，力能兼顧，得不以文之在茲而引爲己任乎？且道無古今也，無中外也，學焉已矣。吾學已精而彼學之奧窔乃得而窺尋，既藉彼以擴充吾學而竟乎其量，彼學且因以愈顯，不能者竝營而兩失，能者相得而益章，此吾學有功新學之尤宜特重而非狃於故習者比也。足下識高而才鉅，力果而志堅，尚友百世，采風異域，兼收博儲，使出一冶，固無古今中外之可言矣。文章天下公器，自今日觀之，已爲吾師家事，傳襲授受，外人不得與聞，而猶以區區之説進者，屢蒙師訓，輒以存中學爲言。自顧衰廢，難與有爲，然猶不敢自外，故私撰其説以進質耳，非謂足下之事業尚待他人之敦勉也。」濤論時事，憂喜其大者遠者，不隨俗爲轉移，其訓世必以博通世務爲有用之才，深以取近名謀小利爲大戒，一方一時之事不爲喜戚也。自幼至老，卷册不去手，舟車旅館之中，人事叢雜之際，不使一溷所學。既病目失明，講學不少輟，日令學者誦説中外羣籍爲之解説，未嘗厭倦。所評騭古書及所爲文章，亦得目疾後所爲爲多。濤雖以詞章爲學，然於羣經尤觀其通，每誦前人於學無所不采亦無所不掃之説，於《易》《書》則手録諸家説積成巨帙，《儀禮》《周官》講之尤精，宫室車服之圖、登隆拜跪之節，與後生解説，一若身與其事而周旋之者，以爲《儀禮》非聖人不能行，亦非聖人不能言，故編次古今大文而首《儀禮》，實以古聖自著之書傳之近世無僞訛者僅此，又謂左氏非解《春秋》之書，太史公固與《虞氏春秋》《吕氏春秋》同稱，取經文而釋其例，蓋漢劉歆所爲，後人誤入之傳耳，不得與公羊、穀梁比，爲説甚具。又爲天算輿地之學，於天象凡割圜曲綫諸新理新術，皆録其要而會通之。行星軌道邃遠，觀象以求其密合，輒因圖而悟其理。輿地爲讀史關鍵，乃探原《禹貢》《水經》，下采歷代地志，於顧氏祖禹諸人所言形勝，李氏兆洛諸人所爲考證，近世江防海防，中外疆界險要，尤深致意。自州縣山川方域，以至大地渾圓，皆爲之圖，精書工繪，纖細如毛髮，别以五色，依其犬牙，鉤綰裁翦之，使行省自爲圖可分合。與學者説太史氏、班氏之書，輒取所圖，上溯周漢，以謂沿革明而文章乃可讀也。嘗曰：「吾無過人之才，惟不敢爲無益之學，擾其神明而費時日，爲人爲學，尤宜善養其氣象，使淵然邈然爲不可測。宋程氏每求古人之氣象，可謂善學矣。」濤有至性，事父母能承順其意於無形，尤以敦勵學行、不辱其身而成名於後世，爲敬親之大者，兄弟怡怡，家庭無間言。講學四方，在冀州爲最久，冀人傳其學者亦獨多。論者謂濤孯精典籍，若屬生命，沈潛専到，突過時流，其文章導源盛漢，氾濫周秦諸子，唐以後不屑也。其規橅藩域，一仿姚曾張吴諸家，而矜練生枂，意境自成，獨樹一宗，不蹈襲前輩蹊徑，而亦不爲前輩所掩，蓋繼吴汝綸後卓然爲一大家，非餘人所能及也。民國元年五月一日卒，年六十有四。

賀先生墓表

天津徐世昌撰

昔孔子嘗稱天之不喪斯文，不言道而言文，文之重於聖人久矣。孟子曰：「我知言，我善養吾浩然之氣。」孟子之所謂言，亦文也。孔孟之道於何見之？見之於其文爾。太史公曰：「孔子既殁五百年，余小子何敢讓焉。」亦自負其文也。魏晉以降，詞竊氣恭，無復三代之遺意，故其治亦卑陋無可言。文之繫於世運如此。退之倔起，約六經之旨而爲文，於以起八代之衰，而朱子以先文後道少之，於是文與道乃析而爲二。姚姬傳以爲義理、考據、詞章不可偏廢，持論最平，然姬傳固文章家也。曾文正公私淑姚氏，而道德事功彪炳一代，議者莫敢非之。曾公論道與文之輕重，亦若未敢斷言者，要其意所自得，則以文事爲歸。夫道所以濟萬世，文之不足與抗，明矣。然而聖賢精微之藴，實寄之乎其文，文之不知，道於何有？是故體道之淺深，壹視其所得於文者以爲斷，而文字以外固無道之可言。由是言之，文固未可輕，而抑文而尊道者未必其果有得也。桐城吴摯甫先生之設教也，舉經世軌物之畧，悉推本於文章，其説曰：「自古求道者必有賴於文，未有離文而可以言道，離道而可以言治者。千古以來之學術，一以文章之義裁之，醇駁高下，釐然不棄，舉而措之，粲如也，可謂極斯文之大觀也已。」繼吴先生而起，壹守師説不少變，而表章闡揚之不遺餘力者，則武强賀先生也。先生諱濤，字松坡，先世自山西洪洞遷武强之段家莊，移居北代，世以文學有聲於時。曾祖雲，舉進士，江寧督糧同知。祖式周，四川瀘州州判。父錫璜，舉人，故城訓導，有惠政，故城人愛之不忍去，因移家故城之鄭家口居焉。先生幼嗜學，羣兒嬉戲，獨默坐冥思，若有所寤。年十六應學使試，冠其曹，與弟沅並舉於鄉，考取國子監學正學録，改官大名教諭，又並成進士，以學使按郡至大名，不及殿試而歸，而弟沅以翰林散館改福建知縣。吴先生爲深州，得先生文奇之，召至門下，授以所學，又通之武昌張先生。張先生得之狂喜，復書曰：「此瑰寶也，北游得此，吾道爲不孤矣。」及吴先生爲冀州，以先生主講信都書院，因格於官例不得往，請之大府，自大名調署冀州學正，大名學者遮留不可得，卒赴冀州。己丑殿試，授刑部主事，且之官，冀人留之百端，不聽去，仍兼講席，其後得目疾失明，屢辭終不聽去，凡主冀州講席十有八年。吴先生主蓮池書院，且辭去，會今大總統袁公來督直隸，留之甚切，吴先生舉先生自代，曰：「有賀君在，斯文一脈之傳可以不絶，某去猶不去也。」既而袁公因蓮池舊址剏文學館於保定，延先生主之。先生以爲文章者諸學之機緘，自周孔以降，若左丘明、孟軻、莊周、太史氏、韓氏之書，未嘗一日不致其思而誦於口，通微合莫，深得前人著書之意，若躬處其間而與之相唯諾也。其詔學者必以文字爲入德之門，亦以此要其歸，不惟發明其理而已，安章宅句之法必深孯而詳説之，以爲義法明而古人之精神乃可見，得其精神而道術乃可深造也。新學既興，舉國囂然，少年鋭進之士詆毀舊學，專欲摧滅之而後快，而一二老師宿儒方汲汲以存古爲務。先生博覽譯書，饜飫西儒之學説，深以時論過激爲慮，又以爲古學非可以空言保也。嘗著論力矯時弊，而以文章爲學問之原，兢兢自守不變。袁公之剏文學館也，以爲國粹之端在是，而其事當一屬之先生，手書告僚屬毋設科目，一聽先生所爲，且曰：「若賀君不至，則此館毋虛設。」先生感其意，强起應之，館成所致皆一時知名士，趙衡、張宗瑛、武錫玨輩相繼至，潛心所業，不顧流俗誹議，學以大進。未幾宗瑛嘔血死，趙衡以病、錫玨以他事先後去。先生以俗論難變，人才蕭條，亦慨然倦遊矣。余在京師，嘗延先生而館之，畿輔學者請於大府，備禮以聘先生，先生不出。民國紀元五月，卒於家，年六十四，以其月葬於故城尹里之阡。夫人蘇氏，封恭人。子：葆初先卒，葆真，葆良。先生自幼至老，卷册不去手，舟車行旅，未嘗少廢。既失明，日令學者誦説中外羣籍而爲之講貫。譯書新出，無不究覽。所評騭古書及所爲文亦於失明後爲多。有文集四卷，尺櫝若干卷行世。其學雖以文爲主，然綜貫中外政學而得其通，嘗曰：「學無古今，無中外，唯其是爾。」其言政亦然。所著文考論時政之源流得失，務引西國新學新理以濬發吾民之智識，憂深思遠，讀其書知其謨議閎通，迥非拘墟泥古者之爲也，而從先生遊者亦多閞敏英儁，能以材略自見於當世。嗟乎，古者以爲經緯天地謂之文，自體國謀治以下連於民彝物則之繁，何一不賴於文者。而流俗不察，輒以文學爲詬病，於是相率蕩然，羣安於不學而自恣，天下之紀綱法度遂一壞而無復留，余謂非變端之大可痛者乎。昌明先生之學，以詔來者，不惟吾道之爲，亦所以矯世也。

賀先生行狀

曾祖諱雲，舉嘉慶己卯進士，官至江寧督糧同知，贈中憲大夫，妣氏李贈恭人。祖諱式周，道光壬辰、庚子副貢，選瀘州州判，以親老不赴任，贈朝議大夫，妣氏常、氏楊贈恭人。父名錫璜，同治甲子舉人，以故城訓導致仕，封中憲大夫，妣、繼妣皆氏陳，贈封皆恭人。先生諱濤，字松坡，姓賀氏，先世山西洪洞人，明永樂間遷直隸之武强，居段家莊，爲武强人。三世祖諱成家，隆慶間移居北代，至先生之父以訓導久官故城不去，復移居鄭家口。先生生於北代，卒於鄭家口，中歲教學，宦遊四方，歸鄭家口甫餘二年卒，即葬焉，故今爲故城人。賀氏望族，其藏書名甲畿南，高曾以來，仍世有文，至先生益厲時獨出，崒然躋宋明作者，而上淩駕漢唐，直與古之遺文接謦欬。年十六，補博士弟子員，縣院試皆第一。同治庚午舉於鄉。先生有弟曰芷村先生，諱沅，與先生同榜鄉舉，及光緒丙戌會試，又兄弟同榜成進士，學者傳以爲榮。先是，先生以考取國子監學正學録，改官大名教諭，未及殿試，學使按試至大名，先歸。芷村先生選翰林院庶吉士，而先生以次科補試用主事分刑部。先生幼即穎異，在塾不喜與羣兒弄，嘗獨坐，默有所思。體素羸，氣不能載其聲，至廢誦讀，而所悟入皆古人爲學次第及所由徑涂。其於文事，蓋有天授。嘗爲《反離騷》，桐城吴先生爲深州，一見奇之，登諸門牆，授以歷代所傳斯文之緒。及武昌張先生北來，都講保定蓮池書院，復引而通之張先生。張先生得之，喜爲至寶也。時吴先生方爲冀州，言之上官，移先生官，自大名教諭調署冀州學正，都講信都書院。先生乃益以研稽文藝爲事，進則證所得於兩先生，遠者書問，近者面質，退則與諸生講説，反復辨駁，孜孜不已，雜以笑謔，大暢厥旨。至張先生南歸，吴先生接都蓮池，每有所作，猶書寄先生，與爲是正。嘗一日燕集於蓮池，吴先生誚讓先生「於吾文少所違反，乃不若范肯堂」。范肯堂者，通州人，諱當世，嘗客吴先生所，張先生門下第一能文之弟子也。先生從容徐答之曰：「回也非助我者也，於吾言無所不説。」衡嘗序吴先生所著《深州風土記》，吴先生與先生書，有所商定，先生答書曰：「某未見先生之書，先見湘帆所爲敘，湘帆爲敘時亦未見先生之書。宰我、子貢、有若智足以知聖人，吾二人之知先生，視三子爲如何？」先生語言妙天下如此，然雅趣不爲滑稽濫説，聞者解頤，而事理的破，昭晰無疑。尤妙於説書，善爲形容，正言不喻，而偏宕言之，間以譬況，俾古人之聲音笑貌凌厲紙上，汲引學者心目，由百世之下等百世之上，若親與古人昭對，唯諾一室之中。烏乎，此吾國歷代相傳斯文之緒，緜緜繩繩，以至於今，而非他國所能有者也。自東西海國文字風靡一世，吾國文不絶如綫，而張吴兩先生先後即世，斯文之傳，唯先生獨任其重。三十年前，先生即嘗舉新學以詔學子矣，又愛西儒學説説理宏深，病吾譯者蹇於辭，不能達其誼，思整齊要删，成一家言。其時學者蔽所不見，不知先生所著者云何，羣以其説爲怪。及今新説大行，則又迂謬先生。即從先生久故如衡者，亦以先生兢兢保守其文爲不達。夫文非先生之文，乃五千年以來歷代相傳緜緜繩繩以至於今者也。律以優劣勝敗之例，吾國文當推行於各國，今各國之習學者爲不少矣，而我乃自棄置之，甚者且欲滅絶之，別制省筆字以代之，姑無論省筆字之不可通行，而吾國五千年相傳舊有之文字，先自滅絶，亡國之故事，必其國之語言先亡。文字者，語言之尤精者也。文字亡，其國尚能存乎？此有識者所同知，而先生生平所深矉私計，思欲得所藉手而挽救之者也。先生都講吾冀凡十有八年，以官辭不得去，以目疾辭不得去，既去吾冀，乃漫游京師、保定，迭主長沙陳伯平中丞、天津徐鞠仁太保。今大總統項城袁公督直隸時，於保定立文學館，延先生主其事，先是，已有存古學堂之議，鄉曲老儒，額手稱慶，在勢諸君子亦以爲非是則中學將亡。先生獨以謂中學以文章爲主，學文與他學不同，或窮年佔畢，不見其進，而一旦驟長，或執卷研索不得其解，而觸物旁通。若拘於學堂定例，限之歲月，而責以員程，則所謂古者名存而實先亡矣。至是袁公手書屬先生，盡除去學堂科目，一任先生之所爲，致書毛實君方伯，代通殷勤，且曰：「若賀君不至，則此館無庸虚設。」先生乃起而任事，高縣其格，厚與之餼，人無定額，業有專攻，凡所招致，皆一時知名之士，南皮張宗瑛獻羣、深州武錫玨合之首至，衡以不才，亦厠其間，且言冀縣陳嘉謨獻廷、深縣侯際辰亞武。而棗强齊文焕蔚卿、武邑吴之沆迂農、王汝楫仲航絡繹具來，有栗如桐栞齋者，時方肄業保定高等學校，既卒業，試第一，亦棄其所學來學，先生則大喜曰：「吾道爲不孤矣。」日取所謂五千年相傳不失吾國高於各國之文爲諸生説之，不異前在冀時。其後來學者益多，嫉者乃妒娼忌克，百計傾之，未幾袁公去直隸，而先生亦辭館歸，自是倦游不復出矣。先生於學無所不究，悉以文馭之，故所得獨精，雖專門其學者不能逮。嘗爲天文之學，馭以繞日新説，而月行星軌道之膠葛悉除，又剌得割圜曲線之要，向所謂視蒙氣差測之悉準。嘗爲輿地之學，馭以今行省州縣，依所畫疆界犬牙鉤錯翦裁之，分爲無數小圖，而合之爲一，其界畫纖細僅如牛毛比。每與學者説古人之文，輒取所爲圖布列几上，視數千百年以前戰争割裂之壤地，杈枒鉤棘，瞭如掌文。蓋文爲諸學之機緘，不能文而泛言攷證，皆糟魄也；不能文而侈談事功，皆瓦礫也；不能文而高語性命，皆朽腐也。顧諸學以文爲機緘，而爲文要自有道，自孔子次《春秋》以制誼法，法即《易》之所謂言有敘，誼即《易》之所謂言有物也。古人之渾言其理，而於命意遣辭何以爲有物，安章宅句何以爲有敘，固未之詳也。先生嘗自言，其於文事粗有所知，悉得力自評點。評點之學創自明歸熙甫氏，至方望溪、劉海峰、姚姬傳氏，下逮張吴兩先生，承用其説，爲之益多，用以發古人不傳之祕，而爲後之學文者别启一涂轍。譬若新學之有儀器標本，於無可指示之耑，能爲之圖形指示，俾學者一目了然，用至便，法至善也。衡侍杖履從先生，日有事於評點，丹墨斑駁，圜鋭揉雜，無識者方目笑之，不知古人所謂盛事大業，其精神悉寄於是也。先生嘗曰：「吾生平無過人之才，唯不敢學於無用，或思越所學，擾精神而廢時日。」蓋先生之學唯專乃精。吴先生任歷代斯文之緒，每語及先生，輒孫謝以爲專門之學也。先生内行純篤，於昆弟始終無違言，事父母尤能得其歡心，視世事漠無足介其意者。其所介意，世又不及知。既任歷代斯文之重，異學桀横，噤不得施，有文二百篇，寫定在紙，傳之其人，以俟聖人，以質百世。配交河蘇氏，生子三人：長葆初，先卒；次葆真，世其家學；

次葆良。孫五人，孫女二。享年六十有四。先生之没，實惟中華民國元年五月一日。葆真來請紀，衡從先生問學幾二十年，實有見於緜緜繩繩吾國五千年相傳不失之緒至重且大，系之先生。先生没，吾國老師大儒無在矣。謹據葆真所述，參以聞見，稍加論次，待賢人君子采擇，上付史館垂編録。門人趙衡謹狀。

祭賀先生文

門人冀州趙衡

嗚呼，天不喪文，絲聯繩綳。以汔於今，忽失先生。異學桀横，舉國偏反。不有老成，誰與要删。更四千年，道禮覇素。一旦風靡，盡失我故。一再相傳，生人代更。書馬缺尾，目不識丁。五三六經，高文典册。有欲學者，轉從海澤。禮失求野，野猶同書。官失學夷，職守之羸。若古聖賢，微文雅故。傳非其人，雖言不著。矧筆受舌，未易一二。又歷往還，比至掃地。始厄於秦，火息復出。補苴掇拾，不作而述。戒扫華俗，東漢汔唐。大儒辨之，吾道以明。今茲之變，吾道豈非。有一先生，亦不憖遺。緜緜斯文，不絶若瀝。有命世者，必年五百。時至無人，有或不偶。偶焉而合，往往不壽。豈天耄耋，有厭斯文。抑後非人，不得與聞。意其因難，益以見巧。没世不遭，空言傳道。譬羿誨射，與人彀率。句曲繩直，用牡解閉。先生之文，寫定在紙。有來取法，師承在是。衡從治文，前後廾年。

妄有窺測，蠡海管天。曰若稽古，羲皇開文。一畫兩畫，乾坤以分。詩節書括，大易之變。三傳爰書，春秋直斷。降經而子，孟公熊熊。荀正莊詭，韓孤屈窮。卿跌雲噴，藻采盛漢。淵淵更生，史憤而嗤。唐宋能者，柳廉韓横。蘇滑王拗，歐逸曾定。自元洎明，亭亭一歸。與韓俱起，八代之衰。因時高下，紛不可理。白言所異，陰陽而已。貴不奇偶，皮相已久。辨之於氣，剛柔仁誼。刱此論者，緊姚惜抱。求闕曾公，益分太少。其所自爲，曾剛姚柔。先生有作，惜抱之儔。如海出日，如歲發春。金玉綿繡，立如美人。如慕如怨，如思如望。如入明堂，進退揖讓。往年講學，股肱深冀。受我還我，戲言用勵。大海茫茫，狂瀾既到。砥柱中流，曠與力寡。大雅云亡，我安所歸。内哭其私，外世之悲。相望百里，不得臨穴。譔辭攄哀，以告永訣。

祭松坡先生文

桐城吴千里

烏乎，孔孟之道，炳如星日。終古難虧，我又何恤。惟是微言，玆盡杳亡。風積波靡，憶昔神傷。聖賢既没，厥有韓子。媿經軼傳，騖鶩譎詭。唐後迄今，湘鄉最雄。發爲文章，光氣熊熊。伯父繼起，並駕濂翁。獨闢康衢，用紹古風。先生馳騁，張吴門下。傑出冠時，無與抗者。伯父罷官，都講蓮池。遭時太平，跌宕酣嬉。弟子三千，衣冠濟濟。争奇門豔，獻葩呈綺。維予小子，陪侍先生。論文不倦，氣壯聲閎。先生善談，正嘲閒作。
化俗爲雅，頤解神愕。及其爲文，通微合天。精能窈渺，突過師傳。新舊雜糅，恣肆猖獝。
遵規蹈矩，中窾合節。導源秦漢，越宋跨唐。橫流一柱，疇可與當。先生之學，寢經饋史。
孜孜兀兀，焚膏繼晷。中夜執燭，覺乃攤書。節解牢破，字洗句梳。尋脈逐源，憑空御虛。
施之於文，獨無古初。嗟嗟先生，勇可賈餘。門徒從學，挹奇沾怪。源同流異，分支別派。
仰視先生，夐絶超邁。茫茫九州，渺如一芥。先生少時，潁悟早成。主講信都，復仕於京。
晚居蓮池，館闢文學。失明猶勤，不廢雕琢。噫今天下，光復漢儀。列强橫恣，詐變恢奇。
斯文掃地，寧知周孔。往軫云遥，來轍孰踵。泰山北斗，人欽士竦。麟鳳杳矣，豈曰無恐。
昔歲小子，泣求銘章。巍巍先德，頓發幽光。聲彈天地，悠久無疆。感荷恩私，百世難亡。
如何梁壞，莫挽瀾狂。南北乖隔，山高水長。痛公哭私，遠奠椒漿。先生有靈，來格來享。

先君遺文都百七十餘首，病目後所爲爲多。先君幼讀書輒究討其文章義法，因文以探作者之微旨，既冥契於古人，有以自得，而撰著殊少，藁亦往往不存。年且五十，始多述作，復評騭古人文，有所編輯，而遽病目，遂棄官居館席。葆真朝夕侍側，每爲文，口受葆真代書，録藁既多，合舊所存藁，以先後次爲四卷，先君固未嘗更自審定也。先君棄養，方謀刊行。今相國天津徐公爲先君生平知己石交，乃篤念舊好，招葆真至都下，殷殷垂詢先集，餉以巨資，促其鋟板，且撰序文，推闡先君志學甚具。姑夫任丘宗玭山先生樹枏、桐城吴君辟畺闓生、外弟鞠如俊貞，皆任校讎。工既竣，獻縣紀泊居先生鉅維、冀縣趙君湘颿衡爲之復校，謹記梗概於後。民國三年七月，男葆真謹識。